동치미

말로 다 할 수 없는 사랑

동치미

김용을 지음

가연

차례

프롤로그

가방 속 전화기가 울린다. 익숙한 이 멜로디는 아버지다. 평상시 같았으면 바쁘기도 하고 나중에 통화해야겠다는 생각으로 받지 않았던 전화다. 아버지의 전화를 받으면 으레 기운이 빠지는 경우가 많아서 시간을 두고 마음이 여유로울 때 다시 걸고는 했던 것이다. 하지만 오늘은 다르다. 아버지가 아닌 누구라도 반갑게 받고 얘기하고 싶은 자랑할 거리가 있는 날이기 때문이다.

"응, 아부지. 웬일은 무슨…. 내가 언제 전화를 그리 안 받았다구 그래요."

"아, 그보다도 아버지. 있잖아요, 나… 응? 이번 주 토요일? 집에요? 왜에?"

"아니, 이유가 필요한 게 아니고 그래도 상황을 알아야 준비를 하지. 암튼 근데 이번 토요일은 안돼요."

"아니, 안 되면서 이유를 물은 게 아니고 급한 거면 가려고 한 거지, 아버지는 무슨 말씀을 그렇게 해요."

"응. 그래서… 병원요? 엄마? 왜 지난번 검진 받으신 거 결과가 좀 안 좋대? 2차 검사? 그런 건 좀 아버지가 같이 가요. 지난번은 내가 다녀왔잖아요. 나도 한가하지 않은 거 잘 아시면서…."

"그깟 기자질이라니…. 아버지는 왜 맨날 딸자식 일을 비하해? 나는 나름 자부심을 가지고…. 아, 아니, 됐어요. 그만, 그만요."

"아버지, 나 전화 끊어요. 엄마 병원은 아버지가 꼭 챙기고. 담에, 요 담에는 꼭 내가 모실게. 끊어요!"

역시나 한결 같은 아버지다. 조금은 다른 통화를 기대한 자신이 바보 같이 생각되었다. 괜히 전화를 받았다 싶어 잠시 기운이 빠지는 듯했으나 그래도 역시나 오늘은 특별한 날이었다. 다른 이들에게는 별다를 것 없는 일상일지 모르겠지만 적어도 자신에게는 그랬다. 그런 생각으로 코끝으로 스며드는 봄바람을 느끼며 심호흡을 한번 하고 나니 어느덧 마음은 다시 차분해졌다.

유난히 추웠던 겨울이 지나고 봄을 알리는 신호들이 기지 개를 편다. 겨우내 어깨를 무겁게 내리누르던 두꺼운 코트를 벗어던지고 윤희는 가벼운 마음으로 길을 나섰다. 소위 '빡 센' 두 달간의 인턴 기자 과정을 거치고 매일 새벽같이 사무 실에 나와 어미 새가 물어다 주는 먹이를 기다리는 새끼 새 처럼 일이 떨어지기를 기다리는 일과의 연속으로 피곤한 마 음과 초조함이 일상이던 요즘이었다. 그랬던 윤희가 오늘 은 모처럼만에 편안한 아니 그 보다는 좀 더 설레는 기대감 으로 길을 나서는 중이었다. 잘만 되면 자신의 상황이 한 번 에 확 달라질 일이 생겼기 때문이다. 이번 일이 잘만 되면 윗 분들이나 선배들에게도 눈에 띌 수 있을 거고, 자신의 일을 '기자질' 정도로 치부하는 아버지도 생각을 바꿔 자신을 인 정하게 될 거라 생각이 드는 그런 일이었다.

지난 주 금요일 윤희는 어떻게 지났는지도 모르게 하루 일 과를 마쳤다. 여느 때처럼 고된 하루로 늦은 시간이기는 했 지만, 지친 자신을 위로도 할 겸 '들어가는 길에 소주라도 한잔해야지'라고 생각하던 중 그녀의 휴대폰이 울려댔다. 주 머니 안에 넣어둔 휴대폰을 꺼내기도 전에 누구일지 짐작이 갔다. 대학교 신입생 오리엔테이션 때부터 친해져 지금까지도 열에 일곱 번 이상은 텔레파시가 통하는 친구 지영이었다. 오리엔테이션에서의 장기자랑은 물론 학교축제에서도 늘 눈에 띄는 역할을 도맡아 하던 그녀는 학기 중 복학한 선배이자 남자친구 영필을 따라 대학로에 진출했다. 말이 진출이지 고된 연극의 삶을 택해서 아직까지 버텨내는 건 이미 헤어진 과거의 인연인 영필보다도 진하게 끌렸던 무대 위에서의 또 다른 인생이었다.

자신이 태어나던 해 돌아가신 아버지 외에도 두 명의 다른 남자를 아빠라고 부르며 자라야 했던 지영이. 그러다 엄마를 잃던 그 해, 첫 남자친구인 영필을 만나면서 발을 디딘 무대였다. 대학로에서 간간이 연극연출을 하던 영필이 일찍이 그녀의 재능을 알아보고 권유한 탓도 있겠지만 평생 구경도 못했던 연극 무대를 직접 밟고 대사를 읊으며 그녀는 그렇게도 털어내고 싶었던 자신의 껍데기를, 지옥 같던 운명의 짐을 털어낼 수 있었다고 한다. 평생 벗어날 수 없을 것만 같았던 힘든 짐이 극 중 다른 이의 삶을 입고 다른 이의 말을 이야기 할 때만큼은 자신에게 새로운 삶을 만들어 준다는 지영이었다. 누가 보기에도 무척이고 밝고 활달한 모습의 그녀였지만 꽤 아픈 무게의 상처들을 견뎌내고 있었고 그 상처의 흔적들을 그리고 치유가 되어가는 과정들을 유독 윤희에게만은 이야기하는 그녀였다.

"응, 그래. 지영아. 응, 지금 막 들어가던 참이지. 무슨 지지배야. 안 그래도 너한테 연락을 해서 돼지껍데기에 소주라도 한잔해야지 하던 참이었다. 응. 응. 그래. 거기? 응. 바로 갈게."

환기가 제대로 되지 않아 연기가 자욱한 돼지껍데기 집의 뻑뻑한 미닫이문을 힘겹게 열자, 테이블 세 개가 전부인 가게의 가장 안쪽 구석자리에서 지영이 환한 미소와 함께 팔을 크게 흔들어대며 반갑게 맞이한다. 녀석, 언제 봐도 기분 좋아지는 얼굴이다.

"윤희야, 여기."

반짝거리는 야무진 입술로 쫀득쫀득한 돼지껍데기를 씹어대며 손을 흔드는 그녀의 테이블을 보니 기다리는 사이 이미 소주 한 병을 깔끔하게 끝낸 모양이다. 늘 그렇듯 니 술은 니 꺼, 내 술은 내 것인 지영이어서 서로 술을 따라주는 법도, 한 잔씩 마실 때마다 술잔을 부딪는 일도 없기에 각이 병씩 처리하면 이야기도 끝내고 술자리도 끝냈다.

"응? 머야. 지지배. 술은 그렇다 치고 돼지껍데기까지 먼저 시작하는 건 반칙이잖아. 배 많이 고팠던 모양이네?"

"히힛. 그건 아니고. 오늘은 니가 사는 날이니 좀 먼저 시작해도 될 것 같아서."

"어머머. 애, 뭐래니? 주머니 사정 힘든 건 마찬가지인데 오늘은 내가 산다니 뭐 그래야 할 이유라도 있나보지?"

"그러엄, 있쥐이."

평소보다 살짝 들떠 있는 지영을 보니 윤희는 내심 기대가 되었다. 그녀가 오래도록 알아온 지영은 신나고 활달하기는 하지만 평소 쉽게 들뜨는 법이 없었고 특히나 자신의 일로 들뜨는 법은 더더욱 없었다. 다만 지영이 누구보다 아끼고 좋아하는 윤희를 위해 뭔가를 해줄 수 있을 때, 그때만큼은 외출에서 돌아오는 반가운 주인을 맞이하는 강아지처럼 평소 같지 않게 들뜨고는 했다. 그리곤 항상 윤희에게 칭찬을 듣고 가볍게라도 상을 받고 싶어 하고는 했는데 그 때마다 그 결과도 만족스러웠고 자신을 챙겨주는 지영이 싫지 않았다. 아니, 이제는 지영이 들뜨는 모습을 보면 자연스레 마음 한편에 기대감을 갖고 궁금해 하는 버릇이 생기기까지 했다.

낡은 쿠션이 삭아서 여기저기 터지고 누렇게 변색된 스폰지를 뱉어내는 의자를 당겨 막 자리에 앉던 윤희는 설레는 미소를 지으며 선심 쓰듯 주문을 했다.

"삼촌! 여기 소주 두 병이요."

"하하. 오늘은 안 가져다 먹고 지영이가 마실 술까지 주문하는 걸 보니 오늘은 윤희가 쏘는가벼? 오키바리. 술은 셀프지만 기분인께 삼촌이 갖다 준다."

"헤헷. 삼촌 눈치 짱이요."

머리엔 수건을 쓰고, 곳곳에 구멍이 숭숭 난 러닝셔츠를 입은 사장님의 한쪽 어깨에 '윤리'라는 글자가 초등학생이 공들여 쓴 것 같은 글씨체로 씌어져 있다. 마른 몸에 잔 근육들이 꽉꽉 들어차 있어서 왠지 좀 놀았을 것 같은 모습이지만, 윤희의 칭찬에 만족스러운 웃음을 짓는 그의 입에는 듬성듬성 이빨이 없어서 아마도 자신이 파는 맛좋은 돼지껍데기는 맛을 보기도 어려울 법했다. 사장님과 신호를 주고받은 윤희는 이내 의자를 당겨 지영에게 다가간다.

"그래서 뭔데? 응? 이번에도 뭔가 있는 거야?"

"지지배. 보채기는. 입 안에 껍데기는 좀 마저 씹자. 이것아."

살짝 거들먹거리는 게 꽤 괜찮은 경우인 듯싶다. 안달이 난 윤희가 알맞게 잘 익은 돼지껍데기들 중에 실하게 생긴 놈을 집어 들고는 양념을 고루 묻힌 뒤, 지영의 앞 접시에 가져다 두며 얘기한다.

"알잖아. 나 요즘 일에 굶주려서 이런저런 심적 여유가 없는 거. 시간 끌지 말고 얼른 얘기 좀 해봐. 응?"

"왜 알지? 얼마 전 우리 극단에서 새롭게 준비하는 연극."

"응. 알지. 모처럼 너도 큰 배역을 따기도 했고, 요즘 원탑으로 한창 주가를 올리고 있는 영화배우 김정연 씨가 출연을 하기로 해서 화제가 되기도 했잖아."

"그래, 그 작품 말이야."

"응. 근데 그 작품이 왜?"

윤희는 여전히 반짝반짝 빛나는 입술로 자신감 넘치는 미소를 짓고 있는 지영을 바라보다가, 눈이 동그래지면서 입이 서서히 벌어진다. 뭔가 짐작되는 것이라도 생각난 모양이다.

"너어, 지지배. 너어 설마?"

"응. 그래. 그 설마야."

"꺄아악. 뭐야. 정말인거야? 정말 김정연 씨가 내가 부탁한 특별코너의 인터뷰를 해주기로 했다는 거야? 지금 그걸 말하고 있는 게 맞는 거야?"

"아. 글쎄. 그렇다니깐!"

"꺄아악. 고마워. 지지배야! 정말 고맙다!"

윤희는 의자가 뒤로 넘어 갈 정도로 자리에서 벌떡 일어나며 지영을 꽉 껴안는다. 너무나 빠르고 갑작스러운 동작에 지영도 놀란 표정으로 말을 이어간다.

"켁켁. 이 년아 껍데기 목에 걸렸어. 이것 좀 놓으라고!"

윤희의 등을 치면서 떼어 놓으려던 지영도 곧 다시 평온한 미소를 지으며 윤희를 부드럽게 꼬옥 안아준다. 부둥켜안은 둘의 밑으로 조금 전 쓰러진 낡은 의자가 간신히 지탱되던 쿠션 부분과 분리되어 조금씩 흔들리고 있었다. 그 모양을 지켜보던 사장님은 잠시 두 눈만 멀뚱멀뚱 깜빡이더니 이내 특유의 미소를 드러내며 말했다.

"조오타! 오늘은 내가 쏜다, 껍데기이!"

그렇게 잠시 동안, 지난 주 지영과의 있었던 일을 떠올리던 윤희는 경쾌하게 걷던 걸음을 멈추고는 크게 심호흡을 한번 한다. 인턴 과정을 마치고 본격적인 기자 생활에 첫 도전장을 내민 이후 처음으로 제대로 된 일을 맡게 된 터였다. 그것도 회사의 윗선에서 특별 취재 건으로 기획했으나 베테랑인 선배 기자들은 물론 타사의 연줄 좋은 기자들도 번번이 퇴짜를 맞기 일쑤여서 특종 중의 특종이 될 만한 기사였기에 더더욱 특별했다. 그런 어마어마한 일을 친구 지영의 도움으로 윤희가 맡게 되었으니, 사실 돼지껍데기가 아니고 그 이상이라 하더라도 해주었을 일이다.

지영과 있었던 지난주를 떠올리니 아버지와의 통화는 금세 잊혀졌다. 이런저런 생각으로 콧노래까지 흥얼거리며 걸음을 옮기다 보니 어느새 약속된 장소에 도착했다. 작고 아담한 전통찻집인데 군더더기 없이 정갈하게 꾸며져 있는 인테리어가 인상적인 곳이다. 음악 대신 잔잔한 시냇물 소리와 새소리가 가끔씩 들리는 귀뚜라미 소리와 묘하게 어울리며 조용히 귓가를 맴돌며 흐른다.

창가는 통유리로 꾸며져 있고 건너편으로는 커다란 종합병원이 한눈에 들어오는 곳이다. 그러고보니 오늘 인터뷰를 하기로 한 배우 김정연 씨가 셔틀버스 다섯 대를 기증하여 화제가 되었던 병원이다. 버스는 30분 간격으로 주변 버스 정거장과 지하철역을 순회하며 무료로 사람들을 태웠다. 혹시나 인원이 많을 때는 순서와 상관없이 연세가 많은 노인들을 우선으로 태우도록 되어 있다고 한다. 그 조건을 내건 사람이 버스를 기증한 김정연 씨라서 처음에는 질서와 권리를 부르짖는 몇몇 젊은이들의 공격대상도 되고, SNS를 통해 비난여론이 잠시 들끓기도 하였으나 흔들림 없이 의연하게 대처하는 모습을 통해 최근에는 많이 잠잠해지기도 하고, 오히려 그의 선행을 긍정적으로 평가하는 반응들이 나오고 있다가 최근 몇몇 기록을 갈아치운 영화에 연이어 여주인공을 맡으면서 최고의 주가와 관심을 몰고 다니는 그녀였다. 그런 그녀가 올해부터 일 년에 한 편씩 연극 공연에 참여하면서 노 개런티를 선언하였으니 각 매체에서는 어떻게든 그녀를 둘러 싼 이슈들을 집중탐구 하여 화제로 다루려고 경쟁 중인 것이다.

게다가 이번에 출연을 결심한 연극 '내 생에 마지막 비가'라는 작품은 전문가들의 꽤 괜찮은 평에도 불구하고 흥행

16

에서는 빛을 보지 못하던 작품으로 그나마도 한 언론사의 후원으로 조그마한 소극장을 통해 공연을 이어왔으나, 최근 이런저런 사정으로 1개월 정도의 공연 후 막을 내리려던 차였다.

유명 작품도 아닌 곧 막을 내릴 작품을 택한 데다 자신과는 연령대가 맞지 않아 감정을 효과적으로 전달하기 부족하다 하여, 주연 자리도 양보하였으니 덕분에 공연은 소문이 꼬리를 물고 이어져 최근에는 근래 보기드믄 흥행은 물론 영화 제작으로까지 결정이 된 상태이기도 했다. 덕분에 친구 지영이도 연극배우로서 관심과 기회들이 생기고 있었고, 매일 입이 닳도록 배우 김정연에 대한 칭찬을 아끼지 않았다. 오늘은 개인적인 호기심도 충족하고 일에서도 인정받을 수 있겠다는 꽤 만족스러운 예상을 하며 시계를 들여다봤다. 약속 시간을 5분 정도 앞두고 있었기에 곧 고급스런 승용차라든지 검정색 밴이 한 대 서지 않을까 하여 주변을 둘러보는데, 택시만 두어 대 잠시 섰다 지나갈 뿐이었다.

'흐음. 바쁜 분일 테니 조금은 늦어지려나?'

윤희는 자신이 떠올린 느낌의 차량이 보이지 않았기에 조금 늦어지는 것이라 추측을 했다. 그때 찻집의 문이 열리며 청아한 종소리를 냈다. 왠지 모르게 편안한 종소리의 여운이 잔잔하게 사그라질 무렵, 누군가 윤희의 앞에 다가섰다.

"문윤희 기자님이신가요?"

"네? 네, 네!! 안녕하세요"

바짝 긴장한 새내기 기자 윤희의 앞에 편안한 차림으로 화장기 없는 김정연이 얼굴에 활짝 웃음을 띠며 서 있었다. 과연 친구 지영이 늘 얘기하던 동네 친한 언니 같은 느낌 그대로였다. 하도 친한 언니 친한 언니 하기에 친분을 과시하려 과장을 한다 생각했는데 정말 솔직한 느낌을 전달했구나 하는 생각이 들었다.

"촬영은 별도로 없을 거라 하기에 초면이지만 편안하게 나왔어요. 이곳에 올 때는 늘 그런 편이거든요. 이해해 주시길 바라요."

"아, 네. 오히려 꾸밈없이 자연스럽게 나와 주셔서 왠지 더 배려받는 느낌인걸요."

사실이 그랬다. 만약 그녀의 유명세만큼이나 대단한 차림으로 나왔다면 새내기 기자인 윤희의 입장에서는 주눅이 들어 버렸을 것이었다. 게다가 지금 보니 한두 명쯤은 따라다닐 법한 매니저나 코디가 보이지 않았다. 윤희가 상상하던 대로라면 허가받지 않은 촬영을 저지하거나 쓸데없는 질문들을 차단하는 누군가 지켜보고 있어야 할 텐데 말이다. 무심결에 주변을 둘러보니 김정연 배우가 미소를 지으며 이야기한다.

"우리 둘 뿐이에요. 지영이가 편한 느낌의 자리가 되었으면 좋겠다고 부탁을 했거든요. 평소에도 혼자 다니길 좋아하는 편이기도 하구요."

"아, 그렇군요. 감사합니다."

지난번 돼지껍데기 집에서 지영이 하던 이야기가 생각났다. 시작부터 오로지 순수하게 연기와 공연만을 생각하며 살아왔기에 연기가 아닌 공식석상이나 기자회견 혹은 인터뷰들은 아직 많이 불편해 한다고 들었다. 이번 자리도 지영이가 김정연 배우와 이야기를 나누던 중 자연스럽게 만들어졌는데, 공연 연습이 끝난 뒤 회식자리를 같이 하게 된 김정연 배우가 지영이의 인생이나 연극에 몰두하게 된 이유들을 듣게 되면서 무척이나 공감하고 감동을 전하며 먼저 친해질 것을 제의했다고 한다. 이후 자연스럽게 대화를 나누게 되면서 요즘 고생하는 윤희의 이야기를 전해 듣고는 기꺼이 도움을 주기로 했으나 김정연 배우를 배려한 지영의 부탁으로 사진촬영은 하지 않기로 했던 것이다.

취재를 위해 녹음은 하되 가급적 편하게 차를 마시며 대화를 나누는 자리가 되었으면 한다고 했었다. 나름 마음의 준비를 잔뜩 하고 왔지만 아직 적응을 하지 못한 윤희가 머뭇머뭇 거리자 상황을 알아챈 정연이 먼저 입을 연다.

"그래요. 그럼 어떤 이야기를 나누면 좋을까요?"

"음. 네, 저 아마도 그러니까… 아, 맞다! 택시요!"

"택시?"

"네. 음. 그러니까 아까 제가 잘못 보지 않았다면 택시, 택시를 타고 오셨거든요."

"픕."

당황한 윤희가 불안정한 목소리로 엉뚱한 질문을 하자 그 모습을 보며 정연이 가볍게 웃음을 짓는다. 정연의 웃음에 윤희는 자신이 어이없는 질문을 했다는 생각이 들어 부끄러워졌다. 사실 기다리는 동안 정연이 고급 승용차나 밴을 타고 올 거라 생각했었기에 택시를 타고 온 정연이 의외로 느껴져 엉겁결에 튀어 나온 말이었다. 이를 어찌 수습해야 하나 난감해 하던 중에 정연이 대답을 이어간다.

"지영이 얘기를 듣고 도움을 주고 싶어 나오기는 했지만, 사실 나도 어디부터 어떤 얘기를 들려줘야 할지 몰랐는데 마침 적당한 질문을 했네요."

"네?"

엉뚱한 질문에 적당한 질문이라니 윤희는 자신이 잘못 들었나 생각했다.

"배우로서는 어느 정도 역할을 하고 있다고 생각하고는 있지만, 한 사람으로서는 아직 부족한 점이 많다고 생각하기에 사실 저에 대해서는 딱히 들려줄 이야기도 없어요. 하지

20

만 우리 부모님에 대해서라면 들려줄 수 있는 이야기가 있으니까요."

택시에 대한 질문을 했는데 난데없이 부모님이라니 잘 이해가 되지는 않았으나 적당한 질문이 떠오르지 않던 차에 정연이 알아서 이야기를 들려준다니 다행이라는 생각이 들었다. 윤희는 우선 정연의 부모님 이야기를 들으며 분위기를 잡은 뒤, 실제 궁금한 질문을 하리라 마음먹었다.

"지금부터 들려드리는 이야기는 제가 지금보다 철이 없던 시절 엄마가 절 찾아왔을 때 들려주신 이야기예요. 엄마라는 사람이기 전에 정이분이라는 이름을 가진 한 여자가 김만복이라는 한 남자를 사랑했던 이야기."

정연은 잠시 눈을 감고 짧게 숨을 들이쉬고는 이내 편안한 표정이 되어 조용하게 말을 이어갔다. 눈을 감은 정연의 머릿속 시간은 이미 6년 전으로 거슬러 오르고 있었다.

생일

　누군가의 집 거실로 보이는 조그마한 공간으로 초저녁 노
을이 종이에 수채물감이 잔잔히 번져가듯 사르르 스며든다.
작지만 넘침도 부족함도 없이 반듯하고 단아하게 정돈되어
있어 집주인의 성격을 짐작할 만하다. 거실의 한쪽 벽면에
는 약을 정리해 놓은 크지 않은 탁자가 자리하고 있고, 중앙
앞쪽에 놓여 있는 약상자 안에는 오색의 약봉지와 이름 모
를 약통들로 가득 채워져 있다. 약상자가 놓인 뒤로는 세 개
의 액자들이 나란히 줄을 지어 서 있는데, 가장 가운데에는
철도원 모자와 정복으로 멋들어지게 맵시를 낸 중년의 남

성이 꽃다발을 가슴 한 가득 안고는 어딘가 어색한 표정으로 웃음을 띤 모습이다. 철도원이었던 남성이 아마도 퇴직을 할 때 찍은 듯했다. 한쪽에는 같은 날 찍은 듯한 사진 속에 한복을 곱게 차려입은 중년의 여성이 온화한 미소로 어색한 미소의 남성과 나란히 앉아 있는데 표정만 보아도 왠지 성격이 사뭇 다른 부부일 것이라는 느낌이 든다. 또 다른 한쪽에는 세 자녀와 사위, 며느리, 손자손녀가 정장과 한복으로 차려 입고는 노부부와 환하게 웃으며 찍은 사진이 놓여 있다.

집 안으로 스며든 노을빛이 세 개의 사진을 모두 덮어버릴 즈음, 거실 밖 문에서 열쇠를 돌리는 소리가 들리는 듯하더니 곧 사진 속 온화한 모습의 여성이 거실의 불을 켜며 들어온다. 한참을 걸었는지 힘겹게 허리를 펴며 호흡을 가다듬는데 곧이어 누군가 지팡이를 짚으며 거실로 들어선다. 감정을 살필 수 없는 표정의 사진 속 정년퇴임식 날 주인공인 남성이다. 무뚝뚝한 그의 표정에서 사진 속 그의 웃음이 왜 그리도 어색했는지 알 것 같다.

가다듬던 호흡을 채 추스르기도 전에 자신의 남편이 들어서는 걸 본 여성은 얼른 남편을 부축하며 사진들이 놓여있던 건너편의 또 다른 탁자로 가 의자에 앉힌다. 탁자 위에는 구식 라디오가 안테나를 꼿꼿이 세워 자리를 잡고 있고, 가운데 놓인 미니 책꽂이에는 오래된 족보 몇 권과 색 바랜 고서들 그리고 가계부 등이 꽂혀 있다. 아마도 남편이 주로 사용하는 탁자인가보다. 책꽂이 옆에는 손자손녀들이 학사모를 쓰고 찍은 유치원 졸업사진들은 물론 생일잔치를 하는 사진, 놀이동산에 간 사진들이 빼곡히 놓여있는 것으로 보아 손주들에 대한 애정이 몹시도 깊은 것을 알 수 있다.

조간신문과 각종 청구서, 고지서 등을 손에 쥔 남편이 의자에 앉아 숨을 돌리는 걸 보자 부인은 그제야 몸에 잔뜩 밴 힘을 풀고는 남편의 지팡이와 중절모, 외투 등을 챙겨 구석에 있는 행거에 가져다 건다.

가쁜 숨을 몰아쉬며 목을 좌우로 돌리고 스스로 어깨를 주무르던 김 선생이 오랜 습관인 듯 자연스럽게 조간신문을 펼친다. 동시에 구식 라디오의 전원을 켜자 뉴스가 흘러나온다. 옆에서는 정 여사가 빨래를 걷어 가지런히 개고 있는데, 노부부가 외출을 하고 돌아오면 으레 각자의 자리와 역할이 정해져 있기라도 한 것처럼 반복되는 모습이다. 그 다음으로는 김 선생이 눈에 띄는 신문기사라도 발견하면 기사를 소리 내어 읽어 주고, 정 여사가 대답을 하면서 대화를 이어가는데 보통은 김 선생의 타박으로 마무리되기 때문에 정 여사의 입장에서는 대꾸를 해주기도 쉽지가 않다. 하여 때때로는 김 선생이 호흡을 가다듬고 신문기사라도 읽을 것 같은 분위기가 되면 정 여사는 슬그머니 잘 개어놓은 옷가지나 수건들을 가지고 일어나 방으로 들어가기도 한다.

오늘도 늘 그렇듯 태연하게 각자의 일들을 보고 있는 모습이기에 얼핏 라디오에서 흘러나오는 뉴스는 듣기 위한 것인지 그저 노부부만 덩그러니 있는 공간의 적막을 깨기 위한 수단인 것인지 알 수가 없다. 그저 또렷하고 고르게 발성하는 뉴스 앵커의 목소리가 쉼 없이 흘러나오며 뉴스를 전할 뿐이다.

"다음 뉴스입니다. 어제 인천에서 생활고를 비관한 30대 주부가 자녀 3명과 함께 아파트에서 뛰어내려 일가족 4명이 숨졌습니다. 아이들은 마지막까지 엄마에게 살려달라고 애원했던 것으로 드러나 안타까움을 더하고 있습니다. 박용효 기자의 보도입니다."

"네. 저는 현장에 나와 있는 박용효 기자입니다. 어제 저녁 6시 즈음 인천의 한 아파트에서 생활고를 비관한 서른 네 살 손 모 씨가 자신의 아들딸 세 명과 동반 투신해 목숨을 끊었습니다. 손 씨는 어제 저녁 자신이 살고 있던 아파트에서 일곱 살과 여섯 살 남매를 아파트 14층 계단 창문 밖으로 던진 뒤, 세 살 난 딸을 안고 자신도 뛰어 내렸습니다. 손 씨의 유서에서 나온 유서에는 '아이들에게 미안하다, 살기 싫다.'는 내용이 적혀 있었습니다. 숨진 아이들은 마지막까지도 엄마에게 살려달라고 했던 것으로 드러나 안타까움을 더하고 있습니다. 아이들은 아파트 주민들이 다 들었을 만큼 10분 가까이 울면서 애원했지만 소용이 없었습니다."

서른 네 살이라니…. 서른 네 살이라면 앞으로도 뭔가 일을 벌여볼 수 있는 시간들이 충분한 나이였다. 게다가 아들 딸 세 명과 동반 투신이라니…. 자신들의 선택과는 상관없이 부모들에 의해 세상에 발을 들인 아이들이 무슨 잘못이란 말인가. 세상에 던져진 것은 어쩔 수 없다 해도 적어도 앞으로 가는 날까지 각자의 시간을 스스로 살아가고 매듭지을 수 있는 기회는 줘야 하는 것이 응당 당연한데 말이다.

마침 노부부 역시 30대 초반의 딸을 두고 있는 터라 라디오 뉴스를 듣던 정 여사는 내용이 불편했는지 김 선생의 눈치를 슬쩍 살피지만 그는 뉴스를 듣는지, 신문을 읽는지 표정을 알 수가 없다. 라디오에서는 계속해서 당시 현장에 있었다는 목격자의 뉴스가 흘러나온다.

"어린애가 살려달라고 하는데도 떨어뜨려서 죽였으니까. 내가 목격했을 때는 울면서 살려달라고 했었거든. 근데 5분도 안돼서…."

"경찰조사 결과 손 씨는 일용직으로 일하면서 생활고와

빚 독촉에 시달리자 평소에도 죽고 싶다는 말을 자주 해왔던 것으로 알려졌습니다. 다음은 사건을 맡고 있는 경찰관이 전한 내용을 들어 보겠습니다."

"어린 생명을… 설령 자기가 낳은 자식일지라도 부모의 일방적인 의사에 따라 고귀한 생명을 앗아간다는 것은 있을 수가 없는 일이라고 생각합니다."

"결국, 그릇된 모정이 이미 피어보지도 못한 안타까운 생명을 송두리째 앗아가고 말았습니다. 이상 현장에서 박용효 기자였습니다."

"다음 소식입니다. 역시 일가족의 자살이…"

주변에 수 없이 죽고 싶다는 말을 해왔다던 손 씨. 어쩌면 그는 일찍부터 사람들에게 살려달라는 이야기를 해왔던 것일까. 아니면 아이들만이라도 살릴 수 있는 방법을 알려달라는 신호를 보내왔던 것일지도 모르겠다.

뉴스의 인터뷰를 듣고 있자니 세상을 쉽사리 등지고 아이들을 무책임하게 포기해 버린 부모를 탓해야 하는 것인지, 그의 고충과 삶을 포기하려는 신호를 들어왔음에도 선뜻 손을 내밀어 주지 않았던 주변 사람들을 탓해야 하는 것인지 애매하다. 아니, 사실은 쉽게 인정하고 싶지는 않더라도 부모와 주변 사람들 모두 잘못 돌아가고 있는 이 세상을 탓해야 하는 것일지도 모르겠다.

조용히 신문을 보며 무관심한 듯 보였던 김 선생도 더는 듣기가 불편했던지 눈살을 살짝 찌푸리며 라디오 전원을 끄고는 신경질적으로 신문을 접어 탁자에 집어 던진다. 그리고 잠시 뜸을 들이더니, 이내 책상 위에 놓여 있던 각종 고지서와 청구서, 기타 우편물 봉투들을 일일이 열어 내용을 확인한다. 그런 김 선생을 물끄러미 바라보던 정 여사가 무언가 생각난 듯 건조대에서 말린 옷가지를 정리 하다말고 "아차!" 하는 소리와 함께 약상자가 놓여 있던 탁자로 서둘러 가더니 보약으로 보이는 한약 팩 하나를 꺼내 빨대를 꽂아 남편인 김 선생에게 가져간다. 팩을 다루는 동작의 능숙함이 하루 이틀 일이 아닌 듯한데 김 선생은 오늘도 어김없이 정 여사가 내미는 한약 팩을 한사코 거절한다.

주거니 받거니 하기를 네댓 번, 하지만 늘 있었던 김 선생의 거절이 익숙한지 정 여사는 아무렇지도 않은 듯 결국 남편의 입에 빨대를 물린다. 마땅치 않은 표정으로 한약 팩을 빨던 김 선생이 표정을 찡그리며 입을 떼어 내자 정 여사는 재빠르게 입에 쥐고 있던 사탕을 남편의 입에 물린다. 그리고 한약 팩을 살핀다.

"아니, 또 남기셨네. 이 비싸고 좋은 걸 왜 자꾸 남기나 몰라. 마저 다 드세요."

"아. 됐어. 저리 치워."

"여기 이렇게나 많이 남았잖아요."

"아, 됐다구. 정 그러면 당신이나 먹든가."

"에휴, 애도 아니고 매번 왜 그러시나 몰라. 두어 모금 더 잡수면 될 걸 가지고."

사실 처음 자식들이 한약을 지어 왔을 때에는 주면 주는 대로 곧잘 받아먹기도 하고, 때때로 정 여사가 깜빡 하는가 싶으면 스윽 직접 가서는 챙겨먹기도 하던 김 선생이다. 나이가 먹어 체질이나 입맛이라도 바뀐 것일까. 갑자기 어느 날부터 한약이 쓰다는 둥, 먹고 나면 속이 안 좋다는 둥 어떻게든 안 먹으려고 피하는 모습이다. 예전 같으면 괜한 실랑이로 서로 넘기고 넘겨받기를 몇 차례 했을 일이지만 매번 남기기 일쑤여서 정 여사는 김 선생의 고집을 당해 낼 재간이 없다.

남은 약이 아까운 정 여사는 빨대로 조금 들이키더니 아예 팩을 입에다 가져가 대고는 힘껏 빨아 마시는데 흡사 어린아이가 쭈쭈바의 단물이 아쉬워 남김없이 먹으려는 모습이다. 그 모습을 김 선생이 물끄러미 지켜보다가 마지막 한 모금까지 다 마시는 모습을 보고는 고개를 돌려 손에 들고 있던 우편물들을 확인한다.

정 여사는 남은 보약을 다 마시기가 무섭게 다시 약상자로 가서는 하얀색 약통을 집어 알약을 하나 꺼내더니 자신의 입으로 넣는다. 약 한 알을 넘기기가 무척이나 힘겨운 듯 물을 한 모금 더 들이킨 뒤, 자신의 가슴을 탁탁 친다. 그러면서도 왠지 김 선생에게 들킬까 신경 쓰는 눈치다. 하지만 아는지 모르는지 김 선생은 어느새 무표정으로 손에 쥔 우편물과 고지서만 열심히 들여다보고 있을 뿐이다. 그리곤 곧 지갑과 바지주머니에서 꼬깃꼬깃 구겨진 기차표와 영수증을 꺼내 다리미질 하듯 손으로 쫙쫙 피더니 차곡차곡 반듯이 정리해서는 다른 영수증들이 묶여 있는 고무줄에 끼워 넣는다. 그 모습이 너무도 자연스러워 아마도 꽤 오랜 시간 동안 집안의 금전적인 관리나 가계부 정리를 직접 해왔을 것으로 짐작된다. 볼펜을 들어 가계부를 적어 내려가던 김 선생이 문득 고개를 들어 이야기 한다.

"갔다 오길 잘했지?"

뜬금없이 말을 던지니 옷가지를 정리하던 정 여사는 또 뭐라 대답을 해야 할지 고민이 된다. 뭐라도 다음 말이 나오겠지 하고 기다리고 있으려니 역시나 김 선생이 다음 말을 이어간다.

"어느새 잡초들이 많이도 올랐어."

짐작하려니 오늘 장시간 힘들게 다녀온 산소 이야기를 하는 모양이다. 워낙 힘겹게 먼 길을 다녀온 정 여사는 무심코 마음속에 있던 생각을 대답으로 전한다.

"고집도 참. 주말에 애들 차 타고 가면 편안하게 다녀오셨을 것을."

"흥. 아직 힘이 남아있는데 뭣 하러 자식 놈들 시간 날 때를 기다리나. 그놈들, 나 죽으면 선산은 들여다보지도 않겠지?"

말투를 보아하니, 아마도 자식들에게 어떤 불만이라도 있는 모양이다. 아마도 금전 개념이 철저하고, 조상들 일에 대해서는 반드시 예를 갖추고 집안의 중요한 행사로 여기는 다소 보수적인 성격일 것이다.

"하긴, 어르신들 살아계실 때 애들이 봤었어야 하는 건데, 지들 태어나기도 전에 다들 돌아가셨으니."

"얼굴을 못 봐서 신경을 안 써도 될라치면 지들은 뭐, 할아버지 할머니 없이 세상에 나왔다던가?"

"인지상정이에요. 정이 있었어야 나중에라도 찾아다니고 그러는 거지."

뭔가 할 말이라도 있는 마냥 입을 움찔하던 김 선생은 뱉으려던 말을 안으로 꾹 삼킨다.

"영감, 말이 나온 김에 우리도 그 납골당인가 뭔가에다 모시는 게 어때요?"

"거 무신 소리를 하는 게야?"

"아버님, 어머님 다 이장해다가 한 자리에 모시면 애들이 좀 편안할 거 아니에요."

"애들 편하라고 납골당에다 모셔?"

안 그래도 이런저런 이유로 산소에 자주 가지 못하는 자식들이 불만인 김 선생이다. 조상들을 잘 보살펴야 대대로 무탈하게 잘 지낼 수 있는 법일 텐데, 무슨 이유며 핑계가 그리 많은지 정작 가야 할 때에는 뒤로 물러서 놓고는, 지나고 나서야 '아, 갔어야 하는 건데.' 라던지 '정말 어쩔 수 없어서 그랬지만 안타깝다.'는 둥 변명만 늘어놓기 일쑤다. 그런 애들 편하라고 납골당에 모시자니 어림도 없는 생각이다. 김 선생은 산소를 보살피는 것도 자손들의 정성이 필요한 노릇이지만, 먼 길을 애써 시간 내어 찾아가는 과정도 조상에 대한 성의이고 예를 갖추는 것이라 믿고 있다.

"요즈음엔 그렇게도 많이들 한답디다."

"고향산천 내버려두고 이역천리 연고도 없는데다가 조상님들을 모시란 게야?"

"마누라 말 좀 들어요. 여자 말 잘 들으면 자다가두 떡이 생긴다고 안 해요."

"떡 같은 소리 하고 있네!"

"지들 부모 다 가고 나서 한 해 두 해 거르다가 선산이 온통 잡초로 무성해지면, 그땐 뭐가 뭔지, 누구 묘가 어디 있는지 다 틀어지는 거예요."

정 여사의 외모를 보면 얼굴에는 주름이 있으나 곱게 자리를 잡아, 부드럽고 유한 인상을 주고 있으며 그녀의 어투는 남편과는 달리 차분하고 안정감이 있어서 듣는 사람으로 하여금 편안한 마음이 들도록 하는 스타일이다. 실제로도 자신의 말보다는 상대방의 말을 들어주는 편이기도 하고, 늘 자신의 기분보다는 상대방의 기분을 살피고 배려하며 말을 이어가는 성격이다. 그런 그녀가 오늘따라 무슨 맘이라도 먹었는지 평소에는 잘 안 하던 얘기를 또박또박 꺼낸다. 특히나, 조상의 묘에 대한 얘기들은 김 선생이 꽤나 민감하게 여기는 부분이라서 말을 꺼내면 분명 타박을 받을 것이 분명한데도 마치 오늘을 위해 준비라도 했는지 물 흐르듯 유연하게 자신의 말을 풀어나간다.

"그나마 당신 살아 계실 때 하나하나 정리를 해놓으셔야 이 다음에 뭐가 되도 되지. 혹여, 사촌들하고 우리 애들하고 의라도 나면…."

"누가 그런 소릴 해! 다들 같은 할아버지 할머니한테서 나온 사촌들끼리 왜 의가 나나?"

"누가 알아요? 개발이다 신도시다 해서 자고나면 이 산 저 산, 다 들쑤시는 판이니."

"그 산 속까지 개발되려면 아직 멀었어!"

역시나 김 선생의 불만스런 말들이 이어진다. 자신의 생각을 뻔히 알고 있을 텐데도 굳이 이야기를 꺼내 심기를 건드리는 정 여사의 말을 불편해 하는 기색이 역력하다. 정 여사는 자신의 말이 귀찮다는 듯 전혀 들으려 하지도 않은 채 사사건건 반대만 하는 고집불통 남편을 잠시 바라보는가 싶더니 박수를 치듯 양손을 부딪치며 자리에서 일어난다.

"참!"

그리고는 자신의 약이 있던 탁자로 다가가 약상자 밑에 있던 납골당 광고지 하나를 꺼내 들더니 김 선생에게 건네준다. 짐작대로다. 평소 같았으면 정 여사가 김 선생과 이야기를 하면서 오늘처럼 자신의 주장을 하나하나 분명하게 전달하지 못하는 경우가 대부분이다. 그리고 대체로 김 선생의 고집에 금세 뒤로 물러나기 일쑤다. 헌데 납골당 광고지까지 따로 챙겨두었을 정도니 오늘 산소를 다녀오면서 문득 생각해 낸 것은 아닌 것이다. 언젠간 얘기를 꺼내야지 하고 있었으니 오늘은 정 여사도 어느 정도는 정리해 두었던 생각을 전하는 중이다.

"자, 이거나 시간 날 때 한 번 보시구려."

"이게 뭐야?"

김 선생이 광고지를 건네받는 순간, 신문지를 오려 놓은 듯한 종이 하나가 바닥으로 툭 하고 떨어진다. 김 선생은 납골당 광고지보다는 오려 놓은 신문지 쪽으로 시선이 향하지만, 정 여사는 남편의 시선이 바닥을 향하기 전에 재빨리 주워들고는 몸 뒤로 감춘다.

"그건 또 뭐야?"

"아무것도 아니에요. 얼른 그 건넨 것이나 살펴봐요."

김 선생의 시선이 정 여사의 뒷춤으로 꽂히자 정 여사는 다시 한 번 목소리에 힘을 주어 말한다.

"어쨌거나, 올해는 윤달이 들었다하니 하시려면 서두르셔야 되요. 윤달 때는 시체를 거꾸로 매달아 놔도 아무 일이 없다고 그러잖아요."

"아 글쎄. 윤달이고 반달이고 납골당 안 간다고! 편히 누워 계신 양반들을 무덤 속에서 끄집어내는 것도 모자라 또 불에다 태워?"

조상들을 화장하기도 전에 자신의 가슴에 열불이 날 일이다. 이제까지 한 번도 조상들의 산소를 옮기거나 화장을 한다는 것은 생각해 본 적이 없다. 마음에 들지 않는 주제의 이야기를 더 이상 이어가고 싶지 않다는 표현이라도 하듯, 혼잣말로 구시렁구시렁 대며 몸을 돌려 가계부 위에다 납골당 광고지를 내려치듯 놓는다. 그 순간 손끝에 크고 선명하게 새겨져 있는 광고문구들이 들어온다.

"명품? 최고 명당? 이런 나쁜 놈들. 맨 장삿속에 이제는 조상들을 팔아먹는단 말이야?"

"그렇게만 볼 것도 아니라구요. 잘 생각해 보세요. 세상이 바뀌었다구요."

"아. 글쎄, 이제 됐으니 그만해."

정 여사를 쳐다보지 않은 채로 말을 잘라버리는 김 선생이지만 왠지 말과는 다르게 영수증과 가계부를 챙기면서 광고지를 가계부 사이에 끼워 넣는다. 미리 이야기를 준비해놨던 것이 효과라도 있었던 걸까? 김 선생도 오늘은 평소보다는 크게 호통 치는 경우 없이 슬그머니 받아주는 느낌이다. 그렇다고 정 여사의 말에 동의를 하는 것은 아니지만 말이다. 그런 김 선생의 모습을 바라보는 정 여사는 그래도 자신의 말을 챙기려는 남편의 모습이 싫지 않은지 보일 듯 말듯 아주 엷은 미소를 짓는다.

"아니, 그나저나 이놈들은 왜 아직까지 안 오는 게야?"

"오겠지요, 뭐. 아직 시간도 안 되었구만."

"자식새끼들이, 에미 애비 집에 오면서 몇 시까지 온다고 시간을 정하고 와? 나쁜 놈들 같으니라고!"

김 선생도 예전에는 자식들이 자신들을 찾아오는 것에 대해 빠지게 되거나 늦기라도 하면 '바쁜 일이라도 있겠지.' 혹 특별한 사정이라도 있거나 하면 '다음에라도 보면 괜찮다.' 하고 넘기고는 했다. 하지만 점차적으로 자식들의 발길이 뜸해지기도 할 뿐더러, 돌아가신 조상님들이야 어쩔 수 없다 치더라도 반듯하게 살아있는 부모님 댁조차 매번 핑계를 들이미는 자식들이 슬며시 원망스러워진다.

특히, 나이가 들어가고 살아온 날들보다 살아갈 날들이 길지 않게 남았다는 생각이 들면서부터는 왠지 자꾸 초조하고 짜증이 났다. 게다가 자식들은 그렇다 쳐도 무척이나 아끼는 손주들을 볼 수 없게 되는 일이 내심 아쉽고 속상한 때가 많아서 더욱 그랬다. 김 선생은 말을 이어가면서도 탁자에 펼쳐진 고지서와 청구서들을 정리해 나간다. 자식들을 두둔하려는 정 여사가 얄밉게라도 느껴졌는지 김 선생이 흘긋 정 여사를 쏘아보며 낮은 톤으로 말을 던진다.

"그리고 전기도 좀 아껴 쓰고, 물도 좀 아껴 쓰고!"

"?"

"젠장, 돈이 있어야 뭐도 하고 뭐도 하지 원."

"영감, 전기고 물이고 아끼는 것도 좋지만 올해는 우리도 에어컨 하나 놓읍시다."

"아니, 아끼자는 얘기 중에 그게 뭔 소리야?"

"저야 괜찮지만, 당신이야말로 작년 여름에 얼마나 고생하셨어요? 몸도 성치 않은데."

"흠."

"네? 영감, 그리하자구요."

"에어컨이 뭐 필요해, 선풍기가 쌩쌩하니 살아있는데!"

사실 더위를 타는 것으로 치자면 단연 김 선생이다. 여름에 선풍기를 독차지 하는 것도 김 선생이고 집 안에서는 너무 더워 러닝셔츠만 입고 있어도 끙끙대며 땀을 흘리는 사람이 김 선생이었다. 반면, 정 여사는 그다지 더위를 타지는 않았다. 더운 날 뜨거운 땡볕에 장시간 걷기라도 하면 모를까 집 안에서는 웬만한 움직임으로는 땀이 나거나 하지 않았다. 하긴 최근 들어 체질이 바뀌었는지 가끔씩 휴지로 땀을 콕콕 찍어내는 것이 더위를 타기 시작이라도 하는 모양이기는 하다. 쉽게 허락할 것이라 생각하지도 않았지만 도무지 고집을 꺾지 않을 모양새인 남편을 보고 정 여사가 평상시에는 전혀 하지 않던 심술이 난 퉁명스러운 표정을 짓는다.

"흥, 올 여름에 주무시다, 또 지난여름처럼 아이고 더워. 아이고 더워 아주 노래만 해보슈!"

어지간해서는 그런 것으로 떼를 쓰는 정 여사가 아닐 진데, 퉁명스러운 표정을 짓는 것을 보고는 신경은 쓰이는지 조금은 내려놓은 목소리로 김 선생이 설명을 한다.

"에어컨 바람이 노인네들한테는 더 안 좋아요. 뉴스도 안 봐? 한 여름에 감기에 걸려서 콜록콜록? 거 노인들이 감기에라도 걸리면 그것도 큰일이라구!"

"그럼 영감, 세탁기라도 좀 바꿉시다."

에어컨을 말리고 났더니 이제는 세탁기라니. 오늘따라 유난히 말이 많아지는가 싶더니, 평소와 같지 않게 이것저것 들이미는 정 여사의 모습을 보고 김 선생은 '이 사람이 오늘은 아예 작정을 했나.' 하는 생각이 든다. 자신이 반대할 것이 뻔한데도 납골당 얘기를 하는 것부터 에어컨 타령에 이제는 세탁기라니. 사실 예전에는 김 선생이 먼저 세탁기 얘기를 꺼내기도 했었지만 오히려 반대를 했던 건 정 여사였다. 이쯤에서 쓸데없는 소리를 못하도록 잘라내야지 싶어 슬슬 짜증스러운 표정으로 정 여사를 쳐다보지만 아랑곳하지 않고 말을 이어간다.

"덜덜덜덜 시끄럽기도 하고, 또 오래된 건 전기세도 더 많이 나온다고 그럽디다."

"흠."

"세탁기는 좀 바꾸자구요. 네?"

"손빨래 해!"

"네?"

"근력 뒀다가 어디다 써? 언제부터 세탁기를 썼다고."

"아이고 이런! 이제는 근력도 없네요! 요즘, 손빨래 하는 사람이 어디 있다고!"

이러다간 정말 에어컨이건 세탁기건 간에 하나는 사야 되는가 싶었는지, 김 선생은 다시금 건강보험 청구서를 보며 화제를 돌리려고 한다. 그런데 가만히 들여다보던 김 선생의 눈이 휘둥그레진다.

"아니, 도대체 뭔 놈의 의료보험료가 이렇게나 많이 나와?"

"네?"

"내가 병원 몇 번 다니는 걸로다가 이렇게나 많이 나온다는 게야?"

김 선생이 정기적으로 받는 물리치료라던가 검진을 감안하더라도 분명 늘 나오던 액수와는 차이가 있었다. 김 선생이 미간을 찌푸리며 건강보험 얘기를 던지자 정 여사가 흠칫하더니 빠르게 표정을 바꾸어 대답을 한다.

"몇 번이요? 아니, 영감 병원 다니고 또 약국 다니고…."

"아니야! 이거 분명히 무슨 착오가 있을 거야. 안 그럼 이렇게 나올 리가 없다구. 내일 보험공단에 들어가서 따져 보던지 해야지 원!"

"제발, 그 불같은 성질 좀 죽이세요."

정 여사가 자신의 성격을 탓하듯 이야기하자 이내 답답한 마음이 들었는지 김 선생은 자리에서 벌떡 일어나 정 여사에게 청구서들을 들이밀더니 침을 묻혀가며 한 장 한 장 넘겨 설명을 한다. 한번 자신의 생각과 어긋나는 것을 발견하면 쉽게 넘어가려 하지 않는 김 선생이다.

"그럼, 평소에 7, 8만원 나오던 보험료가 몇 달째 14만원, 15만원 씩 나오는데 이게 아무 문제가 없다 이거야?"

"거 뭐, 혹시 누가 알아요? 제가 당신 몰래 이런저런 보약이라도 지어다 먹었는지?"

"뭐, 보약?"

"열아홉에 시집와서 당신하고 꼭 50년이에요."

"응? 그게 뭐 어쨌다는 게야?"

"그게 뭐긴 뭐예요. 그냥 그렇다는 거지."

"뭐? 허어. 말 주변머리하고는!"

보험료 얘기를 하고 있는데 엉뚱하게 50년 세월 타령이다. '이 사람이 뭘 잘못 먹었나. 오늘따라 안 하던 행동이나 말을 자꾸 한다.'는 생각이 들었다. 사람이 죽으려면 안 하던 짓을 한다고 했던가. 그럴 일이야 없겠지만 분명 평소와 다른 정 여사를 보며 약간은 걱정이 되기도 한다.

"당신은 오래 살 거야."

"네?"

"손금의 생명선이 팔뚝까지 뻗었다며? 그 정도면 구십, 아니 백 살까지도 거뜬할걸?"

"손금대로 살자면야 당신은 이미 벌써…."

"아 시끄럽고! 내일모레 아침밥 해 먹고 어디 좀 같이 갈 모양이니까, 이쁘게 좀 차려 입어."

"누구네 잔치라도 있어요?"

"아, 말이 많아!"

여느 때라면 정 여사가 먼저 백기를 들고 뒤로 물러났을 텐데, 오늘은 정 여사의 공세에 김 선생이 피곤해졌는지 먼저 물러서는 눈치다. 그리고는 다짜고짜 이유도 설명도 없이 외출할 준비를 하라는 말을 던지며 자기 혼자 마무리를 지어 버린다. 김 선생이 호통을 치듯 늘 정 여사의 말을 자르지만 이해를 하는 것인지 익숙한 것인지 정 여사의 표정은 늘 차분하고 미소를 띨 뿐 기분 나쁜 내색이 없다. 사실 본인도 오늘만큼은 준비했던 말들을 전부 던져놓기도 했고 김 선생도 일단은 자신의 의중은 알았으니 이만하면 되었다는 마음도 들었다.

노부부의 대화가 중단되고 잠시 동안의 정적이 이어지자 김 선생은 시계를 들여다보며 보채듯 이야기한다. 왕래가 뜸하던 자식들이 모처럼 노부부의 집에 모이는 오늘은 정 여사의 생일이었다. 어쩌면 정 여사와의 대화에서 그나마 김 선생이 평소보다는 덜 타박을 했던 것도 '생일이니 내가 참지.'라는 생각이 깔려 있었을지도 모르겠다.

"그나저나, 이놈들은 도대체 언제 오는 거야?"

"네?"

"마누라쟁이 생일날 지들 애비 에미 굶겨 죽이려고 작정들을 했나!"

"거 참, 30분도 더 남았어요. 차분히 좀 기다리세요."

"30분은…. 근데, 거 왜 그 지지배도 온데?"

"지지배가 뭐요, 지지배가? 나이 삼십이 훌쩍 넘은 애한테!"

"왜! 내가 난 새끼한테 애비가 욕도 못해?"

막내딸 정연의 얘기다. 뉴스에서 자살한 서른 네 살 손 모씨의 얘기가 불편했던 것도 정연의 나이와 비슷한 또래인 점이 있었다. 하지만 정연은 아직 시집은커녕 연애에는 관심도 없는 듯해서 노부부의 마음을 바싹 태우고 있다. 반듯한 직장이라도 다니거나 시집이라도 갔다면 마음이 좀 놓이련만 이미 오래 전부터 연극을 한다면서 고생이란 고생은 사서 하는 듯하니 걱정이 태산이다. 마음이 놓이지 않으니 늘 불안하고 그런 막내에게 김 선생은 첫째나 둘째와는 달리 유독 더 툴툴거리게 된다. 그런 막내가 곧 올 시간이 되어가니 슬쩍 염려가 되는 정 여사가 물끄러미 김 선생을 쳐다본다.

"왜, 뭐?"

"당신이 낳았수? 제가 낳았지!"

"이런, 생일날 초상 한번 치르자는 게야?"

"지도 다 생각이 있을 거 아니에요. 하니…."

"아, 생각이 있는 지지배면 빨리 시집을 가던가! 아니면,

정신 바짝 차리고 엔간한 직장 잡아서 얌전하게나 좀 다니던지!"

김 선생이 품고 있던 막내딸 정연에 대한 바람이 입 밖으로 나온다. 장성한 자식의 허물마저도 모두 그 어미의 업이라 했던가. 김 선생이 막내딸 정연의 불만 섞인 이야기를 꺼낼 때마다 응당 해야 할 말조차도 기꺼이 삼켜내며 속내를 드러내지 않는 정 여사다. 더 해주지 못해 안달이 난 어미의 마음이 모두 그러하듯 그의 속은 그저 시커멓게 타들어 갈 뿐이다. 어미로서야 자식의 뜻을 따라주고 도와주고 싶은 마음이 있기도 하고, 부모 된 입장에서는 미래를 가늠하기 힘든 막내의 행보가 어딘지 모르게 불안하니 이제는 현실과 타협하여 어느 정도는 안착을 했으면 하는 바람이 있기도 하다. 그러니 어느 한쪽을 이해 못하는 것도 아니요 그렇다고 어느 한쪽을 편들기도 애매한 것이 지금의 정 여사의 입장인 것이다.

"지가 좋아서 하는 일에 부모가 되서 도와주지는 못할망정, 사사건건."

"그럼, 번듯한 대학 나와서 취직은 안 하고 그놈의 연극인지 딴따란지, 그거 한다고 밤낮으로 쏘다니는 딸년을 보고도 애비라는 사람이 그냥 아무 소리 말고 가만히 보고만 있어라, 그거야?"

"지 나름으로는 다 계획이 있을 거 아니겠어요."

"계획이 있는 년이 그 모양이냐구! 멀쩡한 집 놔두고 자취한다고 집 나가서 허구한 날 싸돌아다니고."

더 이상 대꾸를 하다가는 오히려 막내딸에게 불똥만 더 튈까 정 여사는 이제는 후퇴를 해야 되지 싶어 조용히 등을 돌려 휴전을 청하는 제스처를 취해 보지만, 김 선생은 이쯤에서 휴전할 생각이 없는 모양이다. 언제 꺼냈는지 여러 개의 통장 중에 하나를 만지작거리며 정 여사를 추궁한다.

"혹시…."

"네? 혹시 뭐요?"

"당신 말이야, 거 괜히 그 지지배 용돈 내주고 쌀 퍼다 주고 그러는 거 아니겠지?"

"뭐라구요? 제가 무슨…."

"그럼, 그 힘들게 담은 김치 깍두기는 허구한 날 어디다가 그렇게 퍼다 나르는 거야?"

"제, 제가 언제요?"

"요사이 외출도 잦은 듯하고 말이야. 나 모르게 어디를 그렇게 싸돌아 다녀, 다니길!"

"제가 무슨 외출을 자주 한다 그러세요. 그냥 잠깐 잠깐…."

"어허!"

"그리고, 당신이 언제 작은애 용돈 줄 만큼이나 저한테 돈을 주셨어요? 매번 딱 생활비만큼만 내주시면서!"

"그것도 감지덕지인 줄 알아!"

있으면 있는 대로 없으면 없는 대로 퍼다 주고 싶은 게 어미의 마음이다. 하지만 말 그대로 살림을 꾸려나갈 딱 그만큼만 주고 있는 김 선생 아니던가. 그나마 집에 있는 음식이라도 가져다주는 게 뭐 그리 대수라고 야단이실까 하는 마음이 든다. '내가 먹을 거 덜 먹고, 내가 입을 거 덜 입으면서 해다 주면 될 것 아니요.'라는 말이 목구멍까지 올라왔지만 그 말로도 꼬투리를 잡힐까 싶어 다시 삼킨다.

"하여간, 그 지지배는 곯아봐야 알아. 배고픈 걸 알아야 돈 무서운 것도 알고, 돈 무서운 걸 알아야 정신을 바짝 차린다고! 에미 애비가 무한정 살아 있을 줄 알아?"

"아이고, 알았어요. 알았어. 이제 그만해요."

"맨날 말로만 알았어, 알았어는…."

"그만 하십시다요, 그만. 그래도 오늘 제 생일 아니에요."

"흠흠."

정 여사가 자신의 생일임을 다시금 일깨워주자 조금은 무안했는지 괜한 헛기침을 하는 김 선생이기는 하지만, 김 선생의 이러한 억지와 어깃장은 어제 오늘 일만은 아니었다. 어언 50여 년. 옳은 소리에 대해서는 한두 번 물러서 줄 법도 하지만 정 여사에게 만큼은 단 한 번의 양보도 없고 추호의 물러섬도 없다. 매번 그렇듯 정 여사가 완패를 선언하고 물러서야만 비로소 호흡을 좀 가다듬을 틈이 생길 뿐이다. 그래도 정 여사는 그런 김 선생이 밉지는 않은 모양이다.

세월의 연륜인지 모성의 극치인지 마찰이 날 때는 늘 곤란한 표정을 하다가도 말끝에는 항상 부드러운 표정으로 돌아가 김 선생에 대한 애틋한 시선을 보여주곤 한다. 아마 김 선생도 그런 정 여사의 마음을 모르지는 않을 터이다. 하지만 생겨먹은 성격 탓인 것인지 그런 고집도 말투도 쉽게 바뀌지는 않는 모양이다. 어쩌면 김 선생의 입장에서는 통명스러운 표정에서 무표정으로 바뀌는 정도가 최선인 것인지도 모르겠다. 이런저런 얘기를 나누고 있자니 정 여사는 살짝 무릎에 통증을 느낀다. 어느 시점부터 조금씩 느껴지는 통증을 달고 살았기에 일상이 되기도 했지만 요즘 들어 여기저기 통증이 미미하기는 해도 점점 넓고 강하게 죄어오는 기분이다.

"아이고, 비가 올라나."

"마른하늘에 비는 무슨."

정 여사는 날씨 얘기와 함께 마찰의 끝을 알리며 조용히 일어서더니 약상자에서 아까의 흰 약통에 든 알약을 꺼내서는 다시 한 번 물과 함께 힘겹게 넘긴다. 약을 먹는 날이 하루 이틀은 아닐진대 정 여사의 모습은 왠지 모르게 조심스럽고 김 선생의 눈치를 살피는 모습이다. 이를 아는지 모르는지 김 선생은 엉뚱한 소리를 꺼낸다.

"뭘 또 혼자 먹어?"

"네?"

"혼자만 맛있는 거 먹는 거 아니냐구."

정 여사가 뭐라 할지 적당한 말을 찾지 못하고 있을 때 즈음, 거실 밖 복도에서부터 위풍당당한 외침소리가 전해져 온다.

"아버지, 아버지. 저 왔어요!"

낯익은 목소리가 들리자 김 선생의 눈이 휘둥그레진다. 순간 왠지 모르게 반가운 표정이 살짝 스치는 듯하더니 이내 무표정한 얼굴로 바뀌며 퉁명스럽게 말을 한다.

"거 호랑이도 지 말하면 온다더니."

밝고 경쾌한 울림의 목소리는 분명 조금 전까지 이야기의 중심에 있던 막내딸 정연의 목소리였다. 정 여사 역시 막내딸의 거침없는 인기척을 감지한 순간, 반가움이 가득한 화색을 지으며 복도 쪽으로 고개를 돌린다. 그리곤 김 선생에게 다가가 검지손가락을 입술에 갖다 댔다.

"쉬잇! 오늘은 제발."

자신의 생일이니 하루 정도는 그냥 넘어가 달라는 부탁이다. 정연을 보자마자 쏟아 부을 잔소리를 준비하고 있을 김 선생이 분명하고, 정연의 성격으로 보아 아버지의 잔소리를 그냥 받아주거나 묵묵하게 듣고만 있을 리 만무했다.

그러는 사이 문이 세차게 열리며 막내딸 정연이 들어서는 데, 군대 야전상의 점퍼에 카메라 가방을 맨 모습이 흔히 생각하듯 여느 집 귀엽고 여린 막내딸의 모습이라기보다는 이제 막 군대를 제대하고 복학한 휴학생의 생김새다. 정 여사가 보기에 이건 뭐 한소리는커녕 열소리라도 들어먹을 모습이었다. 정연도 그걸 모르지는 않을 텐데 어찌 엄마 속도 모르고 이런 모습으로 이렇듯 당당히 들어온단 말인가. 그 마음을 아는지 모르는지 그저 신이 나있는 정연을 보면 누가 봐도 딱 막내의 모습니다. 다만 막내딸이 막내아들의 느낌을 풍기고 있다고나 할까.

"아버지, 아버지. 저 왔다구요!"

막내딸은 들어오자마자 아버지를 찾기는 했지만 김 선생은 그저 뒷짐을 지고 정연의 차림과 행동을 살피고 있을 뿐이다. 아마도 조금 전 정 여사의 부탁을 의식하여 움찔거리는 입술을 간신히 참으며 소리 없이 침을 삼키고 있는 중이리라. 이에는 아랑곳하지 않는 듯 정연은 아버지가 자신에게 반응을 보이지 않자 곧 시선을 돌려 정 여사에게 다가가며 팔을 벌린다.

"정 여사, 우리 정 여사!"

"아이고, 우리 똥강아지!"

모녀의 만남이 마치 이산가족의 상봉의 그것보다 장황하고 요란스러워서, 어느새 둘은 김 선생의 존재를 잊은 듯 서로 부비고 안고 한창 바쁘고 정겹다. 애써 태연한 김 선생이기는 했지만 자신의 존재가 잊히는 듯하자 이내 헛기침으로 자신의 존재감을 알린다.

"흠! 흠! 흠!"

몇 번의 헛기침이 이어졌지만 정연은 들었는지 못 들었는지 엄마인 정 여사와 인사를 나누기에 바쁘다. 살짝 약이 오르는 기분인지 김 선생은 눈썹을 살짝 들어 올리며 다시 한번 헛기침을 날려 본다.

"흠! 흠! 흠흠!!"

정연은 그제야 아버지를 흘깃 보더니, 씨익 웃음을 지으며 방향을 돌려 김 선생에게 다가간다. 방금 전 행동들이 다분히 의도적이었음을 알게 하는 표정이다.

"아바마마, 소자 왔사옵나이다!"

"흥, 너도 양반이 되기는 애저녁에 글렀다."

"뭐? 양반?"

"이거, 이거, 하고 다니는 꼴하고는…."

참으려고, 참으려고 간신히 목구멍에 걸어 둔 말이었지만,

막상 막내딸을 마주하자니 하고 싶은 말이 혀끝까지 당도한다. 허름한 야상점퍼는 대충 걸친 듯하고 목이 늘어나 가슴이 훤히 보일 듯한 티셔츠에 군데군데 구멍이 난 청바지가 영 마음에 탐탁지 않기 때문이다. 하도 고집을 부려 독립을 시키기는 했어도 어렸을 때는 제법 공을 들여 키워놓은 딸이건만 요즘은 볼품도 없고, 지멋대로인 패션이 그간의 공이 다 허사가 된 듯하다.

"여보!"

더 이상 두고 보면 분명 또 다른 잔소리로 이어질 것을 알기에 정 여사가 한걸음 나서며 짧은 한마디로 조금 전 약속을 상기시킨다. 워낙 타고난 외모가 있는지라 꾸미기만 하면 어디 가서도 꿀리지 않을 정연이다. 어려서부터 많은 사람들에게 입이 닳도록 외모에 대한 칭찬을 받으며 자란 아이였기에 엄마의 입장에서 보면 선머슴 같은 차림이 아쉽기는 했지만, 막내딸의 그러한 행색도 눈앞에 두고 보니 그저 대견하고 예쁜 딸로 비춰지기만 한다. 슬쩍 돌아다보니 김 선생은 여전히 눈을 부릅뜨고, 정연의 행색을 살피고 있기에 또 다른 꼬투리라도 잡힐까 싶어 정 여사는 엉덩이를 다독거리며 정연을 얼른 안으로 들여보낸다.

"어서 와라. 네가 1등이로구나."

"1등? 오오 앗싸아!"

1등이라고 특별할 것은 없지만 그래도 정연은 자신을 추어주고 감싸주는 엄마와 다시 한 번 얼싸안으며 함박웃음을 쏟아낸다. 그러다가 아직도 불만스러움 가득한 눈빛으로 퉁명스레 바라보는 김 선생을 발견하자 정연은 엄마에게 가벼운 웃음과 윙크를 날리고는 스윽 김 선생 곁으로 다가선다. 경험으로 봤을 때 장난꾸러기 막내딸이 또 뭔가 약 올릴 거리를 찾은 모양이다. 정연은 아버지의 귓가에 입과 손을 가까이 대기는 했지만 누구나 다 들릴 듯한 목소리로 이야기한다. 얌전히 넘어가나 싶었더니 기어이 아버지와 한판을 벌려볼 요량인가 보다.

　"아버지, 제발 그만 좀 싸워요. 네?"

　"뭐어?"

　"내가 소머즈도 아니고. 아버지 목소리가 저 단지 앞까지 다 들린다니깐!"

　"이 이게. 내가 지금 누구 때문에 열불이 나있는데!"

　어려서부터 아버지와 엄마를 지켜보며 자란 정연이었기에 밖에서 들렸던 소리가 싸우는 것이 아니라는 것 정도는 알고도 남는다. 그런 정연이 어렸을 때부터 늘 바라던 것이 있는데, 언젠가는 아버지가 엄마한테 다정스럽게 얘기를 건네는 날이 왔으면 좋겠다는 것이었다.

　다른 집 아버지와 엄마를 보면 다정다감하게 이야기를 나누기도 하고, 어떤 날은 종종 대문 앞에서 뽀뽀를 하기도 하던데, 정연은 이제껏 아버지와 엄마의 그런 모습을 본 적이 없었다. 오죽하면 어렸을 적에는 으레 모든 집이 다 자신의 부모님처럼 사는 거라고 알고 있었다. 나중에 어느 정도 자라고 나서 자신의 아버지가 여느 집과는 다르게 무뚝뚝하고 다소 표현이 거칠다는 것을 알게 되자, 이후부터는 늘 아버지가 엄마에게 다정한 표현을 해주었으면 하는 아쉬움이 있었던 것이다. 그런 의미가 담긴 표현으로 정연도 장난기 섞인 소리기는 해도 어느 정도는 작정하고 한 이야기였지만 역시나 쉽게 될 일이 아니다. 정연의 도발에 김 선생이 발끈 하고 일어서자, 정연은 기세에 밀려 살짝 움츠린다. 이를 보고는 곧바로 정 여사가 놓치지 않고 지원군으로 나선다.

"아이고, 우리가 언제 싸웠다고 그러냐. 네 아버지 목소리가 워낙 커서 그런 게지. 보청기 하신 양반들은 원채 다 그래요."

"목소리고 보청기고, 너 이 녀석!"

"여보!"

꿀밤이라도 때릴 기세로 손을 올리며 김 선생이 정연에게 다가서자 정 여사가 찔끔 눈을 감고는, 얼른 그 앞을 가로막고 선다. 그런 정 여사의 뒤로 장난기 어린 표정을 지으며 아버지에게 메롱을 연발하는 정연이 이리저리 술래잡기라도 하듯 까불까불 움직인다. 어찌 보면 워낙 조용한 정 여사를 비롯해서 늘 아버지를 어렵게 대하는 큰딸 정임과 큰아들 경원이 있는 집에 그나마 생기가 도는 건 막내 정연이 있기 때문일 것이다. 가끔은 시한폭탄 같은 구석이 있어 커다란 폭탄을 여기저기 터뜨리기도 하지만, 그때마다 정 여사가 수습하는 역할을 해왔으므로 큰 문제가 된 적은 없었다.

"너 이 녀석, 어디 전쟁터에라도 나가기로 했냐?"

"응? 뭐가?"

"군대라도 들어갔냐고!"

"왜에? 이상해?"

손을 벌려 자신의 행색을 살피던 정연은 곧 목깃을 빳빳이 올려 세우며, 패션모델처럼 자세를 취한다. 단아한 정장이나 원피스를 입으면 좋겠지만 대충 차려 입은 행색이라도 타고난 외모에 버금가는 체형을 지니고 있어서 제법 맵시가 나기는 한다.

"엄마, 나 멋있지?"

사실 정 여사도 정연이 사내 같은 옷보다는 좀 더 여성스러운 느낌의 옷을 입었으면 하는 바람이 없지 않다. 그러다 보니 차림이 썩 마음에 드는 것은 아니라서 잠시 머뭇거리기는 하였지만 이내 작은딸의 편에 서기로 한다.

"응. 그러엄, 짱이다!"

"아니, 이 마누라가 엄마가 되서 말리지는 않고. 뭐, 뭐야?"

"아버지! 이거 한 벌이면 봄, 여름, 가을, 겨울 한 방에 끝이거든!"

"한 방이고 두 방이고…."

"어허! 아껴야 잘 산다며? 도대체 노인네가 말이야, 촌스럽게 패션 감각이 없어요. 패션 감각이!"

"뭐야?"

"아, 몰라요. 몰라. 나 배고프단 말이야."

엄한 아버지의 모습을 하고는 있지만 막내딸이라 그런지 정 여사와 이야기 할 때와는 사뭇 다르게 정연의 까불거림을 받아주는 김 선생이다. 결국 자신의 차림새에 대해서 너무도 당당해 하니 더 이상 할 말이 없어진 김 선생은 혀를 끌끌 차면서 고개만 연신 가로 젓는다. 딸내미가 치마를 입는 모습을 보는 것이 이리도 힘든 일이었던가? 하긴 첫째 정임을 보면 꼭 그런 것만도 아닌데 말이다. 어렸을 적에는 천생 여자인 언니를 따라 곧잘 여성스런 옷에 여성스러운 흉내도 내더니, 도대체 어느 순간부터 이런 선머슴아가 되었던가. 돌이켜보니 그게 다 연극이네 뭡네 하면서 우락부락한 남자 선배들을 '형! 형!' 하며 따라 다니더니 그렇게 된 것 같다.

패션뿐만이 아니라 요즘은 말투까지 사내 녀석들의 어투

로 바뀌고 있어 걱정이 되기에, 역시나 연극은 정답이 아닌 듯싶어 빨리 정리를 하도록 만들어야지 하는 생각이 든다. 아무튼 부녀간의 밉지 않은 다툼을 지켜보던 정 여사가 모처럼 만끽하는 왁자지껄 생기 넘치는 분위기에 환한 미소를 짓는다. 집안의 분위기가 어느 정도 풀어지자 정연은 그제야 야전상의를 벗어 행거에 걸어 놓고는 두리번두리번 주변을 살핀다. 정 여사가 1등이라고 얘기하기는 했지만 혹시라도 와있는지 정임과 경원을 찾는 눈치다.

"내가 1등이라더니 진짜 언니랑 오빠는 아직인가 보네?"

"응, 아직."

안 그래도 늦는다고 성화인 김 선생이 신경 쓰여 정 여사가 눈치를 보며 조용히 대답을 했지만, 정연은 아랑곳하지 않는 듯 더 큰소리로 이야기한다.

"도대체 사람들이 말이야! 시간 개념이 없어요. 시간 개념이!"

"아이고, 처음으로 한 번 일찍 왔나보다."

"여보!"

정연이 오고 나서는 생각만큼 충분히 말을 하고 있지 못하던 중에 다시금 정 여사가 정연의 편을 들고 나서자 김 선생은 뿔이 난 듯 버럭 소리를 내지른다.

"배고파 죽겠다고!"

"아이고, 깜짝이야!"

그 소리에 정연과 정 여사가 동시에 놀란다. 나름 잔소리를 줄이려고 노력하는 모양이지만 허기까지 지니 슬슬 한계가 오는 것 같다. 틈틈이 시계를 쳐다보던 김 선생은 자식들이 어미 생일이라 온다고는 하는 것 같은데 꼭 시간을 정해서 맞춰 와야 하는지 영 만족스럽지가 않다. 시간을 정했다고 하더라도 더 일찍 도착할 수도 있는 노릇이고, 기왕 오는 거 시간 내서 어미 생일상 차리는 것도 돕고, 손주들도 데려와서 할아비랑 좀 놀기도 하면 좋을 것 같은데 매번 식사 무렵에 와서는 끼니만 때우고, 고양이에 쫓기는 쥐 마냥 서둘러 가는 모양새가 늘 반복되고는 한다. 그나마도 손주들이 조기유학인지 뭔지를 가느라 가깝고 먼 나라로 각자 흩어지고 난 후엔 정임과 경원만 고개를 내밀 뿐이다.

사위인 정임의 남편은 제법 잘 나가는 중견기업 대표라고 사업하느라 바쁘고, 며느리인 경원의 아내는 아이들 뒷바라지 한다고 외국으로 나간 지 오래여서 경원은 기러기 아빠 신세이기 때문이다. 이렇듯 자식들에게 불만과 아쉬움을 지니고 있으니 올 때마다 그러지 말아야지 하면서도 불같은 가슴을 해소하려면 싫은 소리를 쏟아내고야 마는 김 선생이다. 해서 집에 올 때마다 아버지의 눈치를 살펴야 하는 정임과 경원도 가시방석이니 앉아 있는 것이 쉽지는 않다. 식사를 해도 코로 들어가는지 입으로 들어가는지 모르게 상황을 살피게 되니 김 선생 입장이나 자식들 입장이나 각자의 이유로 곤욕스러운 시간이다. 이 상황을 너무도 잘 아는 정여사이기에 어떻게 하면 문제의 원인을 해결할 수 있을지 고민하고는 있지만 쉽게 답이 나오지 않는다.

"밥 먹고 약 먹을 시간인데 아주 이놈들 오기만 하면 내가 그냥…."

"어허, 노인네 진짜! 참을성 한번 바닥이네."

"뭐야?"

"70년을 꼬박꼬박 챙겨 드신 분이, 단 몇 분도 못 기다리셔?"

"이노무 지지배가 어디서!"

막내의 건방진 말투에 다시금 정연에게 꿀밤을 먹일 듯 자리에서 일어나 손을 뻗쳐 보지만, 날쌘 정연은 어느새 정여사의 등 뒤로 몸을 숨긴 다음이다. 역시나 까불까불 요리조리 움직이며 혀를 날름거리고 정 여사는 지원군이 되어 김 선생을 막아선다.

"그만 좀 하세요. 부녀지간에 정이라고는 하나 없이 만나기만 하면 이 모양이니 원. 애, 너도 아버지한테 말이 그게 뭐야. 이제 그만 좀 해."

정연에게도 뭐라 뭐라 나무라듯 하지만 사실은 둘 사이

엔 이미 몇 번의 윙크를 주고받은 다음이다. 김 선생도 목소리만 컸지 막내딸의 까불거리는 모양이 그다지 싫지는 않은 표정인데, 이것은 정연이 자라면서 터득한 방법으로 가끔 어떤 생각에 집중이 되면 하염없이 그 안으로 파고드는 김 선생을 깨어나게 하는 정연만의 처방이다. 몇 번의 경험을 통해 김 선생도 정연의 의도를 알아차리고 있어서 그저 지금처럼 반응을 위한 제스처만 취할 뿐이다.

잠시 잠깐 심난해지는 듯했던 김 선생의 기분이 조금은 풀리면서 정 여사의 얼굴에도 웃음꽃이 활짝 피어난다. 언제나 티격태격 하는 과정을 거치기는 하지만 그래도 유일하게 김 선생에게 받아치는 정연이 있을 때가 집안이 가장 활기찼고, 내색을 안 하는 김 선생도 막내딸의 까불거림이나 어리광은 적당히 받아주니 정 여사도 내심 그런 분위기를 즐기고는 했다. 잠시 순간을 즐기던 정 여사는 뭔가 준비할 것이라도 생각난 듯 현관 쪽으로 걸음을 옮기는데 이내 주춤하며 몸을 수그리며 무릎을 감싸 쥔다. 조금 전의 통증이 다시 찾아 온 모양이다.

"아이고."

"아, 말하다 말고 어디 가?"

정 여사의 신음을 들었는지 어땠는지 김 선생은 엉뚱한 소리다. 정연은 정 여사의 신음을 내며 무릎을 움켜쥔 엄마의 모습을 보고는 걱정을 해서 한마디 건넸다. 그런데 정 여사의 대답이 영락없이 기 선생을 닮았다.

"엄마는 맨날 아이고 아이고만 하지 말고, 운동이라도 좀 해! 조기 저 앞산에라도 좀 올라 다니시던가!"

"아이고, 됐네요. 산에 다닐 근력이 있으면 이불 호청을 한 번 더 빨고 김치나 한 통 더 담그지!"

정연이 오기 전 들었던 타박이 떠올라 던진 말로, 누가 봐도 김 선생을 겨냥한 말이었지만 이에 밀릴 김 선생이 절대 아니다.

"아이고, 막내 녀석 말이 틀린 게 하나 없구만 뭘 그래? 쓸데없이 이거 사 달라 저거 사 달라 할 것 없이 부지런히 운동도 하고 몸을 움직여야 하루라도 더 사는 거야!"

"더 살면요? 더 살아봐야 당신 병 수발 밖에 더 하겠어요?"

농담 끝에 나온 말이기는 하지만 자신의 건강을 걱정하기 보다는 에어컨이나 세탁기를 사주기 싫어 하는 소리처럼 들리니 어느새 장난기 섞인 표정은 사라지고 정 여사는 왠지 서운한 마음이 든다. 지금껏 살면서 세상에 눈치가 없어도 김 선생만큼 눈치가 없는 사람은 없을 거라고 생각도 하긴 했지만, 말이라도 자신을 챙겨주면 좀 좋을까. 때때로는 뭔가 대단한 것을 해주기보다는 마음이 담긴 진심 한마디가 따뜻하고 기운을 나게 해주는 법이다. 애초에 그런 말은 기대도 안 했으니 서운할 것도 없을 진데, 오랫동안 다리가 불편해서 정 여사의 수발을 받아 온 김 선생이 자신에게 건강이며 운동을 운운하는 이유가 자신의 건강을 챙겨서라기보다는, 돈을 아끼려는 소리로 들리자 순간 맘이 상한 것이다. 그녀의 표정이 살짝 틀어진 것을 본 김 선생은 대뜸 또 한마디 던졌다. 역시 곱지 않은 말이다.

"왜? 싫어? 하는 일도 없이, 맨날 삼시 세끼 밥만 축내면서…"

이쯤 되니 가만히 듣고 있던 막내 정연도 아버지를 타박하고 나선다. 딱 봐도 마음이 상한 엄마의 모습인데, 김 선생은 눈치가 없는 건지 아니면 생각이 없는 건지 일을 키우는 말만 던지고 있으니 답답할 노릇이다.

"아버지!"

"뭐? 왜?"

"말을 해도 꼭!"

"꼭 뭐? 정나미 떨어진다고?"

"네에!"

"이노무 지지배가 어디서?"

정연이 앞산에라도 가서 운동 좀 하라고 했던 것은 있는 그대로 산도 오르고, 운동도 좀 하라는 얘기가 아니었다. 다

62

만 크게 눈에 띄는 변화는 아니었지만 요즘 들어 작년 같지 않게 어딘가 움직임이 굼떠진 엄마가 걱정이 되어 던진 말이었다. 그런 엄마의 상태를 전혀 신경 쓰지 못하는 것 같기에 아버지에게 엄마 좀 챙기는 게 어떻겠냐고 한 말이었다. 나름대로는 정연은 기껏 엄마를 챙긴다고 던진 농담이 의도치 않은 방향으로 분위기가 흐르자 맘이 불편하다. 잠시 분위기가 내려앉기는 했지만 정 여사는 정연이 자신을 감싸며 나서자 그제야 마음이 조금 풀리는 듯 상황을 종료하고자 한마디 거든다.

"내비 둬라. 내비 둬. 네 아버지가 언제, 이 에미를 사람 취급이나 하신데니!"

"뭐라고 떠드는 거야? 지금?"

"너무 그러지 좀 말아요. 누구 덕에 뜨뜻한 진지 해 잡숫고, 병원은 또 어떻게 다니며 몸 부지하셨는지. 잘 좀 생각해 보시라구요."

"아이고, 위세 떠는 거야? 고깟, 병원에 몇 번 왔다 갔다 해준 걸로?"

"아버지도 참! 고깟 병원이 뭐예요?"

"몇 번이요? 몇 번이라고 했어요? 어언, 십 년이에요, 십 년!"

고깟 병원이라니…. 알아주길 바란 적은 없다고 생각하지만 정 여사가 아니었으면 제법 버텨내기 힘들었을 시간이었다. 지금이야 지팡이에 의지해서 스스로 움직인다고 하더라도, 한때는 다시 걷기는커녕 서있을 수나 있을까 확신할 수 없는 시간들이 있었다. 그런 와중에 심신이 모두 약해지고 있었던 김 선생을 지탱해주며 기꺼이 손발이 되어 움직여준 것이 정 여사이기도 했고, 그러는 동안 병수발로 몸도 많이 상했다. 김 선생의 성격을 알기에 말은 안 해도, 은근 자신의 노력을 알아주고는 있을 것이라 믿었는데, '고깟'이라는 말을 듣고 나니, 기운이 확 빠진다. 눈치 없고 센스 없는 아버지 덕에 다시금 정 여사의 목소리가 불안정하게 흔들리자 눈치 빠른 정연은 안되겠다 싶은지, 엄마의 말을 가로채서 흉내를 낸다.

"어언, 십 년이에요, 십 년!"

"이 지지배가 누굴 따라하고 지랄이야, 지랄이…. 허헛."

정연에게 화를 내듯 버럭 말을 던지고는 있지만 김 선생은 말끝에 어이가 없어졌는지 웃음이 새어 나온다. 사실은 조금 전 자신의 말이 조금은 심했나 싶어 수습할 방법을 찾는 중이었다. 어찌할 바를 모르고 있던 중 때마침 정연이 기회를 만들어주니 놓치지 않고 분위기를 돌릴 수 있기에 가끔은 정연의 이런 재주가 도움이 되고는 한다. 김 선생이 자신의 코치를 받아 반응을 보이자 정연은 빈틈을 놓치지 않고 바로 혀를 날름거리며 2차 분위기 전환에 들어간다. 정연이 메롱 하며 재롱을 피워대자 김 선생도 정 여사도 이내 껄껄거리며 웃음을 짓는다. 김 선생이 정연과 다행이라는 듯 눈빛을 교환할 때 쯤, 정 여사는 간신히 웃음을 진정시키며 다시 생각난 듯 현관 쪽으로 몸을 움직인다.

"근데, 엄마. 아까부터 자꾸 현관 쪽으로는 왜 가시는데?"

"네 언니랑 오빠 올 때 됐잖니. 요 앞까진 나가 봐야지."

"엉?"

"주차할 때가 있을라나 모르겠네."

"걱정도, 참!"

"얘, 정연아! 넌 어여 손 씻고 주방에 가서 상 좀 봐라."

"엉?"

"네 언니 오빠 오면 시장하지 않겠니."

정연은 언니 오빠를 챙기라는 말에 까불거리던 표정을 지우고는 퉁명스럽게 대답을 한다.

"그걸 내가 왜 해? 언니 오면 언니보고 하라고 그래!"

"뭐야?"

늘 정 여사의 편에 서는 정연이지만 유일하게 말을 잘 안 듣는 순간이 바로 언니 오빠의 얘기가 나올 때다. 막내로서 뭔가 손해를 보고 있다고 생각을 해서인지 아님 형편에 대한 자격지심인지는 모르겠지만 언니 오빠 얘기만 나오면 항

상 뭔가 마음에 들지 않는 투로 행동한다. 정 여사에게 대드
는 정연을 보고는 김 선생이 나선다.

"야, 못된 딸!"

"못된 딸이라니, 아버지!"

"야! 니네 엄마 생일날, 니네 엄마 혼자 시장 봐다가, 니네
엄마 혼자 음식 장만하고, 상까지 차려! 또, 그 잘난 자식새
끼들 온다고 집 안 청소까지 다 해놨지. 그런데다 너희들 처
먹고 가면, 설거지며 뒷정리며 니네 엄마가 다 하는데 그럼
이게 니가 볼 때 제대로 된 경우냐?"

모처럼 승기를 잡았다 생각하고 봇물처럼 정연에게 말을
쏘아 붙이는 김 선생이지만 역시 정연은 만만찮다. 김 선생
의 말에서 꼬투리를 잡아 바로 반격을 한다.

"처먹는 게 뭐예요! 처먹는 게. 교양 없이!"

"교양 같은 소리하고 있네, 얼어 죽을!"

"아, 글쎄 누가 그러라고 그랬냐구. 시켜다 먹으면 될 걸 가
지고!"

모처럼 자식들이 온다기에 시장에서 싱싱한 재료들만 골
라가며, 평소 아끼느라 먹지 않던 상차림까지 준비했다. 정
여사에게 있어서 자신의 생일은 축하 받는 날이 아니라 자
식들을 위해 자신이 해 줄 수 있는 최고의 밥상을 차려주는
날이었다. 그리 흔치 않은 날이기도 하고 자신의 생일을 핑

계대지 않는 날에는 김 선생이 그만큼의 상차림을 허락하지도 않기 때문이다. 자신의 노력을 쓸데없는 일로 만드는 막내딸의 말에 가만히 듣고 있던 정 여사가 발끈 한다.

"뭐야?"

"아님, 나가서 사 먹던지!"

김 선생은 얼마 전부터 정 여사가 얼마나 설레어 하며 이 날을 준비했는지 봤다. 뭣 하러 그렇게 까지 하느냐는 자신의 타박도 있었지만 자식들을 위해 무엇을 차릴지, 어떻게 만들어 먹일지 고민하며 장만한 상차림이다. 그런 정 여사의 마음을 알기에 갑자기 안하무인격으로 대드는 정연을 보자 지금껏 막내의 어리광 정도로 받아주던 김 선생도 이번에는 좀 과하다 싶었는지 목소리에 힘이 들어간다. 더 이상 대들면 혼쭐을 내주겠다는 신호이기도 하다.

"저거 저거, 내가 낳은 새끼 내 손으로 확 쳐 죽일 수도 없고!"

"아니고, 그만 좀 하세요."

"이 여편네가, 앞뒤 없이 그저 애들 편만 들고?"

"넌, 어여 주방으로 못 가!"

"엄만 맨날… 나만 갖고 그래."

정 여사에게 등을 떠밀려 투덜투덜 주방으로 향하는 정연을 보니 나이가 들어도 막내이기는 한가 보다. 김 선생이 한

마디를 더 날린다.

"아이고, 저거 저거 언제나 철이 좀 들려나?"

"아버지!"

"왜?"

"나 철들었거든?"

"뭐야? 이 지지배가 어디서."

"어허, 김만복 씨!"

"뭐야?"

이번에는 진짜 꿀밤이라도 한방 먹여야 정신 차리지 싶어 김 선생이 정연에게로 다가가자 정연은 재빨리 양손을 머리 위로 들어 올려 하트를 그려낸다. 미워할 수 없는 막내 녀석. 그것이 정연의 매력이자 능력이다. 금세 웃었다 삐졌다 하고, 부모 마음을 들었다가 놓았다가 한다.

"싸랑해요!"

"엉?"

"어머, 어머, 나 웬일이니?"

아버지에게 하트를 날려놓고는 자신의 행동이 쑥스러운지 냅다 주방으로 숨어들 듯 달려가는 막내딸 그리고 그 뒤를 김 선생이 쫓아 들어간다.

"저 지지배가 미쳤나? 어디서…."

주방에서도 막내딸의 장난과 김 선생의 응수는 계속 되는지 정연의 목소리가 들려온다.

"만복이가 뭐야, 만복이가! 촌스럽게. 푸흡. 하하하하하."

"이 지지배가 진짜로 혼나볼래? 어디서 아버지 이름을 함부로 불러, 부르기는!"

늘 그랬다. 늘 아버지의 억지스런 고집에 응수를 하는 것도 막내딸 정연이요 그러다 성질을 돋우는 것도 정연이지만 간혹이라도 집안에 웃음이 피어나게 하는 것도 정연이었다. 막내이기에 어리광을 피우는 것도 있었지만 김 선생 또한 어려서부터 유독 자신을 잘 따르던 정연의 이런저런 말과 행동들을 받아주는 편이기 때문인지도 모르겠다. 주방에서 한참을 주거니 받거니 하더니 김 선생이 목소리 톤을 금세 바꾸며 정연을 부른다. 때때로 김 선생의 행동이나 말투는 지극히 단순해서 자신은 감정을 숨긴다고 하지만 눈치 빠른 정 여사나 정연은 대부분 읽어내기 일쑤인데, 지금의 상황도 마찬가지로 이런 말투가 나올 때는 뭔가 자신에게 협조를 구하는 순간임을 정연은 알고 있다.

"야, 못된 딸!"

"왜?"

"너, 이리 좀 와 봐. 따로 할 말이 있으니까."

"왜? 배고프시다며?"

"어허, 거기 앉아 봐."

"아이고, 나 용돈 떨어진 건 어떻게 귀신같이 아시고. 용돈이라도 좀 주실라나?"

"용돈 같은 소리하고 있네. 얼어 죽을."

"아, 그럼 왜요? 바쁘게 식사 준비하고 있는데."

"거, 저 가지고 온 카메라. 그거 한 사나흘만 놓고 가라."

"내 카메라? 그건 아버지가 뭐하게?"

"쓸 데가 있어."

"안 돼! 내일 연극 연습하는 거 찍어서 신문사에 보내야 한단 말이야."

"너! 너어… 그 카메라 누가 사줬어?"

"엉?"

"카메라 누가 사줬느냐구?"

"뭐, 그 그야… 치잇! 치사하게!"

"이 지지배가 아버지한테 말버릇이!"

"알았어! 그 대신 이번 딱 한 번뿐이야? 주말에 가지러 올 테니까, 그때까지만 써!"

"그래, 그래."

정연이 어느새 카메라 가방을 챙겨와 아버지에게 건네는 듯하더니, 순간 동작을 멈춘다.

"왜?"

김 선생이 어리둥절한 표정으로 정연을 바라보자 이내 씨익 하는 표정을 짓더니 손가락으로 동그라미를 그려 보인다.

"다 쓰고 주실 때 요건 알아서 좀 챙겨 주시고."

"요런, 여시같은 게! 알았어, 이 지지배야!"

"앗싸! 자, 여기!"

"으이고, 이 돈벌레 같은 년. 그나저나 필름은 들어있지?"

"잉? 노인네 진짜, 디지털 몰라? 디지털!"

"디, 디지가 뭐?"

"디지털!"

"디지털이고 돼지털이고, 너 계속 그 지랄이면 이 달부터
방 값이고 뭐고 없어!"

"잉? 쉬잇! 엄마 들어!"

"들으면 어때, 이 지지배야!"

그랬다. 정 여사에게는 쓸데없이 돈을 주거나 퍼다 주지
말라던 김 선생이었지만, 사실은 막내딸 정연의 월세 방값은
물론이요 카메라며 필요한 용돈까지 전부 지원해 주고 있었
던 것이다. 정연은 그런 아버지의 속마음과 정을 알기에 정
여사도 언니나 오빠도 힘들어 하는 아버지에게 조금 더 까
불기도 하고 어리광을 부릴 수 있었다. 그리고 그런 정연의
행동을 내심 흐뭇해하는 김 선생의 마음도 어느 정도는 느
끼는 터였다.

"내가 거저 달라는 것도 아니잖아. 꿔다 쓰는 거 아니야?

쩨쩨하게 왜 그래. 김만복 씨!"

"뭐야? 요 지지배가 말끝마다 만복, 만복!"

"어허! 차곡차곡 다 적어 놓고 있으니까 걱정을 마시라구
요. 한꺼번에 깔끔하게 갚아 버릴라니까!"

"한꺼번에? 깔끔하게?"

"응, 글쎄 그렇다니깐!"

"언제?"

"이 다음에."

"아, 그러니까 이 다음에 언제?"

"치잇, 카메라 이리 줘요."

"못 줘."

"이리 내놔요."

"아, 글쎄 못 내놔!"

"내 놓으라고. 내 카메라!"

"못 준다고, 이 지지배야!"

어느새 카메라를 사이에 두고 옥신가신 힘겨루기가 벌어
진다. 하지만 칠순의 노인네인 김 선생이 연약한 여자라도
30대의 젊은 정연을 당해 낼 기력이 없다. 김 선생은 힘이
부치는지 곧 카메라 가방을 빼앗길 듯싶더니 정연의 팔뚝을
꽉 깨문다. "으악!" 하는 비명과 함께 정연이 뒤로 나자빠진
다. 그런 정연을 바라보며 아직 자리 잡지 못한 호흡으로 씩

씩대며 김 선생이 말을 이어간다. 이참에 할 말은 다 하겠다는 표정이다.

"지지배가 말이야, 번듯한 옷이라도 한 벌 사 입으라고 용돈 줬더니, 저게 뭐냐, 저게! 넝마주의들, 거적때기도 아니고."

김 선생은 예쁘고 곱던 딸이 거친 사내들 사이에 섞여 익숙해 가는 것이 내내 마음에 걸렸다. 이러다 청춘이라는 열정에 얽매어 연애도 시집도 다 포기할 것만 같아 자꾸만 초조하기도 했다. 옷이 바뀌면 행동이나 성격도 바뀐다고 남자들의 눈에 띄는 옷이라도 사 입으면 좀 달라질까 싶어 틈틈이 돈을 모아 막내의 손에 쥐어줬다. 이번 엄마의 생일에는 곱게 차려 입은 모습으로 나타나 주길 기대했는데 오히려 본 적도 없던 야상점퍼를 입고 오다니 내심 실망스러웠다. 그러다 보니 끝끝내 정연이 입고 온 야상점퍼가 마음에 걸리는 모양이다.

한창을 꾸미고 다닐 나이에 남자친구는 사귈 생각도 없이 간간히 공연 수익으로 힘들게 이어가는 사람들 사이에서 험한 연극생활을 하겠다고 버티는 막내를 볼 때 마다 가슴 한쪽이 턱턱 막히는 그였다. 한때의 열정으로 고생바가지 한번 하고나면 아쉬움도 없이 곧 다른 길을 찾아 나서리라 생각하고 허락한 일이었지만 자신을 닮아 그런 건지 고집이 쉽사

리 풀리지 않으니 지켜보는 김 선생의 심정은 그야말로 까맣
게 타들어갔다.

"아버지는! 밀리터리룩도 몰라, 밀리터리룩?"

"밀리터리고 미스터리고 간에 정신 차려 이것아, 엉? 에미
애비 죽으면 너도 그 날로 끝장인 거 몰라서 그래? 한 평생
부모 품인 줄 알어?"

"그러니까, 제발 오래 오래들 사시라구!"

"뭐어?"

"이 작은 딸, 배우로 성공하는 것도 보고!"

"얼씨구."

"시집가서 잘 사는 것도 보고!"

"하이고!"

"떵떵거리며 거리를 활보하는 것도 보고!"

"떵 떵 좋아하시네."

"아버지!"

**

그렇게 평온하게 부모님의 이야기를 풀어가던 정연의 목
소리가 가늘게 떨리기 시작했다. 윤희는 고개를 들어 정연을
바라보았다.

"저, 손수건 좀 드릴까요?"

애써 아무렇지 않은 얼굴로 이야기를 이어가는 것 같았지만 마치 그날의 생생한 현장을 보여주듯 이야기를 들려주던 정연이 어느새 가는 눈물 한 줄기를 흘리고 있었다. 아마도 그날의 감정과 지금 자신의 모습이 교차가 되는 모양이었다. 이야기를 들어보니 지금의 상황이 되고 배우로서의 위치를 인정받기까지 쉽지는 않았음을 어렴풋이 알 것도 같다. 지금은 누구나 인정하고 부와 명예를 얻었다고는 하지만 정연이 배우로서의 삶을 이어오고 또 성공한 모습으로 비춰지기까지 얼마나 많은 반대와 어려움이 있었을지 짐작이 되었다.

아버지인 김 선생에게 이야기 하던 것들을 지금은 대부분 지킬 수 있었을 텐데, 지금의 눈물이 약속을 지켜낸 기쁨의 눈물인지 아니면 당시의 서러움이 복받쳐 흐르는 눈물인지 궁금했다. 아마도 이야기를 더 듣게 되면 그 이유를 알 수 있을 것이라고 생각이 되어 그 다음 이야기가 더 듣고 싶어진다. 손수건을 내미는 윤희를 보고 나서야 들키고 싶지 않은 장면을 보인 듯 정연은 얼른 자신의 손으로 눈물을 닦아내며 약간은 쑥스러운 표정을 지었다. 사실 윤희가 고개를 들지 않았더라면 모르고 지나갔을 아주 작은 양의 눈물이었다.

"죄송해요. 제가 어디까지 이야기를 했지요?"

"힘드시면 물 한 모금 드시고, 잠시 쉬었다 해주셔도 좋아요."

"응, 아니에요. 지금 감정이 제게도 나쁘지는 않네요. 뭐랄까 그리운 시간으로 돌아간 느낌."

정연이 마음을 가다듬고는 다시금 아버지와 이야기를 나누던 때를 떠올린다.

겉으로는 타박하듯 한마디씩 던지는 김 선생이지만 정연의 기억 속에는 아직도 자신을 걱정하던 아버지의 속내가 분명하게 기억이 난다. 지금 떠올리는 아버지의 모습 속에도 그런 간절함이 그리움과 함께 가득 묻어있다.

＊＊

"야, 이 지지배야! 너 옛날 같았으면, 벌써, 벌써 시집가서 애 낳고 살림할 나이야. 응?"

"내가 무슨 시집을 가? 나는 엄마, 아부지랑 평생 살 거란 말이야."

"싫어, 싫어. 그건 내가 싫어!"

"아부지!"

"네 에미 애비, 눈이라도 좀 편안하게 감게 지금부터라도 좀 잘 해봐!"

"또, 또, 또, 그 놈의 잔소리! 안 들려 안 들려!"

마치 오늘 내일이라도 세상을 등지고 떠날 사람들인 양 이야기하는 아버지의 잔소리가 듣기 싫어, 정연은 애써 귀를 막으며 고개를 연신 가로 젓는다. 아직까지 정연은 아버지나 엄마가 세상에 없을 수도 있다는 생각을 해본 적이 한 번도 없었다. 그저 언제까지나 지금의 모습 그대로 건강하게 머무르면 언젠가는 성공하여 호강시켜 드리리라 맘먹고 있었다. 하지만 언제가 될 거라 스스로도 알 수 없으니 그저 천년만년 아버지와 엄마가 건강하게 살아야 한다고, 그렇게 되었으면 좋겠다는 마음으로 어제를 보내고, 오늘을 살며 또 내일을 맞이하기 위해 살아가고 있는 중이다. 막내딸이 도무지 말을 들어 먹으려고 하지 않자 어느덧 김 선생의 표정이 서글퍼진다. 그런 아버지에게 뭐라 한마디라도 해야겠다고 생각할 즈음, 밖에서 소리가 들린다.

"엄마!"

"어머니!"

"아이고, 왜 이제들 오냐? 아버지는 벌써부터 기다리고 계세요."

"경원이랑 만나서 같이 오느라고, 우리가 조금 늦었지, 엄마?"

"아이고, 내 집에 오는데 늦으면 또 어떠냐, 어서 들어가자,

어서!"

기다리던 첫째 딸과 둘째 아들의 목소리가 들리자 김 선생이 거실 쪽을 바라보며 자리에서 일어나려 한다. 그때 막내딸 정연이 급하게 김 선생의 팔을 가로채며 옆에 있던 둘둘 말려있는 종이뭉치에서 뭔가 한 장을 꺼내든다. 김 선생이 뭔가 싶어 얼핏 보니 연극 포스터이다. 이번에는 제법 대사가 있는 역할을 맡았다고 하더니 아마도 그 작품인가 보다. 아직까지 정연의 공연을 한 번도 관람한 적이 없던 김 선생에게 연극 티켓이나 포스터는 딸아이가 올 때마다 가지고 오는 필수 아이템이지만 매번 반갑지 않은 물건이다.

티켓이나 포스터를 판매해서 수익이라도 올리지 않으면 공연 운영조차 어려운 상태이니 그럴 수밖에 없다. 김 선생의 입장에서는 돈을 벌자고 연극을 하는 것인지, 연극을 하자고 돈을 버는 것인지 도통 이해가 되지를 않았다. 기왕에 기를 쓰고 하는 일이면 적어도 노력만큼의 대가는 있어야 한다고 생각하는 김 선생이다. 그 마음을 아는지 모르는지 정연이 한창 들뜬 모습으로 김 선생의 눈앞에 포스터를 펼쳐 보인다.

"아버지 이번엔 진짜 대박이거든. 나 표랑 포스터랑 100장만 팔아줘라. 응?"

"뭐야?"

"이번엔 진짜 마지막이야. 응? 딱 100장만!"

"100장 같은 소리하고 있네."

"아버지잉!"

"너, 정말 100대 맞아봐야 정신 차릴래? 연극이구 지랄이구, 다 때려치우고 취직하라구 그랬어? 안 그랬어? 응?"

"아버지, 딱 한 번만!"

"이 험난한 세상 앞으로 어떻게 살아가려고?"

똑똑하다고 할 수는 없어도 나름 4년제 대학을 나온 정연이었다. 과도 그럭저럭 취직하기에 적당한 행정학과였기에 회사라도 들어가 어느 정도 저축이라도 했다면 지금처럼 아버지에게 손을 벌릴 일도 없었겠지 생각을 하니 더욱 안타깝다. 애초에 연극을 하겠다는 것을 왜 더 적극적으로 말리지 않았을까 하는 후회가 밀려왔다. 다급해 하는 막내딸의 청을 뿌리치며 김 선생이 거실로 나가자 정연도 포기했는지 가볍게 한숨을 쉬고는 그런 아버지 뒤를 따른다. 그리곤 거실에 있는 언니와 오빠를 보고는 슬며시 손에 들고 있던 포스터 뭉치를 뒤쪽으로 감춘다. 언니와 오빠는 부모님에게 드릴 선물들을 사와서는 거실 여기저기에 풀어 놓고 있었다. 선물을 준비해 와 자랑스레 늘어놓는 언니나 오빠를 보자니 포스터를 들고 있는 손에 힘이 들어간다. 선물을 해드려도 아쉬울 판에 기껏 표나 사달라고 졸라댔으니 순간 자신

의 모습이 부끄럽다는 생각이 드는 것은 어쩔 수가 없다. 정
여사는 자식들이 준비한 선물들을 한쪽으로 가지런히 정리
를 하고 있었다.

"아이고, 뭘 이런 걸 잔뜩 사들고 와. 지들도 어려울 텐데."

"아버지, 저희들 왔어요."

정 여사가 물건을 정리하는 틈에 김 선생이 거실로 오자
큰딸 정임이 아버지를 바라보며 인사를 건넨다. 40대 중후
반의 모습이지만 머리는 곱게 단정되어 단아하고 고급스러
운 양장에 꽤나 정성을 들인 듯한 화장기로 막내딸 정연과
는 사뭇 많이 다른 모습이다.

"아버지, 저도…. 요즘 괜찮으시죠?"

첫째 딸 정임과 마찬가지로 말쑥한 정장을 입은 아들 경
원도 함께 인사를 건넨다. 마침 뭐라도 할 말이 있었는지 김
선생이 앞으로 나서며 입을 움찔하는 찰나, 아버지께 안부
를 전하고 있는 언니와 오빠에게 정연이 까칠한 어투로 끼어
든다. 순간 김 선생의 미처 소리를 내보내지 못하고 입이 우
물거리다 만다.

"칫, 남의 아버지 말하듯 하셔?"

심통이라도 났는지 인사보다는 핀잔이 먼저 나가니 정임
과 경원은 그런 막내를 보며 눈만 끔뻑거린다. 이럴 때 나서
는 사람은 여지없이 정 여사다.

"아이고, 좋지, 그럼. 좋다마다. 네 아버지 아주 좋으시니 걱정들 마라. 그리고 시장들 하지? 조금만 기다리렴. 내가 국이나 얼른 데워서 상 차리마."

"아니야, 엄마. 오늘은 제가 할게요."

"아니야, 아니야. 다 준비해 놨어. 친정에서는 그저 쉬기만 하세요."

정 여사가 일어서는 큰딸 정임을 굳이 앉히며 서둘러 부엌으로 가려고 하자 정연이 가로 막는다.

"오우, 노! 스톱! 그걸 왜 엄마가 해? 오늘 우리 엄마 생일이잖아. 엄마는 오늘 아무것도 하지 마셔!"

"얘가 무슨, 생전 안하던…."

정 여사의 말을 가로 막으며 정연이 말한다.

"제발 일찍 좀들 다니셔. 아버지 식사 때 놓치면, 바로 표 나시는 거 몰라?"

정연이 하는 소리를 듣고 있던 오빠 경원이 말을 던진다.

"넌 어때? 아직도 그거 계속 하는 거야?"

"왜? 내가 연극하는데 오빠가 뭐 도와준 거 있어?"

"얘, 막내야!"

형제들 앞에서 연극 얘기가 나오면 유난히 민감해지는 정연을 알기에 정 여사가 말을 막으며 나선다. 안 그래도 가족들 사이에서 인정받지 못하는 연극이다. 인정받기 전까지는 괜히 입에 오르내리고 싶지도 않던 차에 오랜만에 만나서는 자신이 하는 일을 '그거'라 말하는 오빠가 괜히 얄밉다. 한 마디 톡 쏘아줄까 하는데 뒤이어 큰언니 정임의 말이 이어진다.

"김정연! 그만 할 때도 됐지 뭘 그래? 이제 나이 값 좀 해라."

그만 할 때는 도대체 언제이고, 자신의 나이에 해야 하는 나이 값은 또 무언가. 잘 나가는 남편 만나 어느 정도 살 형편이 되니 자신은 나이 값이라도 하고 있다는 말인가 해서 정연은 오기가 발동한다.

"뭐어? 언니도 내가 연극하는데 뭐 하나 도와준 것 없으면서 왜 그런 소리야?"

"솔직히 나는 네가 연극하는 거 별로야. 근데 뭘 도와주니? 그리고 너, 그동안 내가 너한테 퍼다 부은 돈이 얼만데!"

"또, 또, 또, 그 소리! 형부 회사에서 회사 명의로 연극표 몇 번 사준 거?"

사실 자존심이 있어서 언니나 형부한테는 알리고 싶지도 않았던 공연이었다. 그때 즈음 공연 수익이 신통치 않아 엄마와 대화 중에 무심코 튀어나온 말이 신경 쓰였는지 정 여사가 언니에게 말을 전했던 모양이었다. 형부 회사의 경영관리 팀을 맡고 있다는 직원이 와서는 직원 수만큼 표를 구입

해 갔던 적이 있었으나 정작 형부나 언니의 모습은 볼 수가 없었다. 내심 언니가 공연에 와줄까 기대했던 정연은 당시 무척이나 실망스러웠던 기억이 있다. 아무리 그래도 언니고 오빠다. 서로 사정이 있다 보니 자주 만나는 일도 뜸하고 막내 동생인 정연의 일에 신경을 많이 써 주질 못한 것도 사실이기는 하지만 생각나는 대로 말을 내뱉는 정연을 보고 있자니 듣다 못한 오빠 경원이 나선다.

"야, 김정연!"

"오빠 또 뭘?"

"그만들 해라. 제발."

정 여사가 말리지만 제각각 모두 할 말이 있는 듯 쉽게 멈출 분위기가 아니다. 경원을 말리자 이번엔 다시 큰딸 정임이 이어받는다.

"너, 그거 때려치우고 다른 거 한다면, 내가 도와 줄 수도 있어."

"뭐?"

"전공 살리란 말이야! 너, 공무원 된다고 행정학과 간 거 아니었어? 지금부터라도 학원 다니면서 공부해. 그러면 내가…"

"그래, 그럼 책값은 이 오빠가 다 대줄게."

"책값? 공부? 누가 행정학과 간다고 그랬어? 아버지가 억지로 밀어 넣은 거 아냐!"

"얘, 먹고사는 데에는 공무원이 최고다 너! 너도 앞길이 구만리인데…."

"아, 글쎄, 구만리고 구천리고, 내가 할 줄 아는 게 이거 밖에 없는데, 다른 걸 뭘 해! 내가 뭘 하냐고! 약 올리는 것도 아니고!"

마주치자마자 서로에 대한 안부를 묻기보다는 금방이라도 싸울 듯 으르렁 대는 형제들을 보다 못한 정 여사가 나선다. 평소엔 이리 튀고 저리 튀며 어디로 튈지 모르게 톡톡 튀는 것이 매력기도 하고, 어디 가서도 지 할 말은 하면서 사는 막내가 대견하기도 하지만, 모처럼만에 바쁜 정임과 경원이 자리를 했으니 이런저런 안부도 묻고, 손주 녀석들 지내는 이야기며 좀 더 궁금한 이야기들을 나누고 싶은 마음이 들어 유난히 민감하게 구는 정연을 말려본다.

"막내야."

"나를 도와줘? 도와줄 수 있다구? 듣고 보니 열 받네. 웃기지도 않아. 진짜!"

"막내야!"

정 여사가 다시 한 번 정연을 나무라듯 다그친다. 하지만 이럴 땐 김 선생을 그대로 닮은 정연이라서 그런지 한번 발동이 걸리면 쉽사리 말을 내려놓지 않는다. 자기가 할 말을

84

꼭 풀어놔야만 직성이 풀리니 이때를 보면 '그 아비에 그 자식'이라는 말이 딱 들어맞는다.

"언니나 오빠나 아들, 딸들은 다 유학 보내면서, 엄마 아버지 이렇게 사는 건, 보이지도 않는 거지? 열 네 평짜리 임대주택에서 썰렁하게, 우중충하게, 두 노인네가 달랑 사는 거, 이젠 보이지도 않느냐구!"

"야! 김정연!"

집 이야기가 나오자 마음에 걸리는 것이라도 있는 듯 불편한 표정으로 오빠가 소리를 높이자, 정연이 지지 않으려는 듯 오빠를 돌아보며 눈을 흘겨댄다.

"오, 왜? 아버지 재산, 싹쓸이 하고…."

"아니, 얘가 오빠한테 버릇없이."

정임이 나서자 이번엔 언니에게 시선을 돌려 거침없이 다가선다.

"시댁 덕에 조금 살만 하니까 아주 기세 등등하셔!"

"뭐, 뭐야? 야, 인마. 넌 매사가 왜 그리 삐딱해! 내가 돈 있어서 애들 유학 보내고 그러는 거 아니잖아!"

"삐딱? 우리 집이 오빠 때문에 다 이 지경이 된 거 아니야? 그 잘난 사업 한답시고."

"뭐? 이 자식이 진짜…."

안 그래도 사업에 대해서는 집안에 누를 끼친 바가 있어 불편한 마음을 가지고 있는 경원이었다. 가급적 피하고 싶은 이야기를 자꾸만 들춰내자 심기가 상한 경원이 당장이라도 정연을 칠 듯 일어서자 정임이 막아서며 정연을 나무란다.

"야, 김정연! 너 말이면 단 줄 알아? 알만한 애가, 왜 그래?"

"언니도 마찬가지야!"

"내가 뭘?"

"시댁 식구들은 사촌에 8촌, 사돈에 사돈까지 다 챙기면서 우리 엄마 아버지는? 우리 엄마 아버지는!"

"이놈들 조용히 못해?"

이제는 화가 날대로 난 경원이 작정하고 정연에게 다가서자 잠자코 지켜보던 김 선생이 역정을 낸다. 경원이 사업으로 집안 사정을 어렵게 만든 이야기나, 정임이 시집을 가서 지내는 시댁에 대한 이야기는 김 선생도 정 여사도 쉽사리 꺼내지 않는 이야기들이다. 말로 치자면 하고 싶은 말들이 적지 않겠지만 생각하면 속도 상하고, 좋은 얘기들이 나올 일들이 아니었기에 노부부의 사이에서는 웬만해서는 이야기를 꺼내지 않기로 암묵적인 약속으로 지켜지고 있었다. 그런 말들을 정연이 거리낌 없이 던져내고 있으니 더 이상은 김 선생도 들어주고만 있을 수가 없었다.

"그만들 하라고, 이놈들아!"

게다가 어머니의 생일날 그것도 부모님의 면전 앞에서 펼쳐지는 자식들 간의 싸움에 김 선생은 기가 막힌다. 김 선생의 소리에 자식들은 모두 한풀이 꺾인 채 조용히 고개를 숙이고, 이러지도 저러지도 못하는 정 여사의 속은 그저 타들어가는 것만 같다. 뭔가 할 말이 남아있는 표정이었지만 아버지가 정색을 하면서 나서니 씩씩대며 언니와 오빠를 번갈아 보던 정연은 끝내 참지 못하고 자리를 뜬다.

"둘 다, 뭘 잘했다고 큰소리야, 큰소리가!"

"어휴, 저게 진짜!"

무엇이 정연으로 하여금 그토록 형제들에 대한 원망을 지니게 만들었던 것일까. 김 선생이나 정 여사도 과거의 일들에 대해 정연에게는 크게 언급하지 않았었건만 어디서 보고 들은 것이라도 있던 것인지 늘 오늘과 같은 상황이 되고는 한다. 그럴 때마다 경원과 정임은 정연이 사업이나 시댁에 대해 말이라도 꺼내기라도 하면 당황하여 별다른 반박을 못하거나, 수세에 몰리면 크게 흥분하여 목소리를 높이곤 했다. 썰렁해진 분위기가 참기 어려운 것인지 아니면 화가 나 있는 정연에게 가보려는 것인지 정 여사가 자리를 뜨려고 하자 김 선생이 불러 세운다.

"당신, 거기 잠깐 앉아. 너희들도!"

정 여사와 정임, 경원이 조용히 자리에 앉자 잠깐의 침묵과 한숨 뒤에 김 선생이 입을 연다.

"지들 에미 생일이면 말이야, 자식새끼들이 일찍 일찍들 와서 일도 좀 거들고…."

"저, 아버지. 이거요,"

아버지의 말이 채 끝나기도 전에 무엇이 민망한지 큰딸 정임은 얼른 선물보따리를 들이밀며 이것저것 설명을 하기 시작한다.

"이건 민 서방이 엄마 아버지 갖다 드리라고…."

하지만 김 선생은 선물에는 눈길도 주지 않은 채 말을 던진다.

"그래서 민 서방은 올해도 또 못 오는 게냐?"

올 것이 왔구나 하는 표정으로 정임이 긴장한다. 정연의 말대로 시집을 간 이후로 시댁의 행사는 때마다 챙기고 있지만 친정의 경우, 명절이나 집안 행사가 있는 날이라도 민 서방과 동행하는 일이 드물었기에 정임은 매번 작아질 수밖에 없다. 선물 이야기로 화제를 전환해 보고자 하였으나 그 것을 놓치고 지나갈 김 선생이 아니었다.

"그게, 저 회사에서 중요한 출장이 잡혀서요. 아버지."

"왜? 장인 장모가, 이렇게 사는 게 남부끄럽다디?"

"아니요, 아버지! 나간 김에 애들 공부하는 것도 좀 보고 온다고 해서. 귀국하는 대로 같이 찾아뵙자고 했어요. 아버지."

정임에게 책망하듯 뭐라 얘기를 하고는 있지만, 이번에도 지난번과 다를 바 없는 똑같은 대답으로 변명을 하는 정임을 보고 있자니 답답하기만 할 뿐이다.

"잘 한다며? 시집가서는, 더 잘하겠다며?"

"아버지… 아버지도 잘 아시잖아요."

"이런 건 뭐 하러 보내? 나타나지도 않으면서! 사위 얼굴 한 번 보기가, 무슨 대통령 얼굴 보기보다도 더 힘드니. 이거야 원!"

민 서방의 집안이 좋다고 해서 혹여 덕이라도 볼까 싶은 마음도 없었고, 시집을 보낼 때만 하더라도 딸에게만 잘하면 그만이라는 생각 정도는 하고 있었다. 하지만 결혼이란 것이 집안과 집안을 잇는 깊은 인연이 아니었던가. 자주 바라는 것도 아니고 형식을 갖출만한 날만큼은 신경을 썼으면 싶었다. 시댁의 분위기를 모르는 것도 아니고, 사업이 바쁘게 돌아가면 그럴 수도 있을 거라 생각해 버리면 이해를 못할 것도 없겠지만, 나이가 들수록 마음 한구석에 서운한 생각이 쌓여만 가는 것은 어쩔 수 없다. 그 마음에 대해서는 정 여사도 마찬가지기는 하였지만, 정임이 곤란해 하는 표정을 보이자 자신이라도 편을 들어야 할 듯싶은 마음이 들어 말을 거든다.

"요즘은 예전 같지 않아요. 바쁘게들 다녀야 더 출세도 하고, 또 성공도 하지요."

"죄송해요. 아버지."

"사돈댁 어른들은?"

"다 무고 하세요. 아버지, 무릎은 괜찮으시죠?"

무릎 얘기가 나오자 김 선생이 뭔가 또 한마디 하려고 한다. 지금 같은 상황에서는 정임이 어떤 이야기를 한다고 해도 전부 꼬투리가 잡힐 것이 분명했다. 상황파악을 한 정 여사가 얼른 끼어들어 선물들을 김 선생 앞으로 끌어다 놓으며 화제를 전환하려고 애쓴다.

"아무렴, 괜찮대도. 아이고, 이거 비싼 것 같으네. 뭘 이런 걸 다…,"

"엄마도 같이 드세요. 두 분 몸 생각 하셔서 꼬박꼬박 챙겨드세요."

"뭐? 몸 생각?"

"여보!"

큰딸 정임의 선물을 다 살펴보자 이번엔 아들 경원이 나선다.

"아버지, 이거 에미가 보내 온 거예요."

"못난 놈!"

"여보!"

"애들은?"

"다들 건강하게 잘 지내고 있대요. 둘 다 공부도 아주 잘한다고 하고요."

손주들에 대해서 이야기로 전해 듣기는 김 선생이나 경원이나 매한가지다. 벌써 수년 동안 기러기 아빠로 지내고 있으니 경원도 해마다 가끔 직접 찾아가 얼굴을 볼 뿐, 평소에는 인터넷 전화나 화상 통화를 하며 안부를 주고받는 것이 전부다. 자식은 부모의 손을 타면서 자라야 한다는 생각을 가지고 있는 김 선생 입장에서는 아들의 일 중에서 제일 못마땅한 부분이다. 게다가 가끔 아주 가끔이라도 손주들과 통화를 하면 하이, 헬로, 그랜파, 그랜마 하며 혀가 꼬부라진 듯한 발음으로 얘기하는 게 영 어색하기만 하다.

"애들이란 게 말이야. 엄마 손만 갖고는 안돼요. 그래도 아빠가 옆에 있으면서 얼러주고 안아주고, 그렇게 손때가 묻어야 정도 드는 거라구. 으이구,"

"애들이 지금 학기 중이라, 명절 때는 방학이니까, 꼭 들어오겠다고 했어요."

"한 놈은 캐나다에, 또 한 놈은 필리핀으루다가. 이거 뭐, 가족들이 죄다 뿔뿔이 흩어져 있으니, 전쟁통도 아니고."

자식들도 자식들이지만 김 선생은 은근 손주들이 와주기를 기다리고 있었다. 매년 명절이나 생일 때마다 '내년에는,

내년에는' 하며 미루더니 결국 오늘도 손주들은 그림자조차
뵈지를 않는다. 이번 명절 때도 십중팔구 못 볼 것이 뻔하다
는 생각이 들자 어느덧 김 선생의 시선이 어린 손주들의 사
진들로 옮겨간다. 하지만 그 사진조차도 유치원이나 초등학
교 입학 무렵의 사진들일 뿐, 지금은 훨씬 나이를 먹었을 손
주들이다. '녀석들이 이 할애비나 알아보려나…' 하고 걱정
스러운 마음이 들어 작은 탄식과 함께 원망스런 눈으로 다
시 경원과 정임을 돌아다본다. 순간 눈치 빠른 정 여사가 누
구보다 손주들에 대한 애정이 각별한 김 선생임을 아는 터
라 이번에도 서둘러 중재에 나선다.

"아이고, 뭘 이런 걸 다 보냈어. 애들 공부 가르치느라 지
들도 힘들 텐데."

"으휴, 못난 놈!"

매번 말을 늘어놓아봐야 무슨 소용이 있을까. 내 속만 타
들어가니 말을 말자고 마음을 먹지만 자식들의 얼굴을 마
주하면 속상하고 답답하다.

"아버지, 기분 좀 푸세요. 저, 이거…."

"아니, 이건 또 뭐니?"

"두 분이, 좋은데 가셔서 맛있는 거라도 좀 사드시라구요."

"경원이랑 저랑 조금씩 넣었어요."

"아이고, 이렇게나 많이? 우리가 먹으면 얼마나 먹는다고."

"먹긴 뭘 먹어, 이 할망구야? 이런 거 필요 없으니까, 다 가져가!"

말 몇 마디 한다고 해서 모든 것이 한 번에 해결될 리가 만무하다. 하지만 그래도 해마다 조금씩은 달라지질 않을까 기대를 걸고 있는데 김 선생은 그저 돈으로 때우려는 정임과 경원이 못마땅하다.

"뭣? 둘이, 좋은데? 니들 애비는 네 엄마 없으면 한 발자국도 움직이질 못하고, 네 엄마는, 조금만 걸어도 숨이 턱까지 오르는데, 가긴 어딜 가, 이놈들아! 좋은데 좋아하시네!"

"아버지…"

"나는 그렇다 쳐! 네 엄마는 이가 성해야 뭐라도 먹을 것 아니야, 이가 성해야! 이런 거 해 올 돈이 있으면, 네 엄마 이빨이나 하나 해줘, 이빨! 임플란트인지 뭔지 그 모조 이빨말이야!"

"그만 좀 하세요. 제 이는 튼튼해요. 앞으로 살면 얼마나 더 산다고."

재작년부터 잇몸도 붓고, 이가 불편하여 딱딱하거나 질긴 음식을 먹거나 오래 씹기가 쉽지 않기는 했다. 그래서인지 최근에는 음식이 줄어 살이 자꾸 빠졌다. 하지만 괜한 자신의 이 때문에 아이들이 책망 받는 것 같아 속상해진 정 여사는 정임과 경원을 둘러보며 다독거린다.

"좋으면서 괜히 그러시는 거야, 알지? 오늘 산에 갔다 오셔서는 종일토록 너희들을 기다렸어요."

"기다리긴 누가 누굴 기다려! 에미 애비 집에 오는 놈들이, 몇 시까지 온다고 시간을 정하고 오니까, 그게 한심해서 그런 거지."

"산이요? 두 분이서 산에 다녀오셨어요?"

"그래, 고향 선산에 다녀왔잖니."

"그 먼데를 두 분이서요?"

"아버지, 말씀을 하시지 그러셨어요. 그러면 제가 차로 모셨을 텐데요."

"지 놈 가정 하나도 건사치 못하는 놈 차는 무슨 차!"

"아버지, 그럼 저한테라도 말씀하시지 그러셨어요."

"아이고, 됐어요. 바쁜 민 서방네 차 불러다 써 놓고 또 무슨 원망을 들을라구요."

"에고, 음식들 다 식겠네요. 어서 밥들이나 들자구요. 너희들도 어서 일어나고, 어서!"

한도 끝도 없을 이야기다. 정 여사는 그저 이렇게라도 자식들을 마주할 수 있는 게 다행이다. 김 선생은 자식들을 나무라 듯 이야기 하지만, 지금의 생활 이면에는 십 수 년 전의 잊기 힘든 사정들로 하여금 이마저도 어려워 어쩌면 영영 자식들을 못 보게 되면 어쩌나 마음을 졸였던 때가 있었다. 그 날이 떠오르자 정 여사는 아찔한 생각에 고개를 절레절레 흔들며 애써 기억을 털어낸다. 그리고는 정 여사가 김 선생과 아이들을 재촉하며 주방에 가있는 정연을 향해 물어본다.

"얘, 막내야, 준비 다 됐지?"

"아버지, 배고프지? 어서 오셔. 엄마도."

그렇게 성질을 내면서 자리를 뜨더니 언제 그랬냐는 듯 태연하게 앞치마에 국자를 들고는 털래털래 거실로 나온다. 정 여사가 정임과 경원을 끌고 서둘러 주방으로 가고, 어느덧 거실에는 김 선생과 막내딸 단 둘뿐이다.

"생전, 전화 한통 없던 놈들이, 지 에미 생일은 또 어찌들 알았을꼬?"

"아버지는. 내가 누구요! 한 달 전부터 문자를 쫘악 날렸지!"

"밥 먹자, 배고프다."

제 어미 생일을 챙긴 막내딸이 기특한 듯하나, 애써 무표정한 얼굴로 주방으로 걸음을 옮기던 김 선생이 정연을 돌아다본다. 표정을 보니 또 뭔가 협상카드를 제시할 모양이다.

"야, 사기꾼!"

"사기꾼?"

"너, 임플란트인지 뭔지, 그거 하는데 얼마나 드는지 좀 알아봐!"

"엥?"

"아, 아, 아니다. 아니야."

"아버지가 엄마 임플란트 해주시게?"

"내가 돈이 어디 있어! 그냥, 얼마나 하는지 좀 알아보라
고!"

"오호, 김만복 아버지, 멋진데! 엄마, 엄마!"

정연이 기분 좋은 소식을 엄마에게 알리려 하자 김 선생
은 서둘러 말린다. 그리고 정연에게 한걸음 더 다가서서 말
했다.

"쉬잇! 그 대신, 너 시집 갈 때 세탁기랑 텔레비전은 빠지
는 거다, 알았지?"

"엥?"

"왜 말이 없어? 네 혼수에서 조금 빼서, 네 엄마 이 해 줄
라고 그러는데."

"아니, 그건 그거고, 이건 이거지!"

"이제 보니, 이놈 이거, 아주 나쁜 놈이네."

"엉?"

"이 대목에서 갈등을 때려?"

"아니, 그게 아니구."

"비켜! 인정머리 하나 없는 지지배 같으니라구!"

"아니, 아부지!"

시집은 생각도 없는 것처럼 아버지랑 엄마랑 죽을 때까지 살 거라고 하더니, 혼수가 줄어드는 건 또 아쉬운 모양이다. 지나가는 말로 진담 반, 농담 반 던진 말이었지만, 말이라도 시원하게 하지 못하고 망설이는 막내를 보니 살짝 괘씸한 생각이 든다.

"그리고 넌, 뭐 없냐?"

"네?"

"넌 아무것도 없냐고, 올해도 맨 손에 맨 입이야?"

"아니, 아버진, 내 사정 뻔히 알면서!"

"네 사정이 어때서? 내가 알긴 뭘 알아?"

"아버지! 내가 내년엔 엄마 아버지 해외여행도 보내드리고, 다달이 용돈도 팍팍! 그리고, 종합검진도 최고로 비싼 걸로다가…."

"종합검진은 무슨."

"이번엔 진짜야, 진짜! 알았지? 이번 한번 믿어봐!"

"아이고, 저 사기꾼! 허구한 날, 내년, 내년? 야! 네 엄마나 나나, 내년까지 살 수나 있을 것 같으냐? 참, 세상 무섭다, 무서워!"

그렇게 정 여사의 생일은 지나간다. 생일이라고 해봐야 집을 떠난 자식들이 찾아와 해마다 반복되는 요란함을 떨다가버리고 나면 그뿐이다.

외출

아침이 되면 언제 그랬냐는 듯 그저 두 노인네의 조용한
일상이 기다린다. 아침상을 물린 뒤 정 여사가 가위며 머리
빗, 보자기 등 이발 도구를 챙긴다. 이발용 보자기를 털어내
며 거실 쪽을 향해 김 선생을 부른다.

"어서 나오세요. 머리 좀 다듬어 드린다니까요."

정 여사의 보챔이 이어지자 김 선생이 귀찮다는 듯 신문
을 읽으며 천천히 걸어 나온다. 김 선생의 머리를 다듬는 일
은 결혼하고 나서부터 한 번도 거르지 않은 노부부의 행사
이며 정 여사의 역할이자 권리이기도 하다. 처음 머리를 다

듣어 주겠다고 했을 땐, 정 여사의 손길이 부담스러웠는지 이발소에 가겠다고 고집을 피우던 김 선생을 어르고 달래 시작한 일이 지금까지 쭉 이어왔다. 어찌 보면 무척 손이 가는 일이라 애써 일 하나를 떠안는 일이기도 하였지만 결혼하기 전부터 생각해 오기를, 언젠가 사랑하는 남자를 만나 결혼을 하게 되면, 머리만큼은 자신의 손으로 단장해주고 싶다고 마음을 먹었다. 물론 따로 기술을 배웠다거나 연습을 했던 것도 아니어서 익숙하지 못한 손놀림으로 삐뚤빼뚤 자르거나 좌우 균형이 맞지 않는 통에 잔소리도 꽤 들었지만, 이제는 생각한 대로 모양을 흉내 내는 정도는 하게 되었다. 예전에는 긴장된 표정으로 연신 손거울을 들여다보며 자신의 머리를 살피고 잔소리를 쏟아부었던 김 선생도 요즘은 꾸벅꾸벅 졸기도 하고 신문을 가져와 읽기도 하니 정 여사는 스스로가 대견하기도 하다. 자리에 앉은 김 선생이 입으로 혼잣말 하듯 신문의 기사를 읊조리다가, 뭔가 눈에 띄는 기사라도 발견했는지 곧 소리를 크게 내며 읽어 내려간다.

"아니, 거 병원 중환자실에 누워 있는 식물인간인지 뭔지, 그 뇌사 상태로 꼼짝없이 누워있는 환자들 말이야. 그 사람들도 들을 건 다 듣는다는 구만. 말을 못하고 움직이지를 못해서 그렇지, 주변에서 하는 얘기를 다 듣는데요."

"반듯하게 좀 앉아 계세요."

"말조심 해야겠어. 지난번 박가 놈 문병 갔을 때 말이야, 잠을 자고 있어서 내가 그랬거든. 술병 나서 네놈 먼저 가게 생겼으니 꼴좋다 요놈아! 하고 말이지. 농담이었는데, 그 소리를 들었을까?"

"흰 머리가 더 느신 것 같아요."

김 선생은 신문에 난 기사가 무척이나 신기한 듯 계속해서 읽어 내려가지만, 정 여사의 관심은 김 선생의 머리를 다듬는 일에만 집중된 듯하다.

"그러더니 사흘도 못 버티고 저 세상으로 갔으니, 이거야 원. 어떻게 생각해?"

"네?"

"다 듣는다잖아! 식물인간들도!"

"식물인간도 인간인데, 다 듣겠지요. 귀가 있으면."

농담을 하자는 건지 진담으로 하는 소리인지…. 기껏 떠들고 있는데 건성으로 대답을 하는 것 같아 김 선생은 슬쩍 부아가 난다. 이쯤 되면 정 여사에게 한마디 쏘아 붙여야 직성이 풀린다.

"당신은 말이야, 귀도 있고, 눈도 있고, 코도 있는데 뇌가 없는 것 같아."

"뭐요? 이 양반이 진짜?"

"그러니까 왜 사람 말을 안 들어. 애써서 떠드는 사람도 생각을 해줘야지.”

“들어요! 식물인간인지 뭔지, 그 인간도 듣고 저도 듣고요.”

“혹시, 이다음에, 내가 거동도 못하고 의식도 없다고, 옆에서 주둥이 함부로 놀리면 안 돼!”

“주둥이요?”

늘 그런 식이다. 정 여사는 남편인 김 선생에게 항상 따뜻한 말을 들었으면 싶다. 사실 조금은 무미건조 하고 표현도 서툰 김 선생이지만 가끔은 마누라라고 챙기는 구석은 있어서 정 여사도 그런 김 선생이 싫지는 않다. 다른 사람은 몰라도 은근히 정이 많은 김 선생의 속내를 들여다보고 살았기 때문이다. 하지만 가끔씩 뱉어내는 투박한 말투가 정 여사의 마음을 콕콕 찌르거나, 서운케 하는 것은 어쩔 수 없었다.

“병원비가 얼마네, 산사람만 고생이네 하면서 산소호흡기 떼지 말라고!”

“진짜, 이 양반이! 아, 누가 뗀다고 그래요, 정말?”

“아이고, 그 놈의 인간, 성질 머리도 더럽더니, 죽을 때도 여러 사람 고생시키네 하면서, 인공호흡기 뗄 거잖아! 병원비로 애들 고생 안 시킨다고!”

“아니, 이 영감탱이가 듣자듣자 하니까 못하는 소리가 없네."

"뭐? 영감탱이?"

"인명은 제천이라고, 하늘이 내린 사람 목숨을, 사람이 어떻게 빼앗아요. 산 사람 목숨을!"

"그건 그렇지?"

"정 원하시면… 그렇게 해드리고."

"뭐야? 내 그럴 줄 알았다, 젠장!"

정 여사의 통쾌한 한방이다. 늘 차분하게 김 선생의 말을 받아주는 정 여사지만 가끔씩 김 선생의 말에 얄밉다 생각이 들면 김 선생이 어떤 말에 약이 오를지 정확히 알고 유효타를 날리곤 한다. 그때마다 당황하는 김 선생을 보면 정 여사는 금세 남편이 귀엽다는 생각이 들기도 해서 자신의 기분도 쉬이 풀어지곤 하는 것이다. 어찌 보면 오랫동안 김 선생을 상대해 온 나름의 노하우이기도 했다. 정 여사가 혼자키득키득 웃으며 손질을 계속 하자 농담이라고 느낀 김 선생도 계속해서 신문을 소리 내어 읽어 내려간다.

"흠, 흠. 오호! 눈물만이 유일한 의사 표현 방법이라… 눈물로 이야기를 한다!"

"그러니, 옛말에 짐승들 앞에서도 입 조심하라고 안 해요. 황소도, 돼지도, 도살장 끌려갈 때는 다들 굵은 눈물을 뚝뚝 흘리잖아요."

"아, 그 눈물하고 이 눈물하고 무슨 상관이 있어."

"그러니 산목숨 앞에 놓고, 저렇게 고생시키느니, 빨리 가는 게 도와주는 거예요, 하고 생각 없이 입방아들만 찍으면, 듣기만 하고 아무 말도 못하는 환자는, 얼마나 섭섭하고 답답하겠냐고요. 질긴 게 사람 목숨이요, 인명은 제천이라고, 그래서 기적이 있는 게 아니겠냐고요."

"오호, 정 여사! 오늘 뭐 잘못 먹었어?"

"네?"

"잘 깎아! 구멍 안 나게! 말이 많아, 말이! 한 마디 하면 열 마디 하고, 열 마디 하면 백 마디 하고, 말이 많아, 말이."

"으이구…."

나름 김 선생이 칭찬이나 감탄을 할 때 사용하는 표현 방식이다. 처음에는 '이 사람이 정말 왜 늘 이런 식인가.' 하고 생각도 있었지만 쑥스러운 표현에 익숙하지 않은 그만의 방식임을 정 여사는 잘 안다. 그래서 그의 퉁명함이 나쁘지 않고, 내 말이 그의 정곡을 찔렀구나 하고 나름 만족스럽기도 하다. 그나저나 눈물로 의사를 표현한다니 정말 희한한 일이다. 정말로 식물인간으로 있는 사람들이 다른 사람의 이야기를 듣기도 하고 눈물로 자신의 의사를 표현하기라도 한다는 말인가? 쉽사리 믿기는 어려운 일이었지만 제법 그럴듯하다는 느낌이 들었다.

"오호, 거참 희한한 일일세. 빨리 보내버립시다, 할 때 흘리는 눈물하고, 기적이 일어날 터이니 희망을 잃지 마세요, 할 때 흘리는 눈물이 그 성분 자체가 다르다네. 짠 맛이 말이야!"

"그러게 말조심하시라고요. 산 사람 앞에 놓고 이러니저러니 막말도 농담도, 그만 좀 하시고요. 낮말은 새가 듣고, 밤말은 쥐가 듣는다고 안 해요."

"오호, 정 여사! 거, 오늘은 말씀이 좀 되십니다 그려, 응?"

"제가 당신 등살에 꾹꾹 누르고 살아서 그렇지, 생전에 우리 아버지가 그러셨어요. 우리 딸, 말 잘하고 똑똑하니 여학교 보내서 도지사를 만들어야겠다."

"거, 오버는…. 거울이나 좀 줘봐. 떠들지 말고! 도지사는 아무나 하는 줄 알아? 면서기나 해 먹으면 다행이지."

"으이구. 다 됐어요. 거울이나 좀 봐요 어때요. 기가 막히지요?"

"뚫어!"

"네?"

"기가 막히면 죽는 거야."

"이 양반이 점점. 나중에 산소 호흡기 떼 드려요?"

"뭐야?"

옥신각신 티격태격. 살아오면서 십 분 이상을 부드러운 대

화로 이어간 적이 없었다. 이것이 그들만의 표현 방식이기도
했고, 서로를 이해하고 받아들여주고 있음을 확인하는 과정
이기도 했다. 일상이 크게 달라질 것이 없는 그들의 삶의 흐
름 속에서 서로의 표현에 장단을 맞춰 줄 때 비로소 스스로
의 삶이 여전히 유지되고 있음을 느끼곤 하는 것이다.

"참, 오늘이 어딜 가신다고 한 날이지요? 면도도 좀 해야
겠어요. 조금만 더 앉아 계시우."

"면도는 됐어. 그제 한 건데, 뭘 그래!"

"까칠까칠해요. 기왕이면 남들 보기 좋게 깔끔하게 하고
다니셔야지요. 어서요."

"지난번에 베인 요기, 아직 낫지도 않았다고!"

"그땐 제가 눈이 침침해서… 아니지, 그날은 당신이 꾸벅
꾸벅 조시다가 고개를 떨어뜨리셔서…."

"뭐야? 졸긴 누가 졸아?"

"아이고, 알았어요. 알았어. 이번엔 잘할게요."

"맨날 이번엔, 이번엔! 아하 그놈의 막내 지지배가 누굴 닮
아 맨날 거짓말만 치나 했더니, 바로 당신이구만!"

"내 배 아파 낳은 자식 그 에미를 닮지 누굴 닮겠어요. 아
니지! 당신 소싯적에 그랬잖아요. 읍내에 유랑극단이나 서커
스가 들어 올 때마다 정신없이 쫓아다니며 배우 하겠다고!
그러고는 맨날 쥐구멍으로 몰래 들어가서 도둑 관람하다가

아버님한테 들켜서 뒈지게 몰매나 맞고…"

정 여사를 약 올리겠다고 한 얘기가 되레 자신에게 돌아온다. 가만 보면 정 여사가 김 선생이 말을 할 때는 대부분 들어주는 편이라 그렇지 맘먹고 말이라도 할라치면 쉬운 상대는 아닌 것 같다.

"말수 좀 줄여! 밥 먹은 거 기운 다 빠져 배우는 무슨 얼어 죽을…"

"호호호호…"

"하여간, 면도하다 피 한 방울이라도 나오면 알지?"

"네?"

"바로 파출소에 고소야!"

"흥. 그러시구려. 유치장에 들어가 앉아 있으면 밥 안 해서 좋고, 당신 잔소리 안 들어서 좋고, 저는 또 앉아서 밥상 받으니 더 좋고요."

"이 할망구가 미쳤나? 그럼, 내 밥상은 누가 차려?"

"당신이 차려 드시구려!"

유치한 농담까지 동원해 반 협박을 던져보지만 오늘따라 김 선생이 당하는 기분이다. 더 이상 당해낼 재간이 없자 특유의 투정으로 응수를 한다.

"나, 면도 안 해!"

"아니, 이 양반이?"

"면도기 치워! 어디, 하늘같은 신랑한테 칼자루를 들이대, 칼자루를."

"칼자루요?"

"시간 없어. 빨리 준비나 해. 해 났을 때 사진 찍어야 잘 나오는 거 몰라?"

"사진이라니요? 저도 찍는 거예요?"

"그럼, 사진을 같이 찍지, 혼자 찍나??"

막내 정연에게 카메라를 빌리는가 싶더니 오늘 쓰려고 했던 모양이다. 그나저나 갑작스레 사진이라니 김 선생의 예고 없는 행동에는 50년을 함께 한 정 여사도 어찌할 도리가 없다. 마음의 준비라도 하거나 채비라도 하도록 미리미리 얘기를 해주면 오죽이나 좋을까. 이제는 그러려니 하고 따를 뿐 당황하는 일도 없다.

"별 말씀도 안 하시고선…. 암튼 그럼 턱수염만이라도 마저 깎아요."

"아, 됐다고!"

사진을 찍으러 어디를 가겠다는 건지도 모르겠고 이유도 모르겠지만 정 여사는 사진을 찍는다니 그래도 보기 좋게 나오도록 해주고 싶은 마음이 앞선다. 김 선생은 마저 손을 봐주려는 정 여사의 손길을 한사코 뿌리치며 휙 하고 돌아서더니 중심을 잃었는지 다리를 삐끗하며 넘어진다.

"앗! 아이고, 허리야 아이고! 내 다리…."

"여보, 영감! 영감! 이걸 어째, 제가 괜한 고집을 부려가지고…."

안 그래도 다리가 부실한 김 선생인지라 정 여사는 가슴이 철렁 내려앉는다. 고집을 부린 자신의 탓인가 싶어 미안한 마음으로 어찌할 바를 모르는데 김 선생이 신음을 멈추고 정 여사를 바라본다.

"놀랬어?"

"네?"

"장난이야, 장난!"

"뭐요? 이런…."

사람을 놀라게 해놓고는 장난이라니 평상시에는 웃음기 없이 투박하기만 하다가도 최근 들어 이렇게 가끔씩 엉뚱한 행동을 한다. 그런 김 선생을 볼 때마다 정 여사는 사실 남편은 어린아이 같고 정이 많은 성격이 아닐까. 다만 막중한 책임감을 지니고 살아올 수밖에 없었던 그의 환경이 스스로의 성격을 어색한 것으로 만들어 버렸는지도 모른다고 생각했다.

"고마워, 여보…."

"네..?"

"사랑해요, 정 여사."

정 여사가 넋이 나갔다 돌아와서 어리둥절한 표정으로 '이 사람이 뭔 소리를 하는 건가?' 하고 쳐다보는데 김 선생이 팔을 들어 올려 하트를 그린다. 얼마 전 정 여사의 생일 날 주방에서 막내딸 정연이 김 선생에게 했던 그 모습이다. 막내의 애정표현이 나쁘지 않았는지 나중에 정 여사에게 써먹겠다고 생각했던 것이다. 하지만 적절한 타이밍을 찾지 못해 나름 머리를 굴려 생각한 것이 오늘처럼 엉뚱한 장난을 치고는 은근슬쩍 말끝에 얹혀가는 형식이다. 하지만 스스로도 익숙한 행동이 아니었던지라 김 선생은 하트를 날리고는 어영부영 마무리를 짓지도 못하고 어색해 하고 있고, 정 여사는 여전히 상황파악을 못하여 끔뻑끔뻑 김 선생을 바라보고 있다. 그제야 '흠흠' 헛기침을 하면서 일어나며 금방 돌변해서는 예의 표정 없는 모습과 투박한 어투로 말을 이어간다. 언제나 건조하고 툴툴거리는 행동 뒤로 자신의 수줍음이나 어색함을 숨기는 것이 그만의 방식인 셈이다.

"아, 뭐 해? 서두르지 않고!"

"아이고, 알았어요, 알았다니까요! 번갯불에 콩을 볶아도 유분수지…."

갑작스런 사진촬영으로 김 선생과의 하루 일과를 마친 다음 날, 정 여사는 이른 아침부터 분주하게 외출을 준비한다.

냉장고에서 음식들을 꺼내 카트에 바리바리 싸고, 김 선생이 막내딸 정연에게 빌렸던 카메라 가방도 챙겨 혹시라도 떨어질까 정성스레 끈으로 감싸고 또 감싼다. 이제 막 화장실에서 신문을 둘둘 말면서 나오던 김 선생이 한창 바쁜 정 여사를 쳐다본다.

"아침부터 또 어딜 그렇게 가? 내 얘기했지? 나 모르게 자꾸 어딜 싸돌아다니느냐고."

"보면 모르세요? 당신이 막내딸한테 빌린 카메라 가방 가져다주려는 거잖아요. 어제부터 전화해서는 긴하게 쓸 일이 있으니 급하다고…."

"지지배, 지가 와서 받아갈 것이지! 헌데, 가면 카메라 가방만 가져갈 것이지 뭔 짐이 그리 많아? 또 김치 깍두기에 쌀까지 퍼다 줄 셈이야?"

"알 거 없어요. 어제 외출하셨으니 당신은 좀 쉬고나 계세요."

정 여사는 김 선생이 꼬치꼬치 캐물을까 서둘러 자리를 뜬다. 그리고는 전철을 두 번 갈아타고, 마을버스를 타고 내려 한참 동안 오르막을 오르고, 한적한 동네의 언덕 위에 따닥따닥 붙어있는 다세대 주택 중에 한 곳을 찾아 계단까지 오르고 난 후에야 정연의 집 문 앞에 도착한다.

배달집 스티커가 덕지덕지 붙어 있고, 문 밑으로는 각종 전단지와 공과금 청구서 등이 어지럽게 널려져 있다. '끄응' 소리를 내며 고개를 숙여 주섬주섬 정리를 하고는 열쇠를 꺼내 아주 조심조심 문을 연다. 그리곤 카트 바퀴 소리와 자신의 발자국 소리라도 들릴까 조용히 문 안으로 들어선다. 문을 닫고 나니 햇볕이 들지 않아 금세 어두운 집 안으로 바뀌어 정 여사는 하는 수 없이 스위치를 찾아 불을 켠다. 그제야 눈에 들어오는 딸아이의 모습은 침대에서 정연이 아직도 세상모르게 잠이 들어있고, 침대 주변으로는 일회용 음식들이며 치킨 박스, 맥주병과 소주병들이 널브러져 있다.

"아이고, 이게 도대체 다 무슨…. 해는 중천인데…."

정 여사는 혀를 차며 카트에 싣고 온 보자기 중 일부를 풀어서 음식이 가득 담긴 찬합들을 꺼내 냉장고 속으로 차곡차곡 정리한다. 반쯤 따진 채 대충 넣어져 있는 깻잎이나 꽁치 통조림, 3분의 1정도 남아있는 1.5리터 생수 외에는 별다른 것이 없어 자신이 가져온 찬합을 채우고도 휑한 조그만 냉장고를 보니 정 여사는 아쉬운 마음이 들어 마음이 짠하다. 약간의 한숨을 쉬고 1.5리터 생수를 옆으로 밀어서 치우고는 동치미가 담긴 물통을 꺼내 넣는다. 정 여사가 올 때마다 꼭 챙기는 것으로 정연이 항상 부탁하는 필수품이기도 하다. 어렸을 적부터 정연은 물 대신 시원한 동치미 국물을 곧잘 마시고는 해서 정 여사는 해마다 빠지지 않고 동치미를 담그곤 했다. 생활비는 김 선생이 정해주는 대로 받아서 쓰는 중에 가진 것이 워낙 없는 정 여사이기도 해서 그것이 자신이 막내딸을 위해 해줄 수 있는 최선이라 여기는 정 여사였다. 냉장고를 채우고 주변에 널려진 쓰레기들을 치우고 있는 사이 정연이 기지개를 크게 켜며 일어난다.

"어? 엄마 왔어?"

"왜, 더 쉬지. 에미 때문에 깼나 보구나."

"아니야, 어차피 일어나려고 했어. 공연연습 때문에 씻고 나가야 하기도 하고…."

"이거… 급하다 할 땐 언제고?"

정 여사가 카메라 가방을 흔들어 보이며, 정연의 앞에 내려놓는다.

"작품 땜에 바빠서 그래. 이번 주말에 내가 직접 찾으러 가려고 했는데…. 아함."

"어휴 술 냄새, 도대체 얼마나 퍼 마셨기에. 주말에 찾으러 올 걸 그리 급하다 보챘어? 그보다 여자 혼자 사는 집이 이게 무슨 꼴이야."

"엄마도…. 누가 김만복 씨 사모님 아니랄까봐, 잔소리 하고는!"

"뭐야?"

"참, 그거 갖고 왔지? 빨리 줘봐, 엄마. 머리가 아주 뽀개진다, 뽀개져."

"이놈의 지지배, 말하는 것도 꼭, 지 아버지를 닮아 가지고…."

정 여사는 걸음을 옮겨 조금 전 가져온 동치미가 담긴 물통을 컵과 함께 건넨다. 정연은 컵은 본척만척 물통만 받아 들더니 통째로 들이킨다.

"크하! 바로 이 맛이라니까. 속이 아주 시원하게 뚫리는구만!"

"작작 마셔 이것아. 삼십은 훌쩍 넘었고, 사십은 눈 깜짝할 새인 거 몰라? 무한정 젊음인 줄 알아?"

"알겠사옵니다. 어마마마! 근데… 아버지는 카메라는 왜 필요하셨던 거래? 엄만, 알아?"

"응, 어제 너희 아버지랑 간만에 외출해서 사진도 찍고 그랬지."

"정말? 아버지가? 호오, 해가 서쪽에서 뜰 일이네?"

"그러게나 말이다. 워낙 말씀도 없이 가자고 보채는 통에 얼마나 서둘렀는지…."

"그래서? 어디를 어떻게 갔는데 응? 데이트라도 하셨어?"

"응, 데이트라면 데이트지 왜, 얘기라도 해줄까?"

"응, 응. 어서 어서 해봐요."

정연이 정 여사 쪽으로 바짝 다가와 앉는다. 아버지가 안 하던 행동을 했다고 하니 궁금하기도 한 모양이다. 정 여사도 어제 일을 누군가에게 얘기하고 싶었던 모양인지 입을 오물오물 하다가 정연에게 묻는다.

"너, 오늘 바쁘다고 하지 않았어? 공연연습 간다며."

"가야지. 엄마 얘기 잠깐 듣고 갈 짬은 나요 시간 없으니 빨랑 얘기 해주셔."

"흐음 그러니까 어제 네 아버지가 말이지…."

**

노부부가 집 근처 공원을 천천히 오르고 있다. 지팡이에 의지한 김 선생이 정 여사에게 이끌려 걸음을 옮기고 있고, 정 여사가 힘에 부치는지 비틀비틀 한 걸음 한 걸음이 힘겨워 보인다. 힘이 받쳐주질 못하자 김 선생도 슬슬 지치는지 정 여사를 타박하기 시작한다.

"꼭 붙들어. 그렇게 근력이 없어서야 숟가락이라도 들겠어?"

"지금 꼭 붙든 거예요. 저도 힘들다고요."

"그놈의 기운은 아꼈다가 어디다 써! 이럴 때 팍팍 좀 쓰지. 신랑이 살면 얼마나 더 산다고 말이야."

"아이고, 힘들어서 더는 못가요. 우리 저기서 잠시 쉬었다가 가십시다."

"쉬긴 뭘 쉬어? 내가 봐둔 자리가 조오기 있는데."

정 여사는 사진기를 챙겨 외출을 하자기에 모처럼 기대를 했다. 대단한 것을 상상하지는 않았지만 가벼운 나들이 정도는 하겠지 싶었는데 난데없이 행군을 시킨다. 게다가 비탈이 있는 구간이라 혼자 걷기도 쉬엄쉬엄 할 판인데 자신을 부축하라 하면서 구박이다. 오늘따라 뭔가 마음이 앞서는지 걸음을 재촉하던 김 선생이 어느덧 숨이 거칠 대로 거칠어진 정 여사를 보고는 슬며시 손을 풀더니, 한 쪽 팔로 가슴에 꼭 품고 있던 카메라 가방을 근처 벤치에 내려놓으며 털썩 주저앉는다.

"에이고… 그냥 여기다 자리 잡자고!"

"그렇게 하십시다. 고마워요, 고맙습니다. 김만복 씨."

"…"

"난 또 누구네 잔치 집에라도 가는 중 알았고만, 괜히 힘들게 시리."

"얼어 죽을 잔치 집은, 초상이라면 모를까!"

"말씀을 하셔도 꼭…."

모처럼 남편이 단장을 하고 나가자는 말에 내심 기대도 했건만 오늘도 괜히 앞서갔나 싶어 마음이 착잡하다. 그래도 힘겹게 발걸음을 옮기던 중에 잠시라도 앉아 바람을 맞고 있으려니 기운이 좀 도는 것 같다. 김 선생이 잠시 한눈을 파는 사이 정 여사는 가방 안에서 뭔가를 서둘러 꺼내더니 얼른 입에 넣고는 물과 함께 꿀떡 삼킨다. 지난번 집에서 먹었던 하얀색 약통에 들었던 약이다. 너무 급하게 먹었는지 가슴이 막혀 힘없는 주먹을 쥐고는 가슴을 치고 있으려니, 그때서야 정 여사를 돌아본 김 선생이 스윽 하고 안주머니에서 뭔가를 꺼내려고 한다. 엉성하기는 하지만 포장된 상자에 빨간 리본으로 치장한 것이 언뜻 봐도 선물인 것 같기는 한데 꺼낼 듯 말 듯, 줄 듯 말 듯 망설이기만 한다. 이제야 가슴이 뻥 뚫리는지 정 여사가 허리를 곧추 세우며 한숨을 돌리며 김 선생을 바라보자 꺼내려던 뭔가를 이내 다시금 안주머니에 넣고는 시치미를 떼며 자세를 고쳐 앉는다. 정 여사는 곧 주변을 한 번 둘러보더니 공기를 한껏 들여 마신다. 갑작스런 외출에 서둘러 나오느라 정신도 없었고 잔칫집이나 특별한 곳이 아닌 것에 김이 새기는 하지만 모처럼 동네 공원이라도 나오니 나름 경치도 괜찮고 바람도 좋다. 편해지는 마음이 들어 그런지 딱딱한 자세로 앉아 있는 김 선생도 왠지 좋은 느낌으로 다가온다. 정 여사는 모처럼 김 선생과 살가운 이야기를 나누고 싶은 생각이 들어 한마디 건넨다.

"간만에 나오니까 좋긴 좋네요. 공기도 좋고!"

"맨날 마시는 공기가 좋기는…."

"하여간, 말씀 하나는…."

"오래 살아…."

"네?"

"올 가을엔 내가, 당신하고 단풍나들이라도 나갈 모양이니까 말이야…."

"네에?"

정 여사는 생전 안 하던 소리를 하는 김 선생의 말에 놀라 계속해서 되묻기만 할 뿐이다. 모처럼의 바깥공기와 경치에 마음이 풀어지는 건 자신만이 아닌가 보다는 생각을 한다.

"앞으론 자식새끼들 다 필요 없어. 우리 둘이서만 그저…. 흠흠!"

"맨날 말로만."

김 선생의 의외의 소리에 쑥스러워 이번엔 자신이 꼬인 듯 말을 던지기는 했지만 기분은 참 좋다. 처음 만나 지금까지 살아오기까지, 다정스런 말이나 미소보다는 오히려 무뚝뚝한 말투나 조금은 퉁명스러운 표정이 더 어울리는 듯했던 남편, 그런 김 선생과의 인연은 처음 시작되던 즈음부터 쉽지 않은 시간들이었다. 당시의 김 선생은 별다르게 물려받은 재산도 없었고 도망치듯 출발한 결혼생활이었던지라, 서로 변변한 살림살이조차 갖추지 못하고 시작해야 했었다. 그래도 우직함과 책임감은 있어서 어렵게 들어간 철도원 생활을 통해 퇴임을 하기까지 오로지 한 회사에 열정을 바쳐 일했고, 꾸준히 돈을 모을 수 있었다. 짜인 각본처럼 별다른 일없이 지난 시간이 다소 밋밋하기는 했지만 김 선생의 충실했던 생활이 있었기에 그토록 염원하던 집을 장만하고, 자식들을 키우며 학교를 보내고, 결혼도 시킬 수도 있었다. 그런 남편에게 익숙해진 정 여사였기에 오늘따라 유별난 김 선생이 '웬일인가?' 싶기는 해도 마음이 푸근해지는 기분이 들어 웃음이 나왔다. 정 여사는 김 선생을 바라보며 말을 건넨다.

"그간, 애쓰셨어요."

"뭔 소리야?"

"경원이 때도 큰애 때도, 그 무거운 짐들을 다 묵묵히 혼자서 감당해 내셨으니…."

정 여사가 김 선생에게 큰아들 경원과 큰딸 정임에 대해 이야기를 건네는 이야기 즈음에서 막내딸 정연이 말했다.

"정 여사, 잠깐! 내가 우리 정 여사와 김만복 씨가 오랜만에 데이트 한 얘기를 해달랬지, 언제 오빠랑 언니 얘기를 해달라고 그랬우? 은근슬쩍 나한테 오빠랑 언니에 대해 이해시킬 생각하지 맙시다!"

"너는 왜 오빠랑 언니 얘기만 나오면 쌍심지를 켜고 그래?

형제들끼리 자꾸 그러지 마라. 언제까지 엄마, 아빠겠어. 결국은 너희들끼리 의지하며 살아야 하지 않겠어?"

"흥, 됐어요, 됐어. 언니랑 오빠 덕 보자고 정 붙일 일 있나?"

"정연아, 엄마는 니가 막내이고 겉으로는 덜렁대 보여도 속이 깊은 거 다 안다.. 너도 언니나 오빠에 대해 짐작으로 대할 뿐이지 속사정은 모르고 있잖니. 이참에 에미 소원이라 치고 한번 들어봐 주려무나."

"에이 바쁜데!"

말은 그리해도 정연은 은근 오빠와 언니의 이야기가 궁금한 눈치였다. 사실 막내의 입장에서 집안을 힘들게 만든 오빠가 밉고, 시집간 뒤로는 친정보다는 시댁만 챙기는 언니가 얄미워 투정을 부렸을 뿐 자세한 속내는 들어본 적도, 알려고 한 적도 없기는 했다. 시계를 한 번 슬쩍 보고는 정 여사의 말을 기다리는 듯 자세를 바로 잡는다. 정 여사는 정연의 표정을 살피고는 김 선생의 대답부터 이어가기 시작한다.

"이 할망구가 노망인가…. 경원이나 정임이나 다 지난 일을 왜 얘기해?"

"그때마다 저도 얼마나 속이 상하던지…. 근데, 뭐 제가 딱히 할 일이 있었어야지요."

"어허, 참!"

"잊을 수가 없네요. 잊히지가 않아요."

"아, 글쎄 다 지난 얘기를 왜 하냐고!"

"영감⋯."

정 여사는 아무 말 없이 그저 김 선생의 손을 꼭 잡으며 감사함과 미안함의 회환을 전하자 김 선생 역시 긴 한숨과 함께 과거를 돌이키듯 먼 곳의 하늘을 응시한다.

**

"아버지! 아버지! 아버지!"

화초를 가꾸고 있는 김 선생 앞으로 서류가방을 든 큰아들 경원이 연신 땀을 훔치며 급하게 들어선다. 땀이 날 정도로 달려왔을 경원이지만 숨을 추스르기도 전에 설렘 반 긴장 반의 모습으로 아버지를 바라본다. 아버지에게 뭔가 할 말이 있는 듯한데 김 선생은 듣고 싶지 않은 모양인지 아들의 인기척에도 요동이 없다. 주방에서 다과를 준비하며 내오던 정 여사가 조심스럽게 부자간의 대화에 귀를 쫑긋 세운다.

"아버지, 부탁 드려요. 그렇게 해주세요, 네?"

"흠! 안 된다고 이놈아. 도대체 몇 번을 얘기 하냐?"

"왜 안 된다고만 하시는 거예요. 하나 밖에 없는 아들놈이, 사업 한 번 해보겠다고, 이렇게 간곡히 청하는데, 왜 안 된다고만 하시냐고요."

"직장생활 해! 남의 돈 받아가며, 그 밑에서 쓴 맛도 좀 보고, 설움도 좀 당해보고, 또 네 놈 능력도 제대로 발휘하고 하면서 인정받으라고!"

큰아들 경원이 언젠가부터 이런저런 준비를 하는 것 같더니, 최근 사업을 하겠다고 아버지에게 도움을 요청하는 중이다. 일이란 그저 뚝심을 가지고 꾸준하고 성실하게 하는 법이라 생각하는 김 선생이기에 처음부터 확실하게 반대를 했지만, 아버지의 말이라면 한 번도 거역하는 일이 없었던 경원도 이번만큼은 어떤 이유에서인지 쉽사리 결심을 굽히지 않고 있다. 상황을 지켜보던 정 여사도 경원의 성격을 잘 알기에 몇 번 말이 오가다 보면 수그러들겠지 했는데, 큰아들이 제법 고집을 피운다. 워낙 사업이라는 말 자체가 생소한 정 여사였기에 기왕지사 김 선생이 좀 허락을 해주면 어떨까 하는 생각도 들었지만 문제는 그 사업이라는 것이 꽤 큰돈이 들어가는 모양이다. 얼마 전 들은 얘기지만 경원은 아버지에게 바로 그 사업자금이라는 것을 부탁하고 있던 것이다.

"남자란 모름지기 꾸준하게 회사생활을 하면서, 나이도

좀 먹고, 경험도 좀 쌓으면서 하나씩 하나씩 올라가는 것이 최고야. 그래도 정 니가 사업이 하고 싶으면 그 분야의 일등이 먼저 되고, 그때 가서 사업하라고 이놈아. 지금 네 나이가 몇이야? 아직 사업 할 때 안 됐어."

"나이가 무슨 상관이에요, 아버지. 세상이 변했어요!"

"세상이 뭐가 변해, 이놈아. 예나 지금이나 사람 사는 게 다 똑같지. 어쨌든, 안 돼! 네가 벌어서 사업을 하든지 말든지, 알아서 해!"

"아버지…!"

김 선생은 답답했다. 지금껏 자신의 말을 어겨본 적도 없었지만 큰아들이라면 자신의 뜻을 이어 자신이 생각하던 모습을 가꾸며 살아가 줄 것이라 생각했다. 젊은 시절 뭣하나 제대로 가진 것이 없었던 김 선생의 입장에서는 자신과는 달리 자식들에게는 안정적인 환경을 만들어 주고 싶었고, 그 목표를 위해 쉼 없이 달렸기에 이제야 그 흉내라도 내게 되었다고 생각하던 참이다. 어려서부터 공부는 제법 하던 아들이어서 때가 되면 번듯한 직장에 들어가 좋은 자리도 올라가고 결혼도 하면 자신보다는 좀 더 나은 삶을 이어갈 거라 믿고 있었다. 그런 경원이 얼마 전 사업을 하겠다고 해서 딴생각 못하도록 말이 나왔을 때부터 똑 부러지게 일러두었건만 멀쩡한 회사를 상의도 없이 관두더니 수시로 찾아와 자신을 설득하려 든다. 무엇보다 이제는 허락을 하고 말고의 차원을 떠나 김 선생으로서는 받아들이기 어려운 어마어마한 요청을 하고 있으니 답답한 속이 꽉꽉 막히는 느낌이다.

"나쁜 놈! 나보고 집을 내 놓으라고? 내가, 네 엄마랑 어떻게 살면서 일궈놓은 이 집인데!"

"집을 내놓으라는 게 아니고요, 담보로 보증만 서달라는 거 아니에요. 제가 다 갚겠다니까요."

"그게 그거 아니야! 기껏 낳아서 먹이고 입혀서 공부 가르치고, 또 장가까지 보내줬더니, 뭐? 그것도 부족해서 이젠 집까지 내놔라? 나쁜 놈! 이 집이 네 집이야?"

집을 내놓다니…. 정 여사는 집 얘기가 오가는 것을 듣고는 직감적으로 사태가 심상치 않음을 느꼈다. 사업자금이 얼마나 많이 들어가기에 김 선생이 저리로 펄쩍 뛰는가 싶어 오늘은 자신이 틈틈이 모아둔 통장이라도 건넬까 하던 참이었다. 그런데 집 얘기가 오가는 것을 보니 애초에 자신이 상상했던 이상으로 돈이 들어가는 것을 깨닫고는 정 여사도 살짝 긴장이 된다.

"아버지! 그럼 저도 아버지 같이 살아라, 이 말씀이세요?"

"뭐야?"

"때 되면 돈 걱정하고, 일 터지면 돈 구하러 다니고, 그렇게…? 아버지같이 살았으면 좋겠냐고요!"

"뭐, 이놈이! 내 삶이 어때서? 내가 도적질을 했냐, 남의 가슴에 못을 박았냐?"

"아니, 그게 아니고요! 평생을 한 직장에서 죽어라죽어라 고생을 하셨지만, 남은 건, 이 집 하나밖에 더 있냐고요."

"뭐야, 이 집 하나?"

둘 사이의 대화를 듣고 있자니 이전까지는 없던 자못 민감한 이야기들이 오고 간다. 게다가 김 선생에게 있어 집이라는 것은 자신의 인생 그 자체였다. 아무것도 없던 그가 일생을 두고 어렵사리 이루어 낸 결정체이자 자부심이기도 했다. 이 정도까지 해냈으니 아내나 자식들에게 충분히 인정받을 만한 자격이 생겼다 싶어 집을 장만한 일주일 동안은 그간의 서러움과 벅찬 감동으로 잠을 이루지 못했던 그였다. 도대체 무엇이 경원을 그리도 초조하게 만들었을까. 아니면 정말 사업이라는 것이 그만큼의 가치가 된다는 말인가? '남는 게 이 집 하나밖에 더 있냐.'는 얘기를 듣는 순간 머리를 뭔가에 세게 얻어맞은 것 같았다.

"아버지, 장사가 최고예요. 열심히 하고 잘만 하면, 말 그대로 집안 전체가 대대로 먹고살 수 있다니까요!"

"대대로? 그러다 망하면? 그나마 있는 거, 집안 다 들어먹고?"

"아버지!"

"이놈아, 세상엔 일확천금이 없어요, 일확천금이! 정신 차려, 제발!"

"아버지, 일확천금이 아니에요. 안 망해요, 왜 망해요? 확실한 아이템이라니까요!"

경원은 가방에서 서류뭉치를 꺼내 아버지 앞에 내어 놓는다. 김 선생은 들여다 볼 생각도 않고 정 여사가 슬쩍 들여다보지만 무엇에 쓰는 것인지 잘 모르겠다. 저 서류들이 뭐라고 경원을 저리도 당당하고 자신만만하게 만들어 주는지 궁금했다.

"아버지, 이거 보세요. 벤처기업 인증서도 받았고요, 상품 개발만 제대로 해 놓으면, 사주겠다는 대기업, 사주겠다는 지자체…, 이렇게 양해각서도 다 받았다고요."

"흠!"

"이거 좀 보세요, 아버지! 명문대학의 박사님들한테도, 추천서를 다 받았다니까요."

"난 그런 거 몰라!"

"아버지! 있는 집 자식들은 출발부터가 우리랑은 다르다니까요. 비행기 타고 벤츠 타고, 속전속결…, 속된 말로 돈 놓고 돈 먹는 세상이에요. 자본 없으면 돈도 못 벌고, 돈 못 벌면 우리 새끼들도 평생 그냥저냥 사는 거라고요. 한 평생…."

"흐음."

"부모 원망하면서 말이에요."

옆에서 대화에 집중하던 정 여사의 가슴이 철렁거린다. 경원도 다급해서 무심결에 나온 말이겠지만 안 그래도 경원이 마땅치 않아 불이 붙은 김 선생에게 기름을 부어버린 격이기 때문이다. 아마도 욱하는 마음에 불같이 화를 낼 것이 뻔하고 경원의 부탁도 물 건너 갈 것이 뻔하다 싶더니 역시나 바로 김 선생의 역정이 난다.

"뭐? 부모 원망?"

경원도 뒤늦게 아차 싶었지만 이미 날아간 화살은 상처가 되어 김 선생의 마음을 후비며 파 들어가고 있는 중이었다.

"이놈아! 난, 네 할아버지한테 십 원짜리 한 장 받은 거 없었어도, 아무 일 없이 여기까지 왔어! 없으면 없는 대로, 있으면 있는 대로, 니들 삼남매 다 먹이고, 다 입히고, 다 교육시키면서 여기까지 왔다고!"

"아버지…!"

"평범하게 살아! 그게 최고야! 돈 많다고 행복한 게 절대 아니라고!"

"아버지, 한 번만 밀어주세요. 제가 열심히 해서 엄마 아버지 잘 모시고, 누나, 동생…, 다 책임진다니까요."

"어휴."

"아버지, 세상이 바뀌었어요. 옛날처럼, 새벽부터 밤늦게까지 열심히 일만해서 부자 되는 세상은 이제 끝났다니까요. 돈이 돈을 먹는 세상이에요. 자전거라도 타고, 중고차라도 빌려 타고, 부지런히 쫓아가지 않으면, 저도, 얘들도, 우리 가족들도 희망은 없다고요."

"흐음."

"아버지 열심히 할게요. 이자고 원금이고, 제가 다 갚는다니까요."

경원은 눈치를 챘는지 모르겠으나, 김 선생의 눈가는 어느새 촉촉해지고 있었다. 화초를 다듬던 가위를 쥔 손이 부르르 떨리며 힘이 들어가지 않더니, 급기야 한쪽 뺨을 타고 가는 눈물이 흐른다. 누가 볼까 손에 낀 면장갑으로 빠르게 그러나 조용히 눈물을 닦아낸다. 경원은 자신의 이야기에 빠져 여전히 아버지의 눈물을 모르는 듯했지만 내내 김 선생의 행동을 주시하고 있던 정 여사는 분명히 보았다. 그리고는 김 선생의 저런 마음이 전해오는 듯 가슴 한편이 아리도록 조였다. 그토록 자랑스럽던 큰아들이었지만 오늘만큼은 참 원망스러움을 느끼지 않을 수가 없다. 빈손으로 철도원 생활을 시작해 나이가 들어 성치 않은 다리로 퇴직을 할 수밖에 없었던 순간까지, 김 선생은 자신의 고생과 서러움을 결코 자식들에게는 대물림하지는 않겠다고 이를 악물고 버텨왔다. 그리고 내심 잘 버텨온 스스로를 대견해하며 힘든 고비들을 버텨내던 김 선생이었음을 정 여사는 너무도 잘 알고 있었다. '부모 원망'이라는 말을 너무도 쉽게 뱉은 큰아들이 오늘은 너무나도 야속하고 밉다. 자신조차도 이리 마음이 저리고 아픈데…. 지금 이 순간 한 줄기 눈물을 급히 감추는 김 선생의 마음은 오죽하랴. 정 여사는 왠지 어지러움을 느껴 다과를 내려놓았던 마당 탁자에 손을 짚으며 기댄다.

"아버지, 내년엔 큰애가 초등학교에 가요. 아버지 손자 놈이요. 다음 학기부턴 둘째 애도 유치원에 가요. 아버지가 그토록 이뻐하시던, 눈에 넣어도 아프지 않다 하시던 둘째 애가 유치원에 간다고요. 그 어린 것들한테 가난을…."

한참 전부터 김 선생은 아무 대꾸가 없다. 자식들이건 마누라가 되었건 자신의 성에 차지 않으면 곧장 말을 뱉어내던 김 선생이 아들 경원의 이야기를 듣는지 어떤지 그저 묵묵히 멈춰있을 뿐이다. 하지만 경원은 자신의 답답함을 다 털어내고 가겠다는 심산인지 좀처럼 쉬질 않고 이야기를 뱉어내고 있다.

"아버지!"

"오늘은 그만 가 보거라."

"아버지?"

"휴우."

"아버지!"

경원이 물러설 기미를 보이지 않자, 힘겹게 허리를 뒤로 제치듯 세우며 큰 한숨을 들이쉬고는 다시 내쉰다. 워낙 어렵게 고생을 하면서 자랐던 김 선생의 마음속에 가리고 지우려 해도 늘 꿈틀대며 비집고 나오던 것이 바로 '부모 원망'이라는 네 글자였다. '이렇게 고생을 하게 할 거면 뭐하려고 나를 이 세상에 낳아 두었나.' 원망하며 자신만큼은 그런 원망을 결코 대물림 하지 않겠노라고 다짐하고 다짐했다. 그 다짐을 위해 세상이 모질고 힘들어도 때로는 살랑거리며 유혹을 해도 흔들림 없이 신념을 지켜왔다. 어떤 날은 쳇바퀴 도는 자신의 삶이 소름 끼치도록 진저리가 나 혼자서 이를 악물고 운 적도 있다. 그러는 사이 얼굴의 근육들은 표정이 사라지고, 여유가 없는 삶은 김 선생을 감정이 익숙하지 않은 사람으로 바꾸어 버렸다. 그럼에도 유일하게 김 선생을 지탱할 수 있었던 것은 자신의 고된 삶이 더 이상 아내와 자식들에게는 이어지지 않게 하겠다는 강한 열망이었고, 마침내 지금의 이 집을 마련하는 날 그 꿈을 이루었는가 싶었다. 그런 김 선생이 오늘 경원에게서 '부모 원망'이라는 말을 들었다. 머리가 시커멓게 멍해지고 심장은 오토바이 엔진처럼 덜덜 떨리는 게 쉽게 진정이 되지 않는다. 그런데도 이상

한 것은 자신을 책망하는 경원이 밉기보다는 '여전히 나의 역할은 끝나지 않았구나.' 하는 사명감과 간이고 쓸개고 심장까지도 떼어주고 싶은 손주들에 대한 애정이 앞서고 있었다. 이성과 감성이 꽉 막힌 교차로에서 서로 경적을 울려대듯 머리와 가슴이 복잡해진 김 선생은 고개를 살짝 숙이며 얘기한다.

"네 엄마랑…, 네 엄마랑 상의해 볼 터이니, 오늘은 그만 가보라고, 이놈아!"

"그럼?"

"근데, 같이하는 사람이 누구라고…?"

"고등학교 동창인데요, 아버지도 보시면 아실 거예요. 그쪽 계통에 경험이 굉장히 많은 친구거든요!"

경원은 어머니와 상의해보겠다는 김 선생의 말에 잔뜩 기운이 들어가서는 입이 귀에 걸린 채로 이야기 해댄다. 경원은 아버지가 허락을 해 줄 기미를 보이자 이미 세상을 다 가진 것만 같다. 그래서인지 온몸에 힘이 빠져 넋 나간 표정으로 간신히 대화를 나누고 있는 아버지의 표정도, 옆에서 애태우는 심정으로 잔뜩 긴장하고 있는 어머니의 모습도 보이지 않았다. 벌써부터 사업에 성공한 듯해서 생각의 반은 이미 다른 곳에 가 있는 것만 같다. 사업이란 것이 그렇다. 막상 해보면 마음먹은 대로 되어주질 않고, 멀쩡한 사람을 바보로 만들거나 나락으로 떨어져 인생의 패배자로 만들어 버리기도 한다. 열에 아홉은 망한다고 할 정도로 쉽지 않은 것이 사업이지만 한번 머릿속에 사업이라는 놈이 발을 들이밀게 만들면 제일 상석을 차지하고 앉아서는 자리를 비켜줄 생각을 하지 않는다. 그렇기에 더 이상 내려갈 수 없는 바닥이 나올 때까지 혹은 바닥의 바닥을 다 드러내야 슬며시 자리를 비켜주는 것이 사업이란 놈이다. 하지만 경험을 해보지 않고서야 어찌 그것을 알 수가 있으랴. 때때로 성공한 사람들의 사례가 세상을 떠들썩하게 하거나 주위에서 자랑하듯 떠벌리는 사람들도 있으니 나라고 안 될 것 없지 않느냐는 마음은 고집에 고집을 더하도록 한껏 고양된 마음을 돋운다. 지금의 경원이 딱 그러한 상황인 것이다.

"조만간, 같이 찾아뵙고 인사드릴게요."

김 선생이 보일 듯 말 듯 작게 고개를 끄덕거리자 경원은 가방 속에 서류들을 다시 챙겨 넣고는 자리에 앉을 생각도 않고 떠날 채비를 한다.

"아버지, 아버지! 아버지 정말 감사합니다!"

주변에 정 여사가 있다는 걸 아는지 모르는지 자신의 이야기에 집중하여 눈치를 채지도 못하였는지 경원은 정 여사에게 눈길도 주지 않고 그대로 돌아서 나가버린다. 정 여사는 경원이 나간 쪽을 바라보다가 금세 김 선생 쪽으로 고개를 돌려 상태를 살핀다. 화라도 났으면 어쩌나 하고 생각했는데 김 선생은 혼자서 뭔가를 중얼거리고 있었다. 궁금해진 정 여사는 신경을 집중하여 귀를 기울였다.

"잘 돼야지, 암! 손주들 때는…, 손주 녀석들 때는 잘 돼야지…. 그래야지…."

혼잣말을 중얼거리며 조용히 집 안으로 걸음을 옮기는 김 선생을 바라보는 정 여사의 뺨에도 어느덧 눈물이 흐르고 있었다. 매번 투박하고 삐딱한 듯 보이는 김 선생이지만 이런 모습을 볼 때마다 정 여사는 그의 속 깊은 마음과 남편이 감당하고 있는 무게를 어렴풋이 느낄 수 있었다. 그리고 더욱 더 그를 알고 이해하고 싶다는 생각이 자리 잡는 것이었다.

정연이 잔뜩 볼멘 표정으로 또 한 번 정 여사의 이야기를 자른다. 이야기를 전하는 정 여사의 눈물이 맘에 걸리기도 했지만, 역시나 큰오빠의 일들이 자신이 짐작했던 바와 다르지 않구나 하는 생각이 들자 더 이상 이야기를 들을 필요도 없겠다는 생각이 들었다. 아니 더 듣고 있자면 오빠에 대한 원망스러운 마음만 더할 것 같아 들어서는 안 될 것 같다고 하는 것이 옳을 법하다.

"정 여사, 이제 그만해 더 들을 필요도 없이 내가 생각한 대로인데 뭘 더 들으라는 거유? 내가 보기엔…."

눈물을 닦아내던 정 여사가 정연의 말을 막으며 단호히 더 들으라는 표정으로 말을 이어간다.

"그 이후로부터 10여 년 후였단다. 너희 아버지가 두문불출 연락을 끊고 방황하던 네 오빠를 묵묵히 기다리시다 찾아 가신 게…."

그랬다. 큰아들 경원은 아버지의 집을 담보로 사업을 시작했지만 세상일이라는 것이 언제나 맘먹는 대로 되지 않는 것처럼 얼마 되지 않아 친구와 의견다툼을 하면서 어려워지더니 결국 사업을 접을 수밖에 없었다. 정말 돈이 많은 경우라면 돈 놓고 돈 먹을 일이 만들어지는지 몰라도, 적지는 않지만 그렇다고 많지도 않은 돈으로 사업을 한다는 것이 그리 만만한 일은 아니었다. 세상의 바람 앞에 쉽사리 꺼져버린 불꽃이 되어버린 경원은 자신감을 상실한 채, 부모님에 대한 죄책감과 부끄러움으로 선택한 것이 가족과 연락을 끊고 세상과 단절된 삶을 사는 것이었다. 그 뒤 물어물어 큰아들 경원의 집을 찾아낸 김 선생은 큰아들을 만나지 않고 찾아올 때까지 기다리겠다는 마음을 먹었다. 1년을 기다리고 2년을 기다리고 3년을 기다려도 큰아들 녀석이 스스로 찾아오기를 바라며 기다리던 김 선생은 10년이 지나면서 더 이상 기다리지 못하고 아들의 집을 찾아갔다. 하지만 시장통 반지하 집에 사는 큰아들 집으로 차마 들어가지 못하고 근처 봐두었던 대폿집에서 기다리겠다는 메시지를 문 앞에 남기고 돌아섰다. 대폿집에서 아들을 기다리는 김 선생… 간소하게 차려져 있는 테이블에는 이미 소주 몇 병이 올라와 있다. 힘없이 고개를 숙인 채 연신 소주를 따라 들이키는 김 선생의 모습을 대충 아무 옷이나 갖춰 입은 아들이 구식 유리창 미닫이로 된 문 밖에서 아까부터 한참을 바라보며 망설이고 있었다. 그냥 돌아설까 하는 순간, 안에서 김 선생이 추가로 소주 한 병을 더 주문하는 소리가 들리자 크게 심호흡을 하고는 문을 열고 들어선다.

"아버지…."

"어, 왔냐? 앉자."

보자마자 호통을 치실 거라 생각했던 아버지였는데 왠지 차분한 어조로 의자를 내어주며 말을 건넨다. 김 선생은 경원이 조심스레 자리에 앉는 것을 보면서 행색을 살폈다.

"차림새가 그게 뭐냐? 이럴 때일수록, 정신 바짝 차려야지."

주섬주섬 옷을 정리해 챙겨 입는 경원을 보며 다시 차분하게 말을 이어간다.

"옛날에는 말이야, 집과 땅은 목숨과도 같았어요. 행여 잘못돼서 전답을 잃거나 남에게 집을 빼앗기기라도 하면, 목숨을 잃는 줄 알았다니까…."

"죄송합니다…."

"네 애비랑 직장에서 함께 근무를 하다가, 명예퇴직이다 조기퇴직이다 해서 우르르 먼저 나갔던 사람들, 좋은 직장, 평생직장 다 박차고 나가서 식당을 한다, 슈퍼를 한다, 아니면 자식 사업을 밀어 준다 해서 집 담보 잡고, 퇴직금 다 털어 넣고…. 헌데, 대부분이 망했어요. 공무원으로 직장생활만 했던 사람들이 세상물정을 뭐 알겠어? 동기 모임이나 퇴직자 모임에 가보면 그런 친구들은 지금, 아예 보이지도 않아."

"면목 없습니다."

"잘했어! 좋은 경험했지 뭐."

"네?"

"비싼 돈은 들였지만. 자, 한 잔 받아."

"아버지, 잘못했습니다."

경원은 아버지가 진심으로 그러시는 것인지 아니면 오히려 자신의 잘못을 돌려 빗대어 말하는 것인지 헷갈렸다. 하지만 자신의 잘못으로 아버지나 어머니가 힘든 상황이 된 것도 또 자신의 고집이 지금의 상황을 만들어 낸 것을 뼈저리게 후회하는 중이었기에 오늘은 아버지에게 힘껏 혼이라도 났으면 차라리 시원하겠다고 생각하던 차였다.

"인생의 밑바닥까지 가본다는 거, 그게 얼마나 큰 행운이

냐. 그것도 다, 네 복이야. 절망의 밑바닥, 그거 언제 가보겠
냐 그 말이지. 그 정도 밑바닥 경험이면 앞으로 네 자식들
가르치는 데에는 훌륭한 산교육이 될 테니 좋겠구나."

"아버지…."

"아무리 유명한 사람이 책을 썼더라도, 책으로 보는 공부
는 경험만 못해요. 암."

"아버지, 죄송해요…."

"근데, 애비는 그런 경험이 없어요. 그러니 너한테 미리미
리 그런 경험을 일러줄 수가 없지 않았겠냐."

"아버지, 아니라니까요. 제가 경솔했습니다. 용서해주세
요."

"죽을힘을 다해 살아! 후회 없이 살아! 밑바닥까지 가봐
야 다시 올라 설 수 있는 거거든. 허허허허 그동안 마음 고
생했다."

오늘 경원은 10여 년 전 그날은 보질 못했던 아버지의 눈
물을 보고 있었다. 무척이나 짠맛이 날 것 같은 진한 눈물이
분명 김 선생의 볼을 타고 턱으로 흘러 내려 아버지의 술잔
을 채우고 있었다. 아마도 아버지는 자신을 기다리던 순간
부터 이미 술이 아닌 눈물을 마시고 계셨던 것이 아닌가 하
는 생각이 들어 울컥했다. 아버지를 따라 눈물을 흘리는 경
원은 마음에 찌르르한 아픔을 느끼며 어느새 비운 아버지

의 술잔에 소주를 따른다.

"아버지…!"

"참, 네놈이 나를 유혹할 때 뭐라고 그랬어? 엄마 아버지 남은 여생 잘 모시고, 누나 동생까지 다 책임지겠다고 그랬지?"

"꼭 그러고 싶었습니다. 보란 듯이 성공해서 꼭…"

"약속 지켜!"

"네?"

"네 엄마가 널 보면 늘 노래를 했잖니. '나도 남들처럼 우리 아들이 가져다주는 월급봉투나 한 번 받아봤으면 좋겠어요.' 하고 말이다."

"아버지, 잘할게요. 앞으론 정말 잘할게요."

경원은 이제야 아버지의 참모습을 깨닫는다. 어려서는 그저 아버지가 하자고 하는 대로 따랐던 그였지만 사실 소심했던 성격의 그가 공부를 잘하게 되었던 것은 공부에 뜻이 있거나 즐거워서가 아니었다. 아버지라는 존재를 인식했던 어느 순간부터 엄격하고 무서웠던 아버지에게 칭찬을 들을 수 있는 유일한 방법이 공부를 잘하는 것이라고 생각했고, 혼나지 않거나 꾸지람을 듣지 않는 방법은 아무런 대꾸 없이 아버지의 말을 따르는 것이었다. 어느 날 고등학교 동창이었던 친구가 유난히 학업 성적이 좋았던 경원을 찾아와 사업을 하자고 제안을 하기 전까지 자신의 삶은 그저 그렇게 변화 없이 흘러갈 거라 스스로 받아들이고 있던 참이었다. 그런 자신에게 새로운 변화의 기회가 생겼다 생각하니 그동안 자기 자신을 누르고 있었던 에너지가 한꺼번에 폭발할 것만 같아 견딜 수가 없었고, 이번에 아버지를 벗어날 수 있다는 것을 그리고 아버지가 생각하는 그 이상의 것을 할 수 있다는 것을 증명하지 못하면 평생 아버지가 깔아놓은 선로 위를 달리게 될 것이라고 여겼다. 매일매일 그런 일들만 떠올리다 보니 어느덧 강력한 최면에 걸려 헤어 나올 수 없는 지경에 이르렀던 것이다. 오늘 그는 생각했다. 어째서 아버지는 벗어나야만 하는 존재였던 것일까. 어째서 나는 그의 또 다른 이면을 보지 못하고 벽을 세우고 뒷걸음을 쳐서 끝내 등을 돌리려 했던 것일까. 입술을 깨어 물며 마음을 다지는 경원을 김 선생은 묵묵히 바라본다.

"바쁘냐?"

"네?"

"비웠으면 채워야지, 이놈아!"

"아, 네."

"애비야. 돈은 아무 것도 아니야. 요 며칠 계속 술만 먹었다며? 그런다고 해결되지 않아요. 그동안 도와주신 분들께 신의도 잃지 말고, 또, 건강만 있으면 돼! 그러면 다시 설 수 있다니까."

"아버지…."

"네가 실패했을 때나 성공했을 때나, 애비는 그저 네 애비다. 생각나냐? 학교 때는 그래도, 네가 공부를 좀 해서 이 애비 자존심도 세워주고 그랬잖아. 그땐 친구들이 다들 부럽다고 해서 내가 술도 여러 번 사고 그랬는데…. 하하하하, 허허허허…."

잠시 지난 추억을 떠올리며 눈물을 머금은 눈으로 미소를 짓고 있던 김 선생이 입에 가져가려고 들고 있던 술잔을 내려놓더니, 안주머니에서 무언가를 꺼내어 내놓는다. 경원이 내려다보니 예금통장이다.

"이거, 이것으로 빚 갚아라. 다른 건 몰라도, 그동안 도와주신 분들께 신의를 저버려선 안 돼!"

"아버지…."

경원이 망설이며 김 선생의 눈만 멍하니 바라보고 있자, 김 선생은 통장을 집어 경원의 손에 꼭 쥐어준다. 크고 튼실하지는 않았어도 예전에 부드럽고 고운 느낌을 주던 손이 어느새 많이도 야위었다. 10년이란 시간이 흐르는 사이 아마도 경원에게 많은 일들이 있었으리라 생각했다. 한때 자신의 말을 끝내 거역하던 경원이 괘씸하기도 했고, 자신이 쌓아 올린 인생의 탑을 한 순간에 무너뜨린 것에 대한 원망스러움도 있었다. 김 선생이 경원을 찾아낸 후에도 만나러 오기까지 시간이 걸린 데는 자신의 마음을 추스르고 비우는 시간이 필요했던 것도 그런 이유다. 하지만 모든 것을 비워내고 잔뜩 움츠려 있는 자신의 아들을 일으켜 세우기 위해 찾아온 오늘, 한없이 연약해 보이고 부족해 보였던 아들도 거칠고 단단해진 손만큼 자신의 아들이 아닌 또 하나의 아버지로 거듭나고 있음을 깨달았다.

"더는 없어. 이번엔 너무 크게 벌리지 말아요!"

"아버지…!"

아들의 표정을 지그시 살피던 김 선생은 다 퍼주고 나니 오히려 홀가분해지는 마음을 느낀다. 10년 동안 막혀있던 마음 한 곳이 뻥하고 뚫리는 기분이다. 그제야 취기가 올라오는지 허공을 바라보았다.

"진흙탕 속에서 연꽃이 피어나듯, 어둠이 짙어 질수록 별빛은 더 빛을 발하듯, 허허, 우리 아들 앞으론 잘 되겠구나. 응? 잘 되겠어. 암 그렇고말고 허허허."

"아버지…."

"난 괜찮아. 네 엄마랑 먹고사는 건, 지금 받는 연금으로도 충분해요."

아버지의 말이 끝남과 동시에 경원은 펑펑 눈물을 쏟아낸다. 너무 서럽고 죄송했다. 땅바닥으로 무릎을 꿇더니 이내 바닥에 엎드려 대성통곡을 한다. 그런 아들의 모습에 흠칫 놀랐는지 김 선생이 얼른 일어나 경원을 일으켜 세우려고 안간힘을 쓰지만 잘 안 된다. 순간 김 선생에게는 두 개의 생각이 스쳐간다. 한 가지는 어느덧 자신이 일으켜 세우기가 힘이 들 정도로 아들이 많이 컸구나, 또 지금의 무게 이상을 그간 혼자 짊어지고 많이도 힘들었겠구나…. 동시에 이제는 체력도, 도와줄 수 있는 금전적 능력도 점점 한계가 드러나는 자신을 보기도 하였다. 그래도 아들 녀석에게는 아직 많은 힘과 미래가 있질 않은가. 그것으로 족하다.

"강해져야지 이놈아! 이렇게 나약해서야 이다음에 큰일 하겠어?"

"용서해주세요. 용서해주세요, 아버지. 제가 생각이 부족해서, 그때 아버지 말씀만 잘 들었어도…. 잘할게요. 잘할게요, 아부지! 이제부턴 아버지 실망 시켜드리지 않고, 열심히 살게요…."

"아니야, 이 애비가 못나서 그래. 네가 무슨 잘못이 있어. 가난한 집에 태어나 못난 애비를 만나서…"

"아니에요, 아버지! 용서해주세요. 제가 철이 없어서…"

"남의 자식들 마냥 쑥쑥 밀어주고 그랬어야 하는데…"

"아버지…."

"자, 일어나자! 그만 일어나고, 우리 2차 가자! 맥주 집에 가서 입가심은 해야지. 노래방도 같이 가고."

"아버지…."

"야! 야! 오늘은 걱정하지 마! 이 애비가 다 쏘마! 어여!"

그동안 자라면서 한 번도 보지 못했던 아버지의 모습. 아니 아버지에게 이런 모습이 있으리라고는 전혀 생각하지도 못했다. 심지어 경원이 어릴 적에는 딱딱하고 정해진 행동과 말만 하는 아버지의 모습을 보며 '어쩌면 우리 아빠는 로봇이 아닐까?' 라고 생각되기도 하여 그만 혼자 울음을 터뜨리기도 했었다. 그랬던 아버지가 자리에서 일어서다 술에 취해 비틀거린다. 간신히 일어서 버티는 듯하더니 그만 중심을 잃고 휘청거리자 경원이 얼른 다가가 부축을 한다. 살집이나 근육의 느낌도 없이 곧바로 가죽으로만 둘러싸인 아버지의 몸이 만져진다. 별다른 무게를 느끼지 못할 정도로 바짝 야윈 아버지의 모습에 그만 눈물이 왈칵 차오른다. 아버지를 뵙지 못한 10여 년의 시간 동안 도대체 어떤 일들이 있었던 것일까? 누구도 돌아보지 못할 만큼 자신만이 세상에서 제일 힘든 시간을 보내고 있다고 생각했는데 그렇지가 않았던 모양이다. 부축을 하는 경원을 밀어내며 김 선생이 손을 가로젓는다.

"괜찮아, 괜찮아. 나는 괜찮아…."

정신이라도 차릴 모양으로 머리를 연신 흔들어 대다가 경원과 시선이 마주치더니 우두커니 바라보다 아들의 흐트러진 옷깃을 여미어 준다.

"차림새가 이게 뭐냐. 이럴 때 일수록 정신 바짝 차려야지, 이놈아! 합쳐! 애들을 생각해야지! 하루 빨리 애들 에미하고 합쳐! 응?"

경원은 그저 눈물을 흘리며 아버지를 바라볼 뿐이다. 그런 경원의 얼굴을 부여잡고는 자신의 손으로 이리저리 눈물을 닦아내 주더니 아들의 어깨를 살포시 끌어당기며 품속에 품어 안는다. 오랫동안 그리워했지만 쉽게 다가갈 수 없었던 그 품. 아, 이런 향내와 이런 따스함이었던가? 딱딱한 어깨와 의지하기에는 너무도 가벼운 무게를 뛰어넘는 아버지만의 어떤 힘을 느낄 수 있었다.

"경원아, 경원이! 김경원이! 미안하다, 애비가 미안하다. 애비가, 미안해!"

"아버지…."

"가자, 가! 2차 가자. 이젠, 우리 아들 성공하는 일만 남았어요! 꼭 성공해야 해! 아범아! 애비가 간만에 유식한 말 한번 해볼까? 어려움은 신이 내린 위장된 축복이니, 딛고 일어서지 못하면 패배자요, 딛고 일어서면 승리자라! 오 마지막에 웃는 자, 그 자가 진정으로 성공한 사람이라! 하하하하하. 하하하하…."

자신의 말에 스스로 만족했는지 한참을 웃더니 이내 힘이 풀려 자리에 주저앉자 경원이 급하게 다가가 김 선생을 등에 업는다. 축 처진 채 아들의 등에 온몸을 맡긴 김 선생이지만 경원이 느끼는 아버지의 무게는 종잇장이나 다름없다. 경원의 두 볼을 타고 흐르는 눈물이 유난히 뜨겁다. 난생 처음 아들의 등에 몸을 맡긴 김 선생은 그 체온과 넓은 안락함이 싫지 않은지 얼굴을 등에 기댄 채 어린아이 옹알이 하듯 옹알옹알 댄다.

"가자, 가자 2차 가자! 앞으로는 우리 아들 성공하는 일만 남았어요. 우리 아들 성공하는 일만…. 꼭! 성공해야 해 우리 아들. 성공…. 2차 가자, 2차…."

"아버지, 잘할게요. 앞으로는 진짜 잘할게요. 아버지…."

어느덧 이야기에 빠져든 정연의 눈에서 닭똥 같은 눈물이 주르륵 흘러내린다. 정 여사가 그런 정연을 돌아보자 퍼뜩 정신이 든 정연이 급하게 눈물을 닦더니 기지개를 펴며 하품을 한다.

"아우 졸려. 잠이 덜 깼나? 술이 덜 깼나? 졸리기도 하고 몸이 뻐근한 게 눈물이 다 나오네."

"졸려? 에미 그럼 그만 갈까?"

"어? 아니, 엄마는 무슨 사람이 말을 꺼내놓고는 가긴 어딜 가. 얘기를 했음 끝까지 해야 할 것 아니우."

몰랐던 이야기다. 사실 자세한 내막을 잘 알지도 못했지만 정연은 그저 철없는 오빠가 고집을 피워 있는 돈, 없는 돈 다 끌어다가 탕진하고는 자신의 사춘기를 힘들게 지내게 한 원망스런 기억뿐이었다. 다른 아버지보다 좀 딱딱하고 재미없던 아버지기는 했지만, 그나마 막내라고 귀여워해 주시고 보듬어 주시던 아버지에게 정을 붙이다 멈춰선 때도 딱 그때쯤이었다. 다른 친구들이 오빠의 귀여움을 받고 보살핌을 자랑할 때 집안에 걱정을 끼치고는 코빼기조차 보이지 않던 오빠가 곱게 보일 리 만무했다. 그저 자기 살 길 찾다가 뒤늦게 살만하니 집으로 기어들어왔나 싶었다. 자신이 알고 있던 김만복 씨나 여전히 자신을 낯설게 대하는 오빠 경원의 모습과는 많이 다르다는 생각을 했다. 자신이 보고 싶은 눈으로만 보고, 느끼고 싶은 대로 느끼고 있었던 아버지와 오빠에 대해 좀 더 많은 걸 알고 싶다는 마음이 들었다. 그런 생각을 하다 보니 문득 엄마인 정 여사는 왜 자신에게 이런 얘기를 하나 싶은 생각이 들었다.

"정 여사. 근데 말이야, 왜 지금 나한테…."

"그렇게 네 오빠 얘기를 한참 하고 나니 말이다. 네 언니 시집보내던 날도 떠오르더구나."

언니 김정임. 나이 차가 있어서 그런지 어려서부터 막내였던 자신을 돌봐주며 예뻐해 주던 언니다. 새침데기에 예쁘장한 구석이 있어 동네 오빠들에게 선물이라도 받게 되면 새 것인 상태로 정연에게 양보하기도 하고, 매일 옷을 물려 입는 것이 역정이나 언니의 옷이 맘에 든다며 떼를 쓰기라도 하면 웃으며 먼저 입으라 하던 언니였다. 그런 언니가 시집을 간다 했을 때 하루 밤을 꼬박 베개를 끌어안고 울기도 했고 가지 말라 억지를 부리기도 했었다. 오빠와는 달리 언니와는 좋은 추억들을 나눠 가지고 있었다. 그런 언니에게 거리가 생기고 얄미운 마음이 자리를 잡은 건 시집을 가고 난 뒤부터다. 그래도 나름 있는 집 자식에 스스로도 풍족한 형부에게 시집을 가는 터라 은근 언니가 아버지와 엄마를 챙길 거라 생각했다. 특히나 오빠가 사고를 치고 난 뒤에는 언니나 오빠가 없는 집에서 홀로 사춘기를 보내며, 없는 살림에 몸 고생 맘고생 하는 아버지와 엄마를 지켜보느라 정작 자신의 투정을 하기도 애매했다. 오빠야 애초에 마음에서 없는 셈 쳤다고는 해도, 언니까지 뜸하게 될지는 생각도 안 했다. 그래서인지 언니와 오빠를 보면 자신을 챙기듯 한마디씩 하는 것도 열불이 나고, 그런 언니나 오빠보다 더 잘나지 못한 자신의 처지가 약 오르고 분하고 그랬다. '두고 봐라. 너희가 못한 효도, 그게 뭐 어렵다고. 남은 내가 다 해주마.' 하고 다짐에 다짐을 하고 살아왔다. 하지만 늘 현실은 제자리에 이렇다 할 기회도 없이 그저 아버지 엄마한테 손을 벌려 용돈이라도 타면 좋아하는 그런 자신이 때때로는 스스로도 납득하기가 어려웠다. 그런 정연에게 정 여사는 지금 언니의 이야기를 꺼내고 있다. 방금 전 얘기에서 몰랐던 오빠의 사연들을 들었던 터라, 언니에게도 자신이 몰랐던 사연이 있나 싶어 궁금함이 앞섰다. 어쩌면 그토록 따르고 좋아했던 언니에 대한 마음이 풀릴 수 있을지도 모를 일이어서 더욱 그랬다. 정연은 정 여사의 말을 끊거나 서두르지 않고, 차분히 들어보겠노라고 마음을 먹었다.

"20년 전쯤이구나⋯."

큰딸 정임을 시집보내기 전날, 정 여사는 앞마당의 감나무 밑에서 정화수를 떠나 놓고는 달을 보며 합장을 하고 있다. 김 선생은 앞마당 바로 옆 창가의 테이블에서 낡은 탁상 스탠드 불빛에 의지하여 출가를 앞둔 큰딸에게 전해줄 편지를 쓰고 있다. 한 글자, 한 글자, 그동안 생각나는 대로 툭툭 얘기를 뱉어내는 것은 어렵지 않아 그저 가슴 속에 있는 몇 마디 옮기는 것이 뭐가 그리 힘든 일일까 시작했지만, 한 줄 한 줄이 버겁기만 하다. 머리가 시키는 대로 그 안에 있는 말들을 늘 툭툭 던져내듯 하는 것에 익숙한 그였지만, 자신의 가슴에 꾹꾹 숨겨왔던 속내가 담긴 말들은 여간 익숙하지 않다. 딸에 대한 애정을 어떻게 표현하며 또 어떻게 풀어내야 할지, 썼다 지우고, 썼다 지우고만 반복할 뿐이다. 이러다 날 새지 하고 있으니 내일부터는 유독 넓어 보일 딸들의 방에서 정임의 통화하는 소리가 들린다. 김 선생은 급하게 편지를 마무리하고는 딸의 소리가 들려오는 곳을 응시한다.

"자기야 가방 다 쌌지? 와, 우리 내일 이 시간이면 하와이에 있는 거야? 응, 나도 사랑해. 참, 여권 챙겼지? 그래, 그래, 알았어. 내일 미용실에서 봐. 안녕 나도 사랑해."

아버지 마음은 텅 빈 것 마냥 허전한데 정임은 무척이나 들뜨는가 보다. 평소에도 애교 섞인 목소리가 오늘은 유난히 간질거린다. 내일이면 정든 집을 떠나는데 뭐가 그리 좋은지, 온 힘을 다해 키운 딸자식을 남의 식구로 보내는 김 선생은 그저 마음이 착잡하다. 누구는 자식들 장가보내고 시집보내면 앓던 이가 빠진 듯 속이 다 시원하다는데 그 거짓말은 도대체 누가 만들어 낸 것일까? 복잡한 속을 진정시키기 위해 이 생각 저 생각을 하고 있을 즈음, 통화가 끝나는가 싶더니 이내 큰딸 정임의 엄마를 찾는 소리가 들린다.

"엄마, 엄마!"

얼굴에 팩이라도 했던 건지 반짝반짝 촉촉하게 빛나는 얼굴로 정임이 엄마를 찾아 거실로 나오다 김 선생과 마주친다.

"어? 아버지!"

"아, 그래. 나왔니? 내일 준비할 것은 잘 챙겼고?"

"아, 네. 근데 그거 뭐예요?"

"응? 아, 아무것도 아니야."

"응? 그거 나 주시려고 하신 거 아니에요? 아유, 뭐 이런 걸 다 이리, 이리 줘요. 와, 묵직하네!"

"아, 글쎄 아무것도 아니라니까."

아직 제대로 된 마음을 전하기에는 한참 모자란 편지이건 만 말을 채 끝내기도 전에 정임은 아버지의 손에 있던 봉투를 낚아챈다. 긴장된 표정의 김 선생과 달리 마냥 신나서 이리저리 봉투를 살피던 정임이 봉투 안에 들어있는 편지를 발견하고는 보물찾기에서 숨겨진 쪽지라도 발견한 양 화사하게 미소를 짓는다.

"어? 편지네?"

생전 처음으로 아버지가 자신에게 편지를 준비하셨다는 것을 눈치채자 정임은 알 수 없는 감동이 가슴으로 퍼지는 느낌을 받는다. 나름 진지한 마음으로 자신을 떠올리며 익숙하지 못한 편지를 쓰고 계셨을 아버지를 생각하니 마냥 들떠 있기만 했던 것이 죄송스러워진다.

"아버지…."

투박한 손으로 곱게도 접어서 넣어둔 손 편지. 조심스레 꺼내서는 목을 한 번 가다듬더니 아버지가 고심하여 쓴 편지를 소리 내어 읽기 시작한다.

"사랑하는 딸, 정임 보거라."

"흠! 흠!"

"내 가난해 혼수도 제대로 장만하지 못했구나. 시부모 잘 섬기고 아내의 도리 지켜, 언행 조심하고 예의를 갖추어라. 아이참, 아버지는 별 걱정을…."

"흠."

"내일 아침 너와 이별하고 나면, 예전같이 자주 볼 수야 있을까만 평소에는 혼자서 삭여왔던 애비의 심정이 오늘 밤은 격한 마음 누르기가 어렵구나. 딸아, 잘 가거라. 못난 애비가."

"흠!"

"아버지…!"

그리 길지 않은 내용에 미사여구 없이 쓰인 심심한 글이기는 했지만 정임의 가슴에 여운과 감동이 충분히 전해진다. 김 선생의 진심이 편지로 전해지자 결혼준비와 들뜬 마음으로 잊고 있었던 집 안 구석구석의 흔적들이 떠오른다. 자신의 유년시절부터 성인이 되어 시집을 갈 때까지 함께 시간을 보내온 공간들은 추억을 머금은 채 그대로인데 이제 정임만이 그곳을 떠나려고 한다. 동생들과 술래잡기를 하면서 숨었던 커튼은 어느새 빛이 바래 원래의 색을 찾기 어렵고, 무뚝뚝한 아버지가 어색한 미소를 지으며 함께 심었던 마당 한쪽의 감나무는 이젠 자신의 키보다도 높게 자라고 있었다. 그리고 엄마를 도와 힘겹게 물을 퍼 올리던 수돗가의 펌프는 새로 공사한 수도시설로 더 이상은 쓰지 않게 되자 페인트가 벗겨진 채로 녹슨 몸매를 뽐내며 자신의 세월을 자랑한다. 정임은 어느새 눈가가 촉촉해지기 시작한다.

"결혼은 니들만 좋아서 하는 게 아니에요. 집안과 집안의 만남이거든."

"걱정 마, 아버지. 잘할 거예요. 저라니까요, 저. 아버지 큰딸! 그리고, 민서방도 좋은 사람이잖아요."

"사람이야 좋지, 시원시원하니 자상한 맛도 있고. 헌데, 시집생활이 꼭 그렇지만은 않아요. 특히 시부모를 모시고 살면 그게 그렇게 쉽지가 않거든."

"아버진, 별 걸 다 걱정하셔. 제가 언제, 엄마 아버지 걱정 끼쳐 드린 일 있어요?"

"많지?"

"네? 제가 언제요?"

아버지의 뜻하지 않은 농담에 잠시 분위기가 풀린다. 아버지와 딸이 하하호호 웃고 나서는 김 선생이 약간은 걱정스러운 표정으로 정임을 바라보며 묻는다.

"지난번에 뵈니, 사돈어른들이 보통은 아니신 것 같던

데…. 깐깐하시다며?"

"엄마는 참 별 얘기를 다 하셨나봐. 괜히, 우리 아버지 걱정하시게."

"가서 잘해라. 애비는, 널 믿는다."

"아버지, 말이 나왔으니까 말씀인데요. 저, 사실은 자주 못 올지도 몰라요."

"응?"

"동서될 사람이 그러던데, 명절 때고 엄마 아버지 생신이고, 제때 맞춰서 친정에 가본 적이 한 번도 없대요. 3년 동안 단 한 번도! 무슨 큰 기업도 아닌데, 회사나 집에서 그렇게 행사가 많다네요. 엄마한테는 벌써 말씀 드리기는 했는데…."

"출가외인이야. 그 집안일이나 온전히 신경 쓰고, 그쪽 일가들한테도 잘하고 집 걱정은 하지 마라."

"전화는 자주 드릴 테니까, 너무 섭섭히는 생각하지 마시구요."

"섭섭은 뭐…. 그래도, 어떻게 걱정이야 안 되겠니…?"

말은 그리 하지만 벌써부터 이리 그리워지는데 자주 올 수가 없다니. 도대체 어느 정도의 집안이기에 딸아이 얼굴 한 번 보기가 그리 힘들어진다는 말인가. 그러고 보니 김 선생도 지난 상견례 때 한 번 보고 식사 중에 격식 차린 대화 몇 마디 나눈 것이 끝이라 딸아이의 시댁에 대해 별로 아는 것이 없다. 그저 '이 댁에 시집을 가면 재미는 별로 없겠구나.' 하는 생각이 들었는데 그러고 보니 자신도 별로 다를 것이 없어 그러려니 이해하고 넘어간 것이 전부였다. 시집살이로 눈치 보며 사는 것은 아닌지 염려가 되어 말끝을 흐리는 김 선생의 표정을 보자 정임이 아버지 곁으로 다가서며 말한다.

"누가 아주 가요? 앞으론 더 잘할게요. 맛있는 것도, 좋은 옷도 많이 사 드리고, 또 좋은 곳에도 다 모시고 다니고."

"네가 알아서 잘하겠지만…. 미안하다. 제대로 못해줘서…."

문득 자신이 능력이 좋았으면 딸아이 대하는 모습이 조금은 달라질 수도 있었을 텐데 하는 생각이 들자 미안하고 아쉽다. 이래서 결혼은 비슷한 집안끼리 하는 것이 좋다고 했을까, 딸아이를 보내는 심정이 쉽게 정리가 되지를 않는다. 자신을 걱정하는 아버지가 안절부절 애태우는 모습을 보자니 정임은 갑작스레 눈물이 날 것만 같다.

"아니라니까요, 자꾸 왜 그러세요. 아버지, 자꾸 그러심 나 울어요? 내일 결혼식 때 아빠 딸이 퉁퉁 부어서 신부 입장하면 남들이 보기 좋겠어요? 사진도 엉망으로 나올 테고."

"사진? 신부입장? 허허, 그럼 안 되지, 암! 안 되고말고."

정임은 분위기라도 전환하려는 듯 아버지의 팔을 들어 올려 팔짱을 끼고는 신부입장 흉내를 낸다. 입으로 결혼행진곡을 흉내 내면서 한 걸음 한 걸음 아버지를 이끈다. 딸을 보내는 시간을 조금이라도 늦추고 싶어서일까. 정임과는 달리 아버지는 발이 쉽게 떨어지지를 않는다.

"아버지, 내일 긴장하지 마세요. 저도 안 떨 테니까요."

애써 밝은 분위기로 전환하려는 정임과는 달리 김 선생은 쉽사리 마음이 정리가 되지 않는지, 정임의 팔을 풀고는 창가 쪽으로 다가서며 이야기한다. 정 여사가 정화수를 떠놓고 기도 중인 곳과 한발 더 가까워진다. 그러는 동안에도 정 여사는 여전히 달을 향해 두 손을 비비며 기도를 하고 있는데 안의 상황을 듣고 있는 걸까 아니면 그저 쉼 없이 딸을 위한 기도만을 하고 있는 것일까. 차분하게 손을 비비고 허리를 굽혀가며 일정한 리듬을 타던 그녀의 동작이 미세하게 흐트러지며 빨라지는 듯하다.

"그건 모르겠다. 지금도 이렇게 떨리고 뒤숭숭한데. 어쨌거나, 미안하다. 애비가 넉넉지를 못해서…."

"아버지!"

"네 엄마한텐 가끔 전화해! 너도 애들 낳고 키워보면 알겠지만…."

"알았어요."

"옛말에, 든 자린 몰라도 난 자리는 표가 난다고 그랬어요."

"알았다니까요. 이제 그만 좀 하셔!"

창 밖 하늘을 내다보며 가는 한숨을 내쉬는 김 선생을 보자 정임은 계속해서 참아왔던 눈물이 울컥 쏟아질 듯하다. 부모님과 함께 살던 집을 떠나는 마지막 날이다. 정임은 웃는 얼굴로 감사하는 마음을 전하며 떠나고 싶었다. 그런데 김 선생의 말을 듣고 있자니 한 번 울음이 터지면 도저히 건잡을 수 없을 것만 같아 애꿎은 엄마를 찾는다.

"엄마, 뭐 해. 빨리 들어오셔서 자게! 난 내일 새벽부터 바쁘게 움직여야 한단 말이야."

"예쁘게 잘 살아야 돼."

"엄마, 빨리 들어오시라고! 뭐 해?"

"잘해라. 잘 돼야 해."

"엄마, 빨리 들어오시라니깐!"

"알았지? 애비가 넉넉하지를 못해서…. 무조건 잘해. 참을 인 세 번이면 살인도 면한다고."

"아버지, 이제 주무셔야죠, 응?"

"참고, 참고 또 참고. 옛말에 벙어리 삼 년, 눈 뜬 장님 삼 년 또 귀머거리 삼 년이라고…."

"아버지, 이불 펴드릴까? 나 내일 일찍 일어나야 해."

애써 아버지가 하는 말들을 외면하며 다른 이야기를 던

지는 정임이지만 말끝이 떨리는 게 이미 눈물이 목구멍까지 차올라 금방이라도 터질 것 같다.

"뭐니, 뭐니 해도 부부끼리만 화목하면 돼. 부부금슬만 좋으면…"

"아버지! 그만 해요 제발…"

"싸우지들 말고. 그저 네, 네, 네, 네."

"아이참, 엄마! 엄마 뭐하시냐고!"

정임은 아버지의 말이 끝내 견디기 힘들었는지 엄마를 찾으며 바깥으로 나가버린다. 정임이 현관문을 열고 나와 앞마당 한쪽 감나무 밑에 서있는 정 여사를 발견하고는 달려오는 모습을 보자 정 여사는 그렁그렁 맺혀있던 눈가의 눈물을 서둘러 닦아낸다. 그리고 그날 정 여사는 큰딸 정임과 부둥켜안고 서로를 토닥이며, 깊게 드리운 구름 사이를 뚫고 허공을 지나는 달을 바라보았다. 그 어느 때보다 많은 이야기를 나누며….

그렇게 큰딸이 출가한 지, 어언 10여 년 후. 정장을 말쑥하게 차려 입은 김 선생이 보자기로 정성스레 포장한 물건을 품속에 안고 있다. 꿀단지인가, 아니면 그 이상의 또 다른 무엇인가. 무척이나 귀하고 소중해 보인다. 다소 긴장된 표정으로 조심스레 보자기를 바닥에 내려놓고는 넥타이도 단정히 하고 옷매무새도 어루만진다. 그리고는 커다란 저택 안을 살짝 들여다보며 사람을 불러본다.

"계십니까? 안에 아무도 안 계시나요?"

"누구세요?"

언뜻 봐도 고급스러워 보이는 안경에 실크로 된 스카프를 어깨에 두른 곱게 치장한 부인이 문을 열고 내다본다. 머뭇머뭇 서있는 김 선생을 잠깐 보고는 누구인지 살피다가 뒤늦게 생각이 난 듯 가볍게 놀라며 인사를 건넨다. 그동안 서로 간에 특별한 교류가 없기도 했고, 딸아이가 시댁에 눈치라도 보게 될까 최대한 연락이나 만남을 자제하기도 했지만 낯선 이를 대하는 듯한 표정에 김 선생은 마음이 조금 씁쓸해진다. 너무도 오랜 기간 동안 정임의 발길이 뜸해진 이유로 오늘은 사실 맘먹고 찾아오기는 했지만 사부인의 반응을 보니 괜한 짓을 해서 딸아이에게 누가 되는 것은 아닌가 걱정이 앞섰다. 그래도 언제까지 인연을 끊은 마냥 지낼 수는 없는 노릇이 아닌가. 차라도 한잔 하면서 이야기를 나누다 보면 사돈댁에서도 어느 정도는 사정을 이해해 주거나 어쩌면 일이 잘 풀려 서로 간의 교류가 원만해질 수도 있지 않을까 하는 기대감도 있었다.

"아, 사장어른 아니세요? 갑자기 무슨 일로 여기까지…?"

조심스레 사부인의 표정을 살폈지만 분위기를 보아하니

그리 크게 반가이 맞이하는 모습은 아니다. 오히려 약간 당황한 듯 불편한 표정이 역력했다. 사실 미리 연락을 해야 할까 생각을 안 한 것은 아니지만 뭔가 대접이라도 받자고 하는 것 같기도 해서 그냥 지나가는 길에 들르는 것으로 잠깐 시간만 내자고 했었다. 미리 연락을 하고 온 것이 아니니 그럴 수도 있다 싶어 이해는 되었다.

"안녕하셨어요? 요 앞을 지나다 문득 생각이 나서 인사나 좀 드릴 겸."

"아이고, 오시면 오신다고 연락이라도 좀 주시지, 이렇게 불쑥."

"연락은요! 그냥 정말 우연히 지나다가…. 우리 애 본지도 오래됐고 해서."

"근데, 어쩌지요? 안에 중요한 손님이 와계셔서 지금은 좀 곤란한데…."

상황을 보니 잠깐 차라도 한잔 하면서 분위기를 만들 수 있을까 했던 생각은 물 건너간 모양이다. 바쁜 와중에 실례를 할 수는 없으니 온 김에 정임이 얼굴이나 잠깐 보는 것도 좋겠다 싶었다. 딸아이가 깜짝 놀라 반가이 맞이하는 모습을 떠올리니 살짝 기분이 좋아졌다.

"아닙니다, 아니에요. 일 보세요. 그저 인사나 드릴 겸 해서. 우리 애나 잠깐…."

"며늘아기는 아침 일찍 외부 행사에 나가서 지금은 집에 없는데요."

"그래요? 이런 그런 줄도 모르고 제가 그만 무례를…."

"아니에요. 오셨는데 들이지도 못하고."

"그럼, 들어가 보세요. 손님들도 와 계신데."

"이거 죄송해서…. 그럼 다음에."

사부인이 서둘러 들어가려고 하자, 김 선생은 급히 생각난 듯 보자기를 집어 들어 손으로 털고 입으로 후후 불면서 바닥을 닦아내고는 사부인에게 전한다. 사실은 꿀단지나 대단한 선물을 준비한 것은 아니었다. 잠깐 지나는 길에 작정한 듯 선물을 준비하는 것도 이상하고 괜한 부담을 줄 수도 있겠다 싶어 자연스럽게 방문할 요량이었다. 그래도 사돈댁에 간다고 하니 정 여사가 서둘러 준비한 것이 얼마 전 담가둔 동치미였는데, 워낙에 동치미를 잘 담그기도 했지만 그동안 먹었던 동치미 중에서도 잘된 것이라 특별한 맛이 있었다. 이 정도면 전하는데 서로 부담될 것도 없고 얼마 전 전화로 '최근 입맛이 영 돌지 않아. 엄마가 담가준 동치미가 자꾸 생각난다.'며 울먹이던 정임에게도 반가운 선물이 될 거라 생각해서 준비한 것이었다.

"저, 사부인 어른! 잠깐 저, 이거!"

"아니, 뭐 이런 걸 다."

"변변치 않습니다. 그저 성의로…."

이제 돌아서서 가야지 하던 김 선생은 사돈댁에서 정임을 어찌 여기고 있는지 살짝 궁금한 마음이 들었다. 똑똑하고 정이 많은 아이니 사랑도 받고 예쁨도 받으며 잘하고 있겠거니 하고는 있지만, 차가운 느낌의 사부인을 보니 혹시나 하는 생각이 들어 슬며시 질문을 한다.

"그나저나, 저희 애가 많이 부족하지요?"

"네? 아니, 뭐 요즘 젊은 사람들이 다 그렇지요, 뭐."

대답을 보아하니 썩 흡족하게 여기고 있지는 않은 느낌이 들어 김 선생은 내심 서운한 마음이 들었다. 예의상 건넨 말에 사부인이 너무 솔직한 답변을 던지는 걸 보니 큰딸 정임이가 시댁 어른들을 모시는 상황도 대충 짐작이 갔다. 시댁에서 어떤 대접을 받고 있을지 생각이 되자 속상함과 딸에 대한 염려가 순식간에 밀려들어온다. 누가 될까 서둘러 발걸음을 돌리려던 김 선생이었지만 결국 한마디 하고 만다.

"네? 죄송합니다. 그래도 걔가 학교 때는 그림도 잘 그리고, 음악도 잘하고, 달리기도 곧잘 했던 아이입니다. 집에 모아 놓은 상장만 해도 수 십장이 넘는다니까요."

"네?"

"그리고 공부도 꽤 잘해서, 좋은 대학에 갈 수도 있었는데, 저희 형편 생각해 준다고, 지가 부득불 장학금 주는 학교로 가겠다고 해서, 그래서 그렇게 맞춰서 간 겁니다. 아시지요?
사부인 어른?"

"아, 네."

"무엇보다도 심성이 아주 고와요. 경우도 바르고 어른들한
테 예의도 반듯하고."

정임이 어떤 아이인지 이해시키고 싶은 마음으로 이야기
를 꺼내는 무렵, 안에서 소리가 들려온다.

"여보 밖에 누가 왔어요? 무슨 일 있어?"

사돈어른의 목소리에 김 선생은 혹시라도 자신이 왔음을
알리면 인사라도 하게 될까 다시금 넥타이를 고쳐 매고 옷
매무새를 단정히 한다. 마치 면접이라도 보러 온 지원자 마
냥 김 선생의 심장이 쿵쾅쿵쾅 요동을 친다. 애써 마음을 다
스리며 머릿속으로 첫 마디는 무엇이 좋을까 고민을 하는
중에 사부인의 대답이 들려온다.

"아니요, 잠깐, 바로 들어가요 바로!"

"뭐야, 귀한 손님들 모셔놓고는! 어서 들어 와요!"

"네, 네!"

사부인은 마침 잘됐다 싶은 표정 반, 이러시면 곤란하다
는 표정 반으로 김 선생을 돌아다보며 서두르는 목소리로
말을 건넨다.

"저, 사장어른 다음번에 저희가 한번 모실게요. 그때 뵙도

록 하지요."

"아이고, 모시긴요. 저희가 모셔야지요. 어서, 어서 들어가 보세요."

"네, 그럼."

"저 사부인 어른!"

"네?"

"저희 여식을 잘 부탁드립니다. 잘 부탁드립니다."

"네, 그럼…."

인사를 건네는 둥 마는 둥 사부인이 다급히 문을 닫고 들어갔지만, 사부인에게 거듭 고개를 숙이던 김 선생은 돌아서서 한 걸음 한 걸음 발을 떼는 듯하더니 이내 돌아서 사돈댁 대문에 대고 넙죽 큰절을 한다. 딸자식을 둔 아버지의 마음이 다 그런 것일까? 어차피 상대는 보지도 못할 정성이기는 하지만 김 선생은 자신의 이런 마음이 조금이라도 전해지면 좋겠다는 간절한 바람으로 쉽사리 일어나지를 못한다.

"저희 여식을 잘 부탁드립니다. 잘 부탁드립니다. 저희 여식을 잘…."

조용히 딸에 대한 부탁을 읊조리던 김 선생이 아쉬운 몸을 일으켜 떠난 자리에는 두어 개의 물방울이 떨어진 듯 젖은 흔적이 남아있었다.

정 여사가 언니 정임에게 있었던 아버지의 일을 전하다 목이 메는지 말끝을 흐리자 정연이 벌떡 일어나며 큰소리로 얘기한다.

"그래서! 아버지가, 우리 김만복 씨가 큰절까지 하고 왔다는 거야? 언니는 보지도 못하고?"

"어휴."

"언니는, 언니는 이걸 알아? 아! 알고는 있느냐고!"

"알아봐야 좋을 게 뭐 있겠니. 마음 약한 니 언니만 괜히 맘고생 허지."

"엄마는! 언니도 이런 걸 알아야 엄마나 아버지께 좀 더 신경을 쓰든 죄송해하든 할 거 아니우!"

"그러지 마라. 네 언니도 너 모르는 사이 가끔 전화도 하고 울먹이기도 하고."

"이런 일들을 나만 모르고 있었으니. 그냥 내 멋대로 성질만 부린 나는 뭐가 되냐고!"

정연은 왠지 불이 났다. 뭔가 억울하기도 하고 분하기도 하면서 언니나 오빠한테 미안한 마음이 마구 올라온다. 사람의 사정이란 알기 전에는 모른다고 하지만 사실 정연은 사정 따위는 알려고 하지도 않았기에 언니나 오빠에 대한 미안한 마음이 더 크게 느껴졌다. 그저 자라면서 아버지와 엄마가 고생을 하는 모습을 볼 때면 그 이유의 중심에는 항상 언니와 오빠가 있는 것 같았고, 세월이 지나 본인들이 좀 살만하다 싶으니 편한 자리를 찾아 가끔 얼굴을 들이미는 모습이 얄미워서 언니 오빠의 잘못을 일러주고 싶었던 것이 전부였다. 그런데 오늘 엄마의 이야기를 들어보니 언니도 오빠도 그간 맘고생이 이만저만이 아니었을 것 같았다. 게다가 겉으로는 늘 투덜대며 구박을 하는 아버지지만 감추어진 속내는 또 어떤 심정일지 전해왔다. 정연은 이제껏 자신이 보고자 하는 것만 보고, 아는 대로만 성을 내고 지냈으니 결국 혼자만 가족 일을 신경 쓴다고 생각했던 것들이 막내의 투정이 되어 버렸다. 하지만 누구를 원망하겠는가. 정 여사가 조금 전 이야기를 꺼내려 할 때만 하더라도 언니 오빠 이야기를 한다고 성을 내던 자신이었다. 자리에 서서 서성이는 정연을 정 여사가 이끌어 자리에 앉힌다.

"그나저나, 내일모레 시간이 좀 나니? 아침나절에?"

"응? 내일모레? 왜?"

"아니, 저, 병원에나 좀 같이…."

"안 돼! 나 완전 바빠!"

"아무래도 그렇지?"

"근데, 병원? 누구, 아버지? 아님, 엄마? 엄마 어디 아파?"

"아프기는! 나이 먹으면 다 그렇지."

"하긴, 우리 엄마 건강 하나는 타고 났다니까!"

"거…, 네 언니는 시간이 좀 되려나 모르겠다."

"언니? 언니 요즘 정신없어! 형부하고 애들 들어왔다던데 뭘…."

"응?"

순간 정연은 아차 싶었다. 사실 지난번 김 선생이 이야기했던 임플란트 건이 맘에 걸려, 최근 언니와 상의하기 위해 통화를 했었는데 형부가 애들을 데리고 들어온 모양이었다. 정연은 언니에게 애들까지 귀국한 김에 부모님 댁에 찾아뵈면 좋지 않겠느냐고 이야기했지만 애들이 오자마자 시댁 행사들이 줄줄이 잡혔다 하기에 한바탕 언니에게 심통을 부렸다. 그럴 거면 차라리 속 시원하게 가족이랑은 인연을 끊고 시댁에 뼈를 묻지, 간에 기별도 안 갈 수준으로 왜 자꾸 아버지랑 엄마한테는 들락날락거리느냐고 센 소리들을 쏘아댔다. 흥분해서 무슨 얘기를 했는지 또 언니가 뭐라고 대답을 했는지 기억도 나지는 않지만 통화 끝에 언니는 집에는 알리지 말아달라고 신신당부를 했다. 언니의 부탁을 들어주고 싶지는 않았지만 말 해봐야 아버지와 엄마만 속상하지 싶어 얘기를 않던 중이었다.

"아, 얘기하지 말라고 했었는데…."

정연은 머리를 긁적이다가 멍한 얼굴로 생각에 잠긴 정 여사를 보더니 동치미 한 모금을 더 들이키고는 흥분한 듯 오버해서 이야기를 한다. 자신의 실수를 만회하려는 듯 말이다.

"엄마! 우리 이거 내다 팔까? 돈 될 것 같은데?"

"뭐?"

"이거 잔뜩 담가다가 식당이나 일반 가정에다 내다 파는 거야. 대박날 것 같거든. 엄마 손으로 담근 정이분표 동치미! 곰삭은 정, 꾹꾹 눌러 담은 고향의 맛! 어때? 내가 영업할게! 내 예감은 확실하다니까. 정이분 사장님! 응?"

어떻게든 분위기를 바꿔보려고 심기일전 중인 정연이지만 정 여사는 무슨 생각에 빠졌는지 멍한 채로 아무런 말이 없었다. 몇 분간의 침묵이 흐른 뒤, 고개를 돌려 정연의 모습을 지그시 바라보던 정 여사는 어색한 미소를 살짝 짓고는 아무 말 없이 가져갈 물건들을 주섬주섬 챙기더니 문을 향해 걸어간다.

"오빠네로 가시는 거야?"

말없이 신발을 신고 카트를 챙겨 문을 열고 나가다 잠시 멈추더니 정연을 돌아보며 묻는다.

"연극이 언제부터라고?"

"다음 주 금요일!"

"잘해! 야무지게!"

"아버지도 모시고 와! 제대로 한번 보여드릴 라니까."

정 여사는 정연의 얼굴을 바라보며 시선을 마주하고 다시 한 번 알 수 없는 느낌의 표정으로 미소를 짓고는 조용히 문을 닫고 자리를 떠난다. 정연은 '아우, 내가 실수를 한 모양이구나.' 하며 잠시 정 여사가 떠난 자리를 바라보더니 순간 뭐라도 생각난 듯 정 여사가 건네주고 간 카메라 가방으로 달려가 안을 살핀다. 이리저리 뒤적거리더니 안 쪽 깊숙한 곳에 손을 넣어 가방 안에서 제법 두툼한 하얀 봉투를 찾아 낸다.

"앗싸! 역시 김만복 씨!"

하얀 봉투 안을 들여다보니 파란색 만 원 권이 가득 담겨져 있었다. 무척이나 만족스러운 표정으로 돈 뭉치를 매만지며 그 두께와 무게를 느끼며 액수를 가늠하던 중 미간을 살짝 찡그리며 정 여사가 했던 말을 떠올린다.

'근데 병원? 도대체 뭔 일이래?'

그러나 궁금증을 갖는 것도 잠시뿐 시계를 본 정연은 마음이 조급해졌다.

"아차! 시간이? 아악, 몰라, 몰라. 아버지랑 잘 다녀오시겠지. 얼른 준비해야 돼! 얼른! 으아아!"

동치미

　정연의 집에서 나온 정 여사는 버스를 기다리며 정류장에 앉아있다. 그리고 저만치 다가오는 버스를 발견하고는 일어나려 하지만 '아이쿠' 하는 소리와 함께 다시 자리에 앉는다. 요즘 들어 자주 무릎도 아프고 숨이 차서 잠시 쉬어가야겠다 생각하고는 기다렸던 버스를 그냥 보내기로 한다. 버스가 떠난 후 건너편 하늘을 보니 어제 김 선생과 앉아있던 벤치에서 보았던 하늘의 풍경이 떠오른다.

　경원과 정임의 이야기를 나눈 후, 정 여사는 김 선생에게 지팡이를 쥐어주며 손을 어루만진다.

"애쓰셨어요."

김 선생이 정 여사를 조용히 바라본다. 말은 안 했지만 그때의 맘고생이 비단 나뿐이었겠느냐는 표정임을 정 여사는 알 수 있다. 그 표정이 싫지는 않았지만 왠지 겸연쩍어진 정 여사가 챙겨왔던 손가방을 뒤지더니 한약 팩을 찾아 꺼낸다. 한쪽을 뜯어내고는 빨대를 꽂아 김 선생에게 건네는 정 여사.

"이거 잡숫고 하십시다."

"이걸 여기까지 들고 나왔어?"

"어여, 잡숴요. 때맞춰서 드셔야 하는 거예요."

"아이고, 참."

마지못해 받아 드는 김 선생에게 막대사탕을 하나 까서 건네고는 자신도 돌아서서 알약 하나를 꺼내 입에 넣는다. 얼른 삼키고 김 선생을 살피자 이번에도 역시 3분의 1가량을 남기며 정 여사에게 들이민다. 마저 쭉 들이키라 얘기하고 싶었지만 김 선생의 표정을 살피니 어림도 없을 이야기다. 하는 수 없이 한약 팩을 받아 든다.

"이거 하나를 다 못 잡숫고, 매번 요만큼씩 남기고 그러세요. 비싼 거라고 하던데…."

"나는 그거 빨 기운도 없어. 그리고 비싼 게 쓰긴 왜 이렇게 써!"

정 여사는 약이 쓰다 투덜대는 김 선생에게서 손에 쥐어진 막대사탕을 집어 들어서 김 선생의 입에 넣어 주고는, 남은 한약 봉지를 꾹꾹 눌러가며 조금의 남김도 없이 빨아 마신다. 그 모습을 지켜보는 김 선생의 얼굴은 무표정이기는 한데 어딘지 모르게 웃는 것 같기도 하고 알쏭달쏭하다.

"아이고, 달기만 하고만요."

"달고 맛있는 임자나 많이 먹어. 나는 지금 있는 약만 먹어도 배가 부른 사람이니까."

"해 바뀌면 꼭 50년이네요."

"잉? 또 뭐가?"

"당신 비위 맞추고 산 거요."

"누가 누구 비위를 맞춰? 내가 50년을 모시고 살았고만!"

"당신이 저를요?"

"아, 그럼 아니야?"

"지나가는 소가 웃겠어요."

"지금, 서울에 소가 어디 있어?"

"네?"

"촌스럽게! 현실감각이 없어요, 현실감각이!"

"어떻게 당신이 저를 모시고 살아요, 기가 막혀서 원."

"뚫어! 내 말했잖아 기가 막히면 죽는다고!"

"영감은 무슨, 말을 못하게 하시고."

"시끄럽고, 간만에 나왔으니까, 거시기, 노래나 한 곡 해 봐."

뜬금없이 노래 타령이다. 오늘따라 하늘이 높고 바람이 산뜻하니 운치 있는 날에 노랫가락이라도 듣고 싶어진 것일까? 아무튼 50년을 살면서 생각나는 대로, 마음 내키는 대로 말을 던지는 수준은 달인 급이다. 갑작스레 노래 타령을 하는 김 선생과는 달리 정 여사는 모처럼 조용하고 차분하게 대화를 나누었으면 하는 마음이다.

"싫어요. 여적지 당신 비위 맞추며 산 것도 억울해 죽겠는데."

"억울해?"

"아니, 뭐 따지고 보면 그렇다는 거죠."

"간만에 나오니까 좋다며? 그러니까 한 곡 하시라고!"

"싫다니까요, 오고 가는 사람도 저렇게 많은데."

그러자 김 선생은 자신이 빨던 막대사탕을 꺼내 내밀며, 선심 쓰듯 재촉한다.

"이거 줄게. 빨리 해봐. 아, 어여!"

"저, 사탕 안 먹어요. 이도 시원치 않은데…."

"내가 듣고 싶다고! 앞으로 몇 번이나 더 듣겠어?"

"네?"

"아, 정 하기 싫음 하지 말던가!"

뿔난 사람 마냥 김 선생은 들고 있던 막대사탕을 내동댕이친다. 정 여사는 얼른 일어나 자신이 가지고 있던 휴지로 감싸 주머니에 집어넣는다. 나이가 들면 어려진다고 했던가. 젊은 시절부터 철도원으로 재직하던 시절까지는 늘 스스로 집안의 가장이요 어른으로서의 어떤 자세나 체통을 지니고 있어야 한다고 생각하던 양반이었다.

정 여사나 아이들이 애교를 부리거나 우스갯소리를 해도 웃으면 큰일이라도 나는지 무표정으로 일관하던 김 선생이 요즘은 가끔씩 어린애 마냥 투정하는 모습을 보인다. 시간이 조금 더 지나면 지금보다 더 많이 웃고 더 재미있고 더 많이 부드러워 질까? 그것이 궁금하기도 하였지만 노부부의 시간이 과연 그때까지 기다려 줄지 알 수 없으니 그저 지금의 작은 변화들을 놓치지 않는 수밖에 없을 것 같다. 생각이 거기까지 미치자 '그래, 까짓 거 언제 또 불러줄 수 있을지 알 수 없는데 한 곡이 대수인가.' 하는 마음이 들었다. 모처럼 귀여운 어린아이 달래듯 남편을 위한 노래 한 곡을 부르리라.

"아이고, 먹는 음식을…. 그럼, 이번이 마지막이유."

"진작 그럴 것이지, 튕기기는."

어떤 노래를 불러줄까 하고 생각했더니 문득 자신이 알고 있는 노래가 많지가 않다. 대충 어렴풋이 아는 노래들이야 아예 없지는 않겠지만 가사나 반주 없이 들려줄 만한 노래가 도무지 생각나지 않는다. 눈을 감고 기억을 더듬는 듯 잠깐의 뜸을 들이다 정 여사는 자세를 조금 고쳐 앉더니 목청을 가다듬고 조용하게 노래를 시작한다.

"울 밑에 귀뚜라미 우는 달밤에….'

"그 놈의 귀뚜라미는 무슨. 맨날 보일러도 아니고."

"기럭기럭 기러기 날아갑니다.'

"허구한 날, 기럭기럭! 무슨 기러기 에미도 아니고? 딴 것 좀 없어?"

"우리 아들이 기러기 아빠지 않소?"

"뭐야? 그게 무슨 자랑이라고!"

"그리고 지가 아는 게 뭐 있어요. 이거 아니면 저거지!"

"딴 거 해! 이미자의 동백아가씨, 섬마을 선생님, 뭐, 그런 거!"

기껏 생각해서 노래를 해주고 있는데 가사마다 딴죽을 건다. 젊은 시절 이 노래를 들려주면 무척이나 흡족한 듯 조용히 들어주던 때가 생각나 들려주었건만, 오늘은 마음에 안 드는 모양이다. 딱히 다른 노래는 생각나지가 않아 '뭘 어쩌란 말인가.' 하고 김 선생을 쳐다보고 있으려니, 한바탕 잔소리 후에 김 선생은 주위를 살피다가 카메라 삼각대를 꺼내

마이크처럼 부여잡고는 직접 노래를 한다.

"헤일 수 없이 수많은 밤을 이 가슴 도려내듯 아픔에 겨워…."

"?"

"흠! 흠! 뭐 이런 거를 하란 말이야 이런 거를!"

"저는 아는 게 없어요. 아시잖아요?"

"이거 아니면 저거라도 하라고!"

"으이구!"

"아, 여기서 날 밤 새?"

말투로 보아 기어이 다른 노래 한 곡은 듣고 말겠다고 하고 있는 것 같다. 정 여사는 김 선생의 재촉에 하는 수 없이 다시금 자세와 목청을 가다듬는다.

"뜸북뜸북 뜸북새 논에서 울고 뻐꾹뻐꾹 뻐꾹새 숲에서 울제."

김 선생은 비로서 마음에 드는 선곡인 듯 지그시 눈을 감는다.

"우리 오빠 말 타고 서울 가시면."

"오빠? 어떤 오빠?"

"기럭기럭 기러기."

"뭐야? 여기서도 기러기가 나와?"

"북에서 오고, 귀뚤귀뚤 귀뚜라미."

"잉? 귀뚜라미까정?"

"슬피 울건만 서울 가신 오빠는…."

"맨날 그놈의 오빠, 오빠…!"

"그만해요?"

"그만 해!"

"하라 하실 때는 언제고, 기껏…."

"그놈의 오빠, 오빠, 오빠, 오빠!"

"그래요, 어서 찍고 들어가십시다. 쌀쌀해지네요."

결국 노래는 마무리도 못하고 사진을 찍기 위해 김 선생은 삼각대를 바로잡아 카메라를 조립하기 시작한다. 조금 전 시원 했던 바람이 살짝 거세지는 듯싶어 정 여사가 재촉하듯 한마디 하자 김 선생이 돌아보며 한소리다.

"이 할망구가, 털도 안 뽑고 닭 잡어?"

김 선생은 자신이 던진 농담이 나름 센스 있다 생각되어 스스로 만족스러웠다. 하지만 정 여사는 아무런 대꾸 없이, 김 선생의 모습을 보는 건지 아님 그냥 그 방향을 보고 있는 건지 초점 없는 눈으로 멍하니 눈만 뜨고 있을 뿐이다. 무슨 생각을 하고 있는 것일까? 정 여사는 순간 땅이 꺼져 내릴 듯 한숨을 쉬더니 이내 눈가에 눈물이 맺힌다. 정 여사의 한숨을 들은 김 선생이 뭔가 눈치라도 챘다는 듯이 잠시 뜸을 들이더니 다시 벤치로 다가와 앉으며 역시나 한숨을 내쉰다.

"허긴, 그 작자가 참 똑똑한 친구였는데, 그치?"

"똑똑하다 뿐이에요? 힘도 장사에다 예의도 반듯하시고…"

"누가 지 오라비 아니랄까봐."

"그리고 그 오라버니 덕분에 당신 만나서…"

"그게 왜 당신 오라버니 덕이야? 내가 싫다고, 싫다고 그래도, 지가 끝끝내 쫓아 와서는, 같이 살자고, 같이 살자고 해서 이 모양 이 꼴이 됐지."

"입은 삐뚤어졌어도 말씀일랑은 반듯이 하십시다."

"뭐야?"

"싫다고, 싫다고 하는 사람을 억지로 원두막까지 끌고 가서는, 그 한밤중에 아이고, 누가 들을까 남사스럽고 망측해서리…"

"헛. 나는 당신이 좋으면서도 괜히 빼는 줄 알았지?"

부부의 연을 맺기 이전인 젊은 시절의 이야기다. 얌전하고 무뚝뚝하기만 했을 것 같던 노부부의 과거에도 제법 불타오르던 로맨스가 있었다. 정 여사는 원두막에서 있었던 일이 떠오르는지 금세 양 볼이 붉게 물들고, 반면 김 선생은 은근 자랑스러운 표정으로 으쓱하는 기분이 들기 시작할 때 정 여사가 한마디를 더 보탠다.

"그 일 있고 나서, 우리 오라버니한테 뒈지게 얻어터진 것도 기억나시우?"

"뭐야?"

김 선생의 자랑스럽게 퍼져가던 표정이 확 굳어버리며 자존심이 상하는 표정으로 바뀐다. 이번엔 정 여사가 재미있다는 듯 살짝 미소를 띠며 얘기를 한다.

"손에 물 한 방울 안 묻히게 해주겠다고, 철퍼덕 무릎 꿇고 싹싹 빌어서 겨우…."

"싹싹?"

"그때 아마 제가 안 말렸으면 우리 오라버니 성정에, 당신은 아마 뼈도 못 추렸을 거예요. 아주, 박살이…."

"뭐, 박살?"

"왜? 제 말이 틀려요?"

얘기를 듣던 김 선생은 슬슬 약이 오르기 시작한다. 뭔가 반격의 기회를 노리듯 눈을 찡긋 거리더니 무릎을 탁 치며 말을 던진다.

"지가 좋아서 그런 거라며? 만복 오빠 잘못되면 지두 따라 죽겠다고, 당신이 그랬어, 안 그랬어?"

김 선생의 회심의 일격이 제대로 먹히기라도 한 듯, 말이 나오기 무섭게 갑자기 얼굴이 확 붉어지는 정 여사. 급하게 주변을 둘러보며 당황한다. 반응을 보아하니 그런 말을 하기는 했었나 보다.

"그, 그때야, 제가 안 그러면 우리 오라버니가 사람 하나 절단 내게 생겼으니까, 마지못해, 어쩔 수 없이…."

"마지못해? 어쩔 수 없이? 이런 지 오라비 앞에서 만복 오빠 만복 오빠 울고불고 난리를 칠 때는 언제고!"

정 여사는 갑자기 자신의 행동이 생각나자 웃음이 나는지 키득키득 거린다. 열아홉, 아직 세상 돌아가는 이치를 채 깨닫지 못한 채 길가에 핀 코스모스에 감동하고, 민들레 꽃씨가 날아가는 것을 보며 가슴 설레어 하던 시절이다.

길가 풀밭에서 네 잎 클로버를 찾으며, 에델바이스를 흥얼거리고 있을 때 등에 지게를 맨 채 자신을 응시하던 지금의 김 선생을 마주했다. 햇빛이 창창한 날, 허리를 숙여 클로버를 찾고 있는데 갑자기 드리운 그림자에 놀라 고개를 들자 한 사내가 자신을 내려 보고 있었다. 해를 등지고 있었기에 얼굴이 자세히 보이지는 않았지만 무섭다기보다는 '이 남자는 왜 여기 서서 나를 지켜보고 있는 것일까?' 하는 호기심이 먼저 일었다.

소녀 시절의 정 여사가 자리에서 일어서자 멍하니 내려 보고 있던 김 선생이 그때서야 정신을 차린 듯 당황하며 주춤주춤 자리를 뜬다. 그렇게 첫 만남이 지나가고 며칠이 지난 후의 일이다. 지난번 찾지 못한 네잎 클로버를 찾아볼 요량으로 풀밭에 쭈그리고 앉아 에델바이스를 흥얼거리며 몰두

하고 있는데 옆에서 인기척이 났다.

고개를 돌려보니 아무도 없고 저만치 서둘러 달려가는 그 때 그 사내의 모습이 보였다. '어딜 저리 바쁘게 갈까.' 하고는 고개를 돌리는데 옆쪽에 뭔가가 두툼하게 쌓여 있어서 '이게 뭘까?' 하며 들여다보니 네 잎 클로버가 한 움큼 모아져 있었다. 살짝 미소를 지으며 우두커니 사내가 달려간 방향을 한참을 바라보던 소녀는 나중에 그가 마을의 허드렛일들을 맡아 도와주며 생계를 이어가는 김만복이라는 이름의 사내라는 것을 알게 되었다.

그 뒤로 마을 곳곳에서 성실히 일을 하는 김만복의 모습이 눈에 띄었고, 눈이라도 마주치면 서로 목례를 하는 정도의 사이가 되었다. 그러다 나중에는 점점 대화도 나누고 정에 이끌리며 가까운 사이가 되더니 결국 원두막에서의 추억을 쌓기에 이른 것이었다. 하지만 시골의 마을에서 젊은 남녀의 모습은 금방 눈에 띄기 마련이다.

당시 제법 사는 집의 여식이었던 정이분이 동네의 허드렛일을 하는 김만복과 어울리는 것이 좋게 보일 리가 없었다. 게다가 마을 사람들에게는 항상 칭찬과 함께 좋은 일로만 얘기되던 정이분이었기에 소문은 '막일을 하는 김만복이 주제를 모르고 정이분을 꼬셔 내었다.'라고 돌게 되어, 정이분의 오라버니 귀까지 들어가게 된 것이었다. 오라버니는 물론

정이분의 집은 발칵 뒤집어졌고, 정이분은 태어나서 처음으로 아버지의 불같은 역정을 들었다. 그 뒤는 노부부의 기억처럼 화가 난 오라버니가 일을 하던 김만복을 찾아가 다짜고짜 패기 시작했고, 뒤늦게 달려온 정이분이 '만복 오빠'를 부르며 '살려달라고, 오빠가 죽으면 자신도 죽겠다.'고 하는 통에 멈추기는 했지만 분노가 극에 달한 부모님과 오라버니로 하여금 등을 지게 만들었다.

자신이야 이제까지의 인생 중 가장 커다란 사건이었기에 워낙 생생하게 기억하고 있었지만 남편이 오래 된 일들을 하나하나 읊어 대자, 김 선생을 향해 신기하다는 표정을 지으며 묻는다.

"그게, 다 기억이 나세요?"

"그럼 나지 않나? 그날, 다 죽다가 살았는데…."

김 선생의 말에 정 여사는 깔깔거리며 박장대소를 한다. 김 선생도 자신의 말이 웃긴 건지 정 여사의 웃음에 덩달아 터진 건지 함께 웃는다. 한참을 웃던 정 여사가 엷은 미소로 김 선생을 바라보며 말을 이어간다.

"하여간, 그 길로다가 당장 떠나라는 오라버니의 불호령에 야반도주 하듯 고향을 떠나, 여적 당신하고 50년이니…."

"소학교 때 말이야, 내가 당신 오라버니보다 공부도 훨씬 잘하고, 뜀박질도 훨씬 잘했었는데, 그 놈의 싸움박질 만큼은 안 되더란 말이야. 키도, 덩치도 내가 두 배는 더 됐을 텐데 말이야."

"우리 오라버니는 악바리잖아요. 지고는 절대 못사시는 분, 그런 분이셨으니까는."

"맞아, 맞아! 아주 독종이었지. 독종."

그랬다. 정 여사의 오라버니는 마을에서 매년 열리는 잔치 때마다 씨름이며 닭싸움이며 팔씨름까지 지는 것이 없었다. 그것은 비단 힘이 장사이거나 해서 그런 것은 아니고 오랜 연습과 악착같은 근성으로 만들어 낸 성과들이었다. 강한 승부기질을 타고나서 혹 어떤 시합에서든 지기라도 하면 이를 악물고 연습을 해서는 그 다음해에는 반드시 일등자리를 차고하고야 말았다. 그런 오라버니가 동생인 정 여사를 끔찍하게 아꼈는데, 고집도 세고 보수적인 기질이 강해서 소문은 물론이요, 자신의 앞에서 만복 오빠를 부르짖으며 사정을 해대는 정 여사에게 너무나 큰 배신감과 실망감을 느끼게 되었던 것이다. 정 여사는 생생한 기억을 바탕으로 김 선생과 지난 일들을 다시금 꺼내 이야기를 나누는 중에 모처럼 울기도 웃기도 했다. 정 여사는 어느새 옛 기억과 오라버니 생각이 나서 눈물이 나는 건지 너무 웃어서 눈물이 나는 건지 알 수 없는 눈물을 휴지로 닦아내고 있었다.

"아, 거 손수건 없어? 왜 맨날 휴지로 닦고 그래? 노인네가 피부 상하게."

"손수건은요, 됐어요. 이제 와서 피부 아껴야 뭐 한다고."

"있잖아, 내일 한 번 더 다녀올까?"

"어디를요? 거길? 일 없어요. 기운도 없고."

"그러게 지난번 성묘 갔을 때, 거기도 들리자고 그러지 않았어!"

김 선생이 되레 역정을 낸다.

"가면 뭐해요. 일가 어른들은 다 돌아가시고, 아는 사람이라곤 주막거리 말복이 밖에 안 남았다던데. 듣자 하니 그 친구도 오늘 내일 한답디다."

"누가 동네 사람들 만나러 간대. 장인장모 묘소에나 한 번 다녀오자는 거지."

"하긴, 요즈음 들어 엄니 아버지가 자꾸 꿈자리에 다녀가시는 걸 보면, 금일 간 한번 다녀오기는 해야겠어요."

"꿈자리?"

순간 정 여사가 괜한 소리를 했나 싶은 표정으로 말을 다시 주워 담는다. 하지만 김 선생은 놓치지 않고 물어본다.

"꿈자리라니… 꿈자리가 뭐 어쨌는데?"

"오셔서는… 우리 딸 훔쳐 간 놈 잡아 가야겠다 하시면서, 두 눈 똥그랗게 뜨시고는 아주 불호령을 하시던데요?"

"에잇 쓸데없는 소리는! 자세나 잡아 봐, 사진이나 찍게!"

정 여사의 싱거운 농담에 맥이 풀렸는지 이번에는 김 선생이 사진 찍기를 재촉하며 조금 전 조립해 둔 카메라를 들고는 멀찌감치 떨어져 카메라 액정으로 정 여사를 들여다보기 시작한다. 그런 김 선생을 바라보며 정 여사는 말을 이어간다.

"예전엔 우리 아버지가 늘 그러셨다니까요. 우리 딸내미 말 잘하고 똑똑하니, 여학교 보내서 도지사 만들어야겠다…."

"그만해! 언제 적 일인데 맨날 그놈의 도지사 얘기는…."

"푸훗."

"이 만큼 먹고살게 해주고, 입혀줬으면 됐지."

"호호호."

들기 싫다는 투로 말을 잘라내기는 했지만 사실 김 선생은 요즘 따라 가끔씩 드는 생각이 있었다. 50여 년의 시간을 함께 지내온 노부부의 삶을 돌아볼 때, 편했던 시절보다는 험난하고 거칠게 지냈던 시간이 많았던 것 같다. 때때로 주저앉거나 포기하고 싶은 생각이 스멀스멀 올라오기도 했지만 묵묵히 따라와 주는 정 여사가 있었기에 버티고 일구어낼 수 있었다. 그렇게 생각해 보면 자신에게는 정 여사가 참 필요했던 존재이기는 하지만 반대로 생각하면 정 여사에게도 자신이 필요한 존재였을까 하는 생각이 들었다.

사실 자신이 아니었다면 동네에서 부자는 아니더라도 어느 정도 살 만한 집의 여식으로 태어나 심성도 좋았고 곱디고운 외모도 지니고 있어서 자신을 만나 도망치듯 마을을 떠나지 않았더라면 나름 괜찮은 집안으로 시집을 갔을 수도 있었을 것이다. 그런 정 여사가 자신을 만나 이제껏 괜한 고생을 하고 지낸 것 같다는 미안함이 들기도 하고, 혹 지난 시간들을 후회하고 있는 건 아닌지 때때로 염려가 되기도 하였다. 그 마음을 아는지 모르는지 정 여사는 사진을 찍기 위해 분주히 움직이는 김 선생을 바라보며 웃고 있었고, 김 선생은 열심히 카메라를 맞추면서 걸음을 옮기다가 순간 발이 꼬여 넘어진다.

"아얏!"

"아이고, 왜요? 괜찮으시겠어요?"

"괜찮아!"

"조심하세요. 천천히요, 살살…."

"괜찮다니까! 이 정도도 힘들어서 못 걸으면 밥숟가락 놔야지. 당신은 거울이나 한 번 더 봐!"

"거울은 무슨…."

"어허!"

말은 그렇게 했지만 정 여사도 여자이긴 한가보다. 가방

속에서 손거울을 꺼내 얼굴을 들여다보더니 이내 신경이 집중 돼서는 입술을 움직이고, 옷매무새를 만지고, 머리도 단정히 하는데 빠져든다. 그 사이 카메라 액정으로 정 여사를 바라보던 김 선생은 뭐가 그리 흡족한지 조용히 동작 하나하나 표정 하나하나를 놓치지 않는다. 짧은 순간이었지만 그 순간만큼은 김 선생에게 있어 정 여사는 마치 하늘에서 내려온 선녀와도 같았다. 하지만 정 여사의 단장이 끝나자 괜히 호통을 친다.

"이런 제기랄, 입술 한 번 다시 그려! 먹을 게 없어서 입술연지를 먹는 거야?"

"네?"

김 선생의 호통에 정 여사가 얼른 입술연지를 새로 바른다.

"이젠 좀 나아요?"

"호박에 줄 그린다고 수박 돼? 그냥 찍어!"

"으이구!"

말을 던져놓고 김 선생은 '이럴 땐 어째서 말이 생각대로 나가지 않는 걸까?' 하고 자신을 책망한다. 이럴 때 기분 좋게 한마디라도 건네면 정 여사가 얼마나 기뻐했을까 하고 생각이 드니 방금 전 던졌던 말을 냉큼 주워 담고 싶지만 이미 나간 말이다. 그렇게 자신의 마음을 들킬까 싶어 툴툴대며 말을 하는 김 선생이지만 정 여사는 남편이 유난히 퉁명스러워질 때면 그건 자신에게 쑥스럽거나 부끄러운 마음을 감추려고 그런다는 것을 알고 있다.

예전에는 그런 것에 서운한 적도 있기는 하였지만 오랜 세월 나름 남편의 언어를 해석하는 능력이 생기다보니 이제는 남편의 그런 말들이 달콤하게 들리기도 한다. 남편의 수줍은 마음을 이해하는 정 여사도, 카메라 액정으로 정 여사를 바라보며 구도를 재는 김 선생도 각자의 흐뭇한 감정으로 미소를 짓는다.

"반듯이 좀 앉아! 고개는 바른쪽으로 좀 세우고!"

"사진 한 번 더 찍다가는 사람을 아주…."

"입 다물고! '동치미' 하면서 좀 웃어봐."

"입 다물고 '동치미'를 어떻게 해요?"

"엉? 어디서 뭐라 말대꾸야! 그냥 해! 동치미!"

"동치미."

"그래, 그래, 좋아 좋다고!"

동치미 하고 활짝 웃는 정 여사를 보며 여전히 새댁같이 예쁘다고 생각하는 김 선생이다.

"이뻐요?"

"뭐가 이뻐! 자, 빨리 한 번 더! 동치미!"

"동치미."

"그래, 좋아, 좋아 움직이지 말아. 자, 찍습니다. 하나, 두울,
서이!"

"됐어요?"

"아이고, 우리 정 여사, 잘 나왔네. 아주 잘 나왔어! 양귀
비 같아요. 양귀비. 천하일색, 양귀비!"

방금 전까지만 해도 속마음과는 다르게 표현하던 김 선생
이었지만 활짝 피어나는 정 여사의 환한 얼굴을 보자 기분
이 좋아져 순간 무심결에 입에서 마음속 감탄이 튀어나온
다. 의외의 칭찬에 놀랐는지 정 여사는 잠시 동안 놀란 토끼
눈을 하고 있더니, 이내 활짝 웃는다.

"무슨 양귀비까지."

"잠깐만, 한 번만 더 찍자구."

"그나저나, 당신은 안 찍어요?"

"말이 많아! 나는 내가 다 알아서 한다고! 다시 동치미 하
면서 웃어봐."

"동치미."

"그래, 바로 그거야. 그대로 가만히 있어, 움직이면 안 돼!"

이번엔 같이 찍으려는 듯 김 선생이 타이머를 맞춰 놓고는
비틀대는 힘없는 걸음으로 정 여사의 곁으로 서둘러 다가온
다. 넘어질 듯 불안하게 자리에 앉더니 덥석 하고 정 여사의
손을 잡는다.

"왜 이래요? 망측하게…."

"어허, 꽉 잡어!"

얼떨결에 정 여사도 김 선생의 손을 꼬옥 잡는다. 오랜만에 다정하게 잡아보는 손이기에 좋아서… 꼭 잡은 두 손이지만 서로에게 전해지는 힘이 예전만 같지 않다. 하지만 지금 이 순간 함께인 것이 좋아 둘은 눈물이 핑 돌았지만 애써 참으며 그저 가슴으로만 운다.

"꽉 잡아. 놓치면 죽는 거야. 꽉!"

"더 꽉!"

"꽉…!"

"조기, 조기, 빨간 불 보이지? 저기를 봐, 알았지?"

"네."

"자, 하나 두울 셋, 동치미!"

"동치미."

찰칵.

잠시나마 김 선생과의 오랜만의 데이트에 여운을 느끼던 정 여사는 어느새 저만치 버스가 오는 것을 보고는 서둘러 일어나 걸음을 재촉했다. 오늘은 왠지 빨리 가서 김 선생이 보고 싶어지는 정 여사였다.

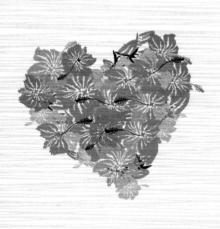

선물

집 안으로 들어서자 김 선생이 노래를 흥얼거리며 뭔가를 닦고 있다. 오랫동안 사용해 오던 중고 선풍기를 해체하여 손보고 있는 모양이다. 올 여름에는 에어컨 하나 장만하자고 했더니 아마도 물 건너 간 모양이다.

"어디를 또 다녀오시나. 정 여사?"

"어디긴 어디예요. 다 갈 데가 있으니 다녀오는 것이겠지."

"흥, 카트까지 챙겨간 것 보니 또 막내 지지배한테 이것저 것 퍼다 주고 오시는 거겠지. 몇 번을 얘기해! 그 지지배한테 자꾸 퍼다 주고 날라다 주지 말라고. 당신이 자꾸 그런 식으로 싸고도니까 지지배가 발전 없이 자꾸 그 모양으로 헛돈다는 거 몰라?"

"당신이 막내 방 얻으라고 돈 내주셨다면서요?"

"흠흠! 누, 누가 그런 소릴 해?"

"매달 방세며 생활비며, 또 용돈이며, 당신이 보내주고 계셨다면서요?"

"내가 그럴 돈이 어디 있어. 여름이 다가오니까 실성을 하셨나, 말도 안 되는 소리를!"

"호호."

"고, 지지배가 얘기한 거야? 그런 거야?"

"원래 여자들끼리는 비밀이 없는 법이에요."

"요년이 아주 철썩 같이 약속을 해놓고서는."

"잘 될 거예요. 어려서부터 워낙에 야무지고 지는 걸 싫어했던 아이잖아요. 꼭 해낼 거라고요."

"다 얘기를 했다 그 말이지? 이 배신자!"

경원이 때도 그랬고, 정임이 때도 그랬다. 하물며 세 형제 중 유독 귀여워하던 막내딸이었으니 김 선생이 챙기지 않았다면 더 이상했을 일이다. 오히려 어느 정도는 그리 해줄 것이라 믿음을 가지고 있었기에 정 여사도 막내딸에 대한 걱정을 조금은 덜 할 수 있었다. 다만 그 와중에도 김 선생은 없는 형편에 생활비를 쪼개어 막내딸에게 주는 것이 정 여사에게 미안해서 그랬을 것을 정 여사는 잘 안다. 상관없다는 표정으로 손가방을 이리저리 뒤지더니 예전에 오려두었던 신문조각을 꺼내어 김 선생에게 건넨다. 일전에 납골당 광고지를 주다가 떨어트렸던 그 신문조각인 듯했다.

"저, 이거요. 이다음에 혹시나…. 전화 한번 넣으세요."

"이게 뭐야? 미진상사? 전동 휠체어 전문?"

"계약금하고 중도금은 이미 제가 다 넣어 놨어요. 전화해서 배달 오면, 인수금만 조금 치르시면 되요."

"미쳤어? 손금의 생명선이 팔뚝까지 뻗어 있다며? 그때까지는 임자가 나를 부축하면 될 것 아니야!"

"혹시 말이에요. 저도 당신 보다 먼저 가는 건 싫어요."

김 선생은 정 여사가 내민 신문조각이 왠지 달갑지 않았다. 분명 자신을 신경 써서 챙겨주는 것일 텐데 평소와는 다른 묘한 이질감이 느껴졌다. 아내가 힘이 부쳐 이제는 자신을 부축하기가 힘들어지기라도 한 것일까? 아니면 혹시 이제는 동작도 굼뜨게 나이만 먹어가는 늙은 잔소리쟁이가 귀찮아 지기라도 한 것일까? 이런저런 복잡한 생각들이 머릿속을 드나들고 있을 무렵 정 여사가 나지막한 목소리로 김 선생에게 속삭이듯 말을 전한다.

"경원이 때도, 큰애 정임이 때도, 미안해요. 그때마다 제 속이 얼마나 시커멓게 타 들어 갔었던지…."

"우유 마셔. 흰 우유!"

"네?"

"속이 시커멓다며?"

김 선생은 왠지 정 여사가 이상한 소리라도 하려나 싶어 덜컥 겁이 났다. 평소와는 다른 분위기의 정 여사가 왠지 낯설어 농담으로 분위기를 바꾸려 해보아도 쉽게 분위기 전환이 되질 않는다.

"고마워요. 김만복 씨."

"젠장, 이 할망구가 미쳤나?"

사뭇 진지해지는 분위기가 어색해 김 선생은 애써 말을 자르려고 해보았지만 정 여사는 하고픈 말을 해야겠다는 심산이다. 평생을 살면서 미안한 마음이야 본인이 더 하고 고마운 마음이야 견줄 수 없을 정도로 크건만 오늘따라 정 여사는 뭐가 그리 미안하고 뭐가 그리 고마운 것일까.

"쌀 한 말 지고 나와 애들 셋 낳고, 먹이고 입히고 또 대학까지 가르치시고…."

"그러니까! 그 막내 지지배가 문제라니까. 그것만 어떻게 사는 꼴을 보고 나면 내가 내일 눈을 감아도 편히 감겠구만, 허구한 날 저 타령이니…."

"믿으시라니까요. 지가 다 알아서…."

"밤낮, 알아서 알아서는!"

"만나는 사람도 있는 눈치입디다."

"뭐? 정말?"

"이제 한시름 놓으셔도 되요."

"이 여시 같은 지지배가, 그래도 구르는 재주는 있어가지고?"

철딱서니 없는 막내딸이 남자가 생긴 모양이라니…. 모처럼 반가운 소식이 김 선생의 귓속으로 비집고 들어온다. 말은 대수롭지 않은 듯 퉁명스럽게 던졌지만 생에 마지막 과제라도 풀린 듯 속이 사악 하고 풀린다. 매일 공연연습이다 뭐다 도무지 이성에는 관심이 없어 보이던 지지배라 시집가는 건 보고 죽을 수나 있는지 걱정이던 참이다. 이제 남자라도 생겼다니 그나마 다행이라는 생각이 들어 숨길 수 없는 웃음이 입가를 비집고 나온다.

"여보, 저, 노인정의 오 여사 있지요?"

"응? 그 할망구가 왜?"

"당신을 끔찍이도 생각하는 것 같습디다."

"오 여사뿐이겠어? 최 여사, 김 여사, 변 여사도 다, 내 인기는 어딜 가나 하늘을 찌르기는 하지!"

"오 여사가 사람 하나는 진국이에요. 뒤끝도 없고, 살림도 야무지고."

가끔씩 기분 전환으로 찾아가는 노인정이지만, 퉁명스

런 성격 탓에 다른 노인들과 어울리는 경우가 많지 않다. 그런 와중에 유난히 김 선생에게 살갑게 구는 노인네가 바로 오 여사다. 노인정에서 두어 번 마주쳤을 때인가 오 여사가 마트를 다녀오며 끌고 다니던 카트가 고장이나 곤란해 하고 있는데 김 선생이 소리 없이 다가와서는 카트를 고쳐주자 그 이후로는 김 선생을 볼 때마다 인사를 건네고 다정다감하게 군다. 노인정에서는 다른 이들과의 사이도 좋은 편으로 뒷말하기 좋아하는 노인네들이지만 그래도 오 여사에 대해서는 칭찬들이 오간다. 그런 오 여사와 어쩌다 마주치기라도 하면 정 여사가 있건 말건 김 선생을 보며 배시시 웃음을 짓는다. 또 가끔씩 곶감이라거나 한과라든지 맛난 간식이라도 생기면 어김없이 김 선생에게 반을 내밀거나 한다. 김 선생은 그런 행동들이 조금은 부담스러운 모양이었다.

"진국은 무슨? 얼굴이 그 모양이니까, 괜히 친한 척하는 거지."

"사람이 착한 척한다고 누가 그 속을 모르우? 그리고 쭈그렁탱이 노인네들끼리 얼굴이 뭔 소용이겠어요. 얼굴이! 사람은 모름지기, 정이 있어야 하는 법이에요."

"자꾸 오 여사 얘기를 해서 하는 말인데 혹시 말이야, 내가 먼저 가더라두, 노인정의 홍가 놈하고는 놀지마!"

"왜요?"

"임씨하고는 아예 상종도 말고, 이놈들이 아주 형수 알기를 무슨 다방 아가씨 대하는 눈빛으로 능글능글."

"제가 듣기로는 홍 씨나 임 씨가 당신보다 한 살이 더 위라고 그러던데요?"

"나는 호적신고가 늦어져서 그런 거 아니야! 몰라서 그래?"

"어쨌거나, 당신 먼저 가시면 누가 노인정에 가기나 한데요?"

"그래, 그래. 껄껄껄. 그래야지, 노인정에는 가지도 마! 거긴 얼씬도 하지 말라고! 이놈들이 말이야, 애나 어른이나 밤낮 농지거리에, 남의 험담만 늘어놓고, 아주 몹쓸 놈들이야."

"당신은 동네 할망구들한테 여기 집적 저기 집적 혼자 다 하시고는."

"집적은, 누가 집적댔다고 그래? 지들이 좋다고 쫓아오는 걸 내가 어떻게 하란 말이야!"

"어쨌든, 혹시나 말이요. 혹시나 제가 먼저 가거들랑…."

"가긴 어딜 가?"

"가는 데엔 순서가 없다잖아요. 하니…."

정 여사의 말이 못마땅한지 김 선생이 정 여사의 손을 낚아채더니 손바닥 손금을 살핀다.

"아이고, 이거 손금 좀 봐. 아주, 생명선이 팔뚝까지 뻗었다니까 그러네. 여기에다 내 몫도 얹어. 내 몫까지 더 살라고! 그럼 한 백 사십까지는 거뜬할 거야."

"집에는, 그래도 여자가 있어야 해요. 아침저녁으로 쓸고, 닦고, 빨고, 털고. 그래야 냄새도 안 나고, 또 손주들도 불러 들이지요."

"그러니까, 내 몫까지 살라고, 이백 살까지!"

진심으로 한 말이었다. 이제까지 살면서 정 여사를 먼저 보내게 되는 상황은 생각지도 않았고 그렇게 되어서도 안 되는 것이라 여겼다. 몸도 건강하니 자신보다는 더 오래 살 거라 생각도 들었고 자신이 떠난 뒤에는, 홀가분하게 자식들 덕도 좀 보면서 편안하게 여생을 보냈으면 싶었다. 그래서인지 오늘 정 여사가 하는 말들은 계속 김 선생의 마음을 편치 않게 만든다.

"꽃다운 열아홉에 시집 와서, 참 많이도 겪었지요. 당신 손에 이끌려 고향 떠나올 때, 당신 한 말, 저 한 말, 달랑 쌀 두 말 지고 나와서는…."

"그 얘긴 왜 자꾸 해!"

"나중에 가난하게 살다보니, 아버님도 어머님도, 또 그 무서웠던 오라버니도 얼마나 야속하시던지."

"한 얘기 또 하고, 잊을만하면 또 하고."

"모질게도 살았네요. 계절이 바뀌는지, 해가 바뀌었는지도 모르고, 그저 열심히."

"어허? 이 여편네가 계속…? 그만 안 해?"

"당신 덕이에요. 그 말이 하고 싶어서 그래요."

"흠, 흠, 알기는 아는구먼. 그럼 됐지."

"고마워요."

"그렇게 살았으니, 지금 이 정도라도 사는 거야. 당신도 애썼어."

정 여사의 진심이 김 선생에게도 전해진 것일까. 그 어느 때보다도 부드러운 표정으로 정 여사에게 따뜻한 말을 전한다. 생각지도 않았던 말을 들어서일까. 정 여사가 놀란 눈으로 김 선생을 바라본다. 지금껏 다른 칭찬은 들어봤어도 잘했다 애썼다는 식의 소리는 생전 처음 듣는 듯했다. 정 여사의 온몸으로 뭔가 따뜻한 기운이 감싸고 지나간다.

"조금만 더 살아. 앞으론 자식 놈들 다 필요 없어. 당신 입을 거며, 먹을 거며, 내가 다 해줄 테니."

"됐어요, 전."

"되긴 뭐가 돼? 당신은 그냥, 예스, 예스! 오케이만 하면 돼."

"닐 모레 병원 예약 있는 건 아시지요?"

"흥, 의사란 놈들 다 도둑놈들이야. 좋아진다, 좋아진다, 맨날 말로만."

"그래도 의사들 덕분에 휠체어에서 일어나, 이 만큼이나 걸으시는 거 아니요. 감사하셔야지요."

"감사는 무슨. 그 놈들도 다 돈 받고 하는 일인데 뭘 그래. 그동안 퍼 댄 돈을 생각하면, 내가 뜀박질을 해도 시원치 않겠고만."

"뜀박질까지요?"

"시끄럽고, 거시기, 정 여사, 노래나 한 곡 해봐."

사람의 성격이 어디 쉽게 바뀌랴. 모처럼 정 여사에게 속에 있는 마음을 열어 보여주던 김 선생은 금세 어색해졌는지 갑작스런 노래 신청으로 화제를 전환하려고 한다.

"으이고, 또요? 그때가 마지막이라고 제가 안 했어요?"

"당신은 말 안 하고, 노래 할 때가 제일 이뻐. 여학교 때부터. 거 뭐였지? 에델바이스, 에델바이스!"

"으이구."

"어서!"

"참, 영감! 그 의료보험료 말인데요. 그게 애비하고 우리하고 세대합가인지 뭔지 해서…."

"뭐?"

"아니요, 아닙니다."

"이 할망구가, 혀가 반 토막인가, 무슨 말을 하다 말고 끊어 끊기를?"

"글쎄, 아니라니까요. 그나저나 오늘 저녁엔 또 뭘 해먹나? 아이고, 허리 다리야."

"해 먹긴 뭘 해먹어? 맨날 먹는 대로 먹는 거지. 아껴, 응? 아껴야 잘 사는 거 몰라?"

"누가 뭐래요, 괜히 그러셔."

"그러지 말고, 그럼 오늘은 돼지고기 좀 볶아봐."

"네?"

"묵은 김치도 좀 지지고, 두부도 좀 삶고, 간만에 소주나 한 잔 하자고."

"의사 선생님이 기름기는 멀리 하라고 하셨잖아요."

"땡겨서 그래! 허구한 날 풀떼기만 먹고살아?"

"약주도 하시게요?"

"당신 돼지비계 좋아하잖아. 그리고 두부가 뼈에 좋데요, 뼈에!"

김 선생의 말에 정 여사가 피식 하고 웃는다. 빈소리든 진심이든 자신을 위한 소리라니 싫지는 않다.

"젠장, 내가 먹고 싶어서 그러는 줄 알아? 먹고 죽은 귀신은 때깔도 좋다고…."

"그럼, 딱 반근 만이에요."

"쓸 땐 좀 팍팍 써! 덩치는 코끼리마냥 커다래 가지고, 씀씀이가 그게 뭐야? 쥐새끼마냥."

"누가 코끼리 만해요?"

"됐어, 그만해! 그리고 그 홍가 놈이나 임 씨하고는 절대 가까이 하지 말라고 알았지?"

"네?"

"분명히 얘기했어. 아주 나쁜 놈들이니까 상대하지 말라고 말이야."

"아이고, 혼자들 사시잖아요. 그래서 가끔씩 묵은 김치나 고추장하고 된장 조금 퍼다 주는 걸."

"뭐야? 그럼 이제껏 퍼다 나른 게 정연이 뿐만이 아니었다는 게야?"

"아니에요, 그만 하십시다. 그만."

"이이…."

"그나저나, 의사선생님이 술은 절대 안 된다고 하셨는데…."

"몰라! 비켜, 지나가게!"

"아이고."

"그 홍가 놈이나 임 씨, 그놈들은 말이야, 고스톱을 쳐도 생전 개평 한 번을 안 주는 놈들이란 말이야. 맨날 동네 여편네들 꽁무니나 졸졸 쫓아 댕기는 게 일과고. 에이 그런 놈들한테 그 비싼 깍두기며 고추장, 된장을 퍼다 줘? 이런 아주, 미쳤고만, 미쳤어."

"아이고, 저 양반의 저 비위를, 어느 누가 맞춰 드릴고…."

문을 쾅 닫고 나가버리는 김 선생의 마음을 정 여사라고 모를 리 없다. 언제까지나 계속 될 리 없는 시간을 살아가는 사람들끼리 원하지 않더라도 때 되면 헤어질 순간이 올 것이라는 것을 왜 모를까. 김 선생이나 정 여사나 그 순간이 그리 넉넉하게 남지는 않았을 것을 어렴풋이 받아들이고 있었다. 다만 그것을 준비하는 방식과 받아들이는 마음이 50년을 함께 살아왔던들 같을 수만은 없을 것이다. 정 여사야 자신이 떠난 뒤 남게 될 손이 가는 남편에게 신경 써 줄 상대라든지, 비록 티격태격이라도 어울릴 만한 친구를 만들어주고 싶었던 것이고, 그저 평생 한 여자만 바라보고 살아 온 김 선생은 자신이 떠나고 난 뒤 남게 될 부인의 처지가 속상하고 혹여 인심 좋은 정 여사가 혼자 남은 여자라고 주위의 한심한 놈들한테 이용이나 당하지 않을까 염려가 되었던 것일 게다. 각각의 방식은 달라도 마음은 누구보다 서로에 대한 시간을 그렇게 배려하고 있었다.

다음 날, 어제의 앙금이 아직 남았는지 김 선생이 조금은 뾰로통한 얼굴로 발길을 재촉하고, 정 여사는 힘겹게 그 뒤를 따른다. 한 걸음씩 내딛는데 오늘따라 유난히 걸음이 무거워 보인다. 한 걸음 디딜 때마다 살짝 입술을 깨무는 정

여사이지만 앞서가는 김 선생은 알 리가 없고 그저 걸음이
자꾸 뒤쳐지는 정 여사에게 툴툴대기만 한다.

"영감, 저 좀 데리고 가요. 편찮으신 양반이 어째 그리도
걸음이 빨라요, 빠르긴."

"빠르긴 뭐가 빨라? 맨날 똑같은데. 마누라 걸음이 더딘
거야. 아, 어여 빨리 와!"

"아, 글쎄 같이 좀 가시자니까요!"

"오늘따라 왜 이렇게 더뎌? 피죽도 못 먹었나?"

몇 걸음 앞서가던 김 선생이 결국 다시 돌아와 정 여사 곁
에 선다. 김 선생의 투덜거림을 듣는지 어떤지 정 여사는 잠
시 숨을 고르는 듯 몸을 숙여 양 팔로 자신의 다리에 의지
한다. 어느덧 이마에서 땀이 송글송글 베오나오고 있는 정
여사를 물끄러미 바라보던 김 선생이 슬며시 자신의 안주머
니에 손을 넣어 뭔가를 만지작거린다. 뭔가 고민하는 표정
으로 눈썹을 치켜뜨는 것이 어떤 행동을 하기 전 긴장이 된
듯 망설이기라도 하는 것 같다. 한쪽 손은 안주머니에 넣은
채 다른 한 손은 빠르게 쥐었다 폈다 하더니 마침내 마음
을 결정을 한 듯 무언가를 꺼내려는데 정 여사가 돌아본다.
그저 천천히 자연스럽게 바라 봤을 뿐인데도, 순간 깜짝 놀
라기라도 한 사람처럼 김 선생은 꺼내려던 것을 안주머니에
도로 감춘다. 애써 딴청을 피우고 있자니 정 여사가 말을 꺼

204

냈다.

"아이고, 덥다, 아이고 숨차. 영감, 여기서 조금만 쉬었다 가십시다. 힘들어 죽겠어요."

"이런, 젠장. 아, 병원 예약시간 다 됐다니까."

"되긴 뭘 다 되요. 한참 남았고만…."

"그럼, 딱 5분 만이야."

날씨는 그리 덥지 않은데 정 여사가 힘이 부치는지 아까부터 땀을 많이 흘린다. 자신이 너무 빨리 걸었는가 싶어 괜히 미안해진 김 선생은 잠시 쉬어 가기로 하고, 정 여사는 조심스레 몸을 움직여 근처에 있는 벤치에 털썩 앉아 심호흡을 한다. 몇 번의 큰 호흡을 하고 나서야 약간은 편안해진 표정이다. 두어 걸음을 더 걸었으면 큰일이라도 났을 것만 같다.

"아이고, 다리야, 아이고 무릎이야. 오늘 한 번만 택시를 타시자 하니까 인색하시기는."

"그러게 운동 좀 하라고 했잖아. 운동, 응! 나 봐! 다 죽는다고 그랬는데도, 열심히 운동을 하니까 이렇게 짱짱한 거 아니야."

"의사선생님들이나, 하루에도 몇 번씩 약을 사다 나른 저는 아무런 공도 없지요?"

"말이 많아!"

정 여사는 더 이상 말을 이어갈 기운도 없는지 대꾸도 없

다. 평상시 엄살이 없기로 유명한 정 여사이건만 흘리는 땀
도 땀이거니와 힘들다, 덥다를 연신 입 밖으로 내는 것을 보
니 컨디션이 그리 좋지는 않은가 보다. 조금은 힘겨워 보이
는 정 여사를 보더니 김 선생은 주변을 둘러본다. 정 여사가
앉아 있는 벤치 뒤로 노부부가 가려는 종합병원이 커다랗게
모습을 보이고 있다. 바로 뒤편인 것처럼 보이기는 하나 그래
도 거리가 좀 남아서 입구부터 가려고 하는 병원 건물까지
는 경사진 비탈을 포함해 노인들 걸음으로는 7, 8분 정도 걷
기는 해야 했다. 거리와 시간을 가늠하던 김 선생은 택시를
타기에는 조금 애매한 거리까지 온 까닭에 집에 갈 때는 편
안하게 택시를 태워 집까지 가야겠다는 마음을 먹었다. 집
에 가는 길에 자신이 말없이 택시를 잡으면 깜짝 놀라며 감
동스러워할 정 여사를 떠올리니 혼자 흐뭇한 표정이 지어진
다. 김 선생의 속을 알 리 없는 정 여사는 조용히 손가방에
서 너덜너덜한 휴지를 꺼내 이마에 맺힌 땀을 찍어낸다.

　"기다려, 앞으론 내가 당신을 업고 다닐 모양이니까."

　"네?"

　"진짜야, 진짜!"

　"기가 막혀서, 원. 코끼리를 어떻게 업어요, 코끼리를!"

　"아, 진짜라니까!"

　"말씀만 들어도 황송하네요."

말을 하는 도중에도 이마에 송골송골 맺히는 땀이 가시지 않는지 정 여사는 여전히 연신 이마의 땀을 찍어내고 있다. 오늘따라 유난히 덥고 이상하리만치 땀이 배어 나오는지 몇 겹으로 개어 놓은 휴지들이 금세 푹 젖는다. 어느새 너덜해진 휴지의 작은 조각들이 정 여사의 이마 군데군데 붙어있다. 그런 정 여사를 지켜보던 김 선생은 다시 자신의 품속에 손을 넣어 무엇인가 꺼내려는 듯 움찔움찔 한다. 표정을 보아하니 지금 타이밍에 줄까 말까 갈등하고 있는 모양이다. 아직 땀을 찍어내고 있는 정 여사의 앞을 똥마려운 강아지마냥 서성거린다. 그런 모습이 정 여사에게는 빨리 일어나 가자는 재촉처럼 느껴져서 슬슬 일어나야지 하며 몸을 움찔하는데, 분주하게 서성이던 김 선생이 움직임을 멈추고 큰 결심이라도 섰는지 휙 하고 손을 꺼내 정 여사 앞에 던지듯 건넨다. 생김새를 보니 지난번 데이트 때 준비했다가 결국은 전하지 못했던 선물인 것 같다. 당황한 김 선생의 동작이 빨랐던 데다가 너무 얼굴 가까이에 내민 터라 정 여사는 난데없이 이것이 무엇인가 싶다가, 눈을 찡그려 자세히 바라보니 포장이 어색하기는 하지만 선물이라는 것을 짐작한다. 뜻하지 않은 선물에 정 여사가 어리둥절 김 선생을 쳐다보며 눈만 끔뻑거린다.

"자! 얼른 받아, 얼른!"

"이게 뭐예요?"

"아, 거 땀이 나고 하면 손수건으로 좀 닦고 그래. 아낄게 따로 있지 맨날 쓰던 휴지 넣어 다니면서."

"이게 뭐냐고요."

"뭘 그리 쳐다 봐? 팔 떨어지기 전에 얼른 받기나 해!"

"생일선물이에요?"

"선물 같은 소리 하고 있네. 눈곱이나 떼! 덕지덕지 지저분하게."

"아이고, 맨날 말씀은…. 좀 살갑게 좀 하세요. 그나저나 고맙네요, 감사해요. 김만복 씨."

"흠, 흠."

정 여사는 조금 전까지 타박만 하던 김 선생이 선물을 준비했을 줄은 생각도 못했다. 역시나 툴툴대고 서두르던 모양새가 김 선생이 수줍고 어색한 마음을 숨기기 위해 오늘따라 더 그랬었지 싶다. 아무튼 뜻밖의 선물에 조금 전까지 힘들었던 느낌이 싹 사라지는 것 같으니 갑작스런 이벤트이기는 했지만 마법이라도 일으킨 것 같았다.

"어쨌거나, 이번에 다녀오시면 많이 좋아진다 하셨으니, 게으름 피지 마시고 물리치료 잘 받고 나오셔야 해요. 괜히 간호사들하고 실없는 농담이나 주고받지 마시구요. 체신 떨어지게!"

"누가 농을 했다고 그래? 지들이 좋다고 엉겨 붙은 걸 낸들 어쩌겠나."

"좋기는요, 냄새 나는 할아방을?"

"뭐, 냄새?"

살짝 기분이 좋아진 정 여사가 농담을 건네다, 뭔가 생각이 난 듯 진지한 표정으로 바뀌더니 손짓으로 김 선생을 가까이 부른다.

"참! 지난번에 말이유, 당신 물리치료 받는 동안 제가 대기실에 앉아서 책을 잠깐 보고 있었지 않겠어요. 근데 아범 또래의 한 청년이 다가와서는 대뜸 그럽디다. 어르신, 어르신이 죽어 어르신의 자식을 살릴 수 있다면, 그렇게 하시겠어요?"

"난데없이 뭔 소리야?"

"그래서 저도, 이게 무슨 생뚱맞은 소리인가 하고 계속 들어보니까 아, 글쎄, 열 살도 안 된 딸을 지금 중환자실에 뉘어 놓고 왔다는데, 수술을 해도 살 수가 없다지 뭐예요. 돈이 있어도 고칠 수가 없는 병이라지 뭐예요. 그러면서 또 물어요. 어르신은 어르신 목숨 끊어 자식을 살릴 수 있다면 그렇게 하실 거지요?' 라고. 그래서 그거야 당해봐야 알겠지만, 그게 부모 마음 아니겠어요. 어미들 마음이 다 한 가지 아니겠냐고 했더니, 손사래를 설레설레 치면서 그래요. 근데 자식들은 달라요. 자식이 대신 죽어 제 부모를 살릴 수 있다

해도, 자식들은 그렇게 하지 못한다구요 하면서, 어머니 대신 죽으라면 못 죽겠지만, 자식 대신 죽으라면 지금 당장이라도 열 번, 백 번, 천 번도 더 죽을 수 있을 것 같은데, 지금은 그것도 안 되네요, 그러면서 닭똥 같은 눈물을 뚝 뚝."

"미친놈!"

"네?"

"그놈 술 처먹었지? 또 나타나면 전해! 세상 헛살았다고! 말 같지도 않은 말로, 세상 사람들 심난하게 하지 말고, 세상 사내들 망신시키지 말라고!"

"아니, 그게…."

"세상 애비들의 정은, 그렇게 말로 하는 게 아니에요. 그저, 꾹꾹 담아뒀다가 때 되면 행동으로, 두 말 없이 실천하는 것이 아버지고, 사내들이라고!"

"그러니까, 그게…."

김 선생은 더 이상은 듣기 싫다는 듯 불편한 표정으로 일어나더니 시계를 들여다본다. 자식이 되었든 부모가 되었든 이제는 누군가가 죽는 이야기를 하는 것이 그리 유쾌하지는 않다. 어차피 죽음이라는 단어가 그닥 생소하지 않을 만큼의 나이가 되었으나 죽음을 맞이한다든가 그에 대한 생각으로 얽매어 시간을 보내기보다는 얼마나 남았을지 모르는 시간이지만 이제는 서로를 위해 보낼 수 있으면 하는 바람이 크다. 그간 고생도 고생이었지만 자신의 마음을 제대로 표현하지 못하고 지냈던 순간들이 아쉬운 터라 이제부터라도 아내를 위해 뭔가 더 해주고 싶고, 쉽지는 않지만 마음의 표현도 더 자주하고 싶은 요즘이다. 하지만 마음은 마음일 뿐, 늘 말이나 행동이 쉽게 따라주지는 않는 것이 안타깝다.

"일어나! 5분 넘었어!"

"영감, 우리 여기서라도 택시 타고 가십시다. 버스 내려서 병원 들어가는데, 그 긴 비탈길을 오르려면 당신이나 저나 한 세월이지 않아요."

"막내 지지배, 사내 생긴 것 같다며? 그 시집은 그냥 가?"

"인색하시긴. 그나저나, 가끔은 애들하고 말도 좀 하고 그래요. 말 안 하면 부모자식 간에도 잘 몰라요. 그러니 자꾸 오해가 생기고 싸움이 벌어지고⋯."

"시끄러워! 당신이나 말 많이 해. 나는 입 다물고 살라니까!"

말을 마치자마자 김 선생은 뒤도 안 돌아보고 획 돌아간다. '에구, 에구, 이놈의 형편없는 주둥이라니⋯.' 또 생각하고는 다르게 말이 나오고 행동이 먼저 간다. 스스로에게 어쩔 수 없는 막돼먹은 고집불통 노인네 같다는 생각을 하며 또 속으로 가슴을 친다. 말처럼 정연을 위해 조금씩이라도 돈을 모아야겠다고 생각하는 중이기는 하지만 오늘만큼은 꼭 집에 돌아가는 길에는 택시를 태우겠다고 다시 다짐을 한다.

"같이 가요! 말씀은 맨날, 혼자서만 다 하시고는."

정 여사도 심호흡 한 번 뒤에, 김 선생을 따라가려고 급히 일어서다가 조금 전 받았던 선물이 눈에 들어온다. 다시 자리에 앉아서 김 선생이 걸어간 방향을 한 번 보고는 조심스럽고 정성스런 동작으로 선물을 풀어 본다. 뜻밖의 선물에 놀라기도 했지만 자신을 위해 일부러 선물까지 준비한 김 선생을 생각하니 마치 모든 것에 설레던 소녀 시절로 돌아간 마냥, 두근거린다. 리본을 풀어 선물을 펼쳐 보니, 새하얀 손수건이다. 조금 전 휴지로 땀을 닦는다며 핀잔을 주던 김 선생의 모습이 생각나 피식 하고 웃음이 새어 나온다. 그리곤 곧 박장대소를 하고 만다. 정 여사가 펼쳐 든 하얀 손수건에는 너무나도 크고 선명한 하트가 손수건의 오른쪽 아래에 떡 하니 자리 잡고 있었기 때문이다. 모처럼 크게 웃던 정 여사는 손수건을 지그시 바라보며 흡족한 미소를 짓는다. 그리고 알 수 없는 복잡한 감정이 가슴 속에서 꿈틀거리며 일렁이기 시작한다. 너무도 기쁘고 벅찬 감정에 뒤이어 안타깝고 절박한 심정이 마치 파도라도 치듯 번갈아 가며 가슴을 치며 부서진다. 지금껏 살아오며 한 번도 느낀 적 없었던 이 복잡한 심정을 어떻게 설명할 수 있을까. 아니 자신조차도 이 낯선 느낌들을 어떻게 받아들여야 할지 몰라

심장이 요동친다. 자신의 가슴을 진정시키려는 듯 정 여사는 다시 한 번 크게 심호흡을 하더니 양손으로 손수건을 펼쳐 얼굴에 가져다 대고는 향기라도 빨아들이려는 듯 들이마신다. 그렇게 5초 정도 머물더니 그제야 마음이 진정되는 듯 편안한 얼굴로 일어설 채비를 한다.

"살다 살다, 저 양반한테 선물을 다 받아보고…."

"아 빨리 안 와! 해 떨어지는데 뭘 꾸물거려?"

"가요, 가! 추적추적 잘도 걸어가시는구려."

"아 빨리 와요. 정 여사!"

"오늘 한 번만 택시 좀 타시자니까. 인색하시긴."

더 이상 김 선생을 기다리게 할 수 없을 듯해 정 여사는 힘을 내 자리에서 일어나는데, 순간, 머리가 핑 돌고 갑자기 속이 확 뒤집히는 느낌이 든다.

"욱!"

"뭐해! 빨리 안 오고!"

급작스레 몰려오는 가슴의 통증과 콱 막혀버리는 듯한 호흡. 먼저 간 김 선생의 보채는 소리가 아련한 메아리처럼 점점 귓가에서 멀어진다. 혼란스러운 정 여사가 심장을 부여잡으며 어떻게든 정신을 차리고 몸의 균형을 잡아보려 안간힘을 쓰지만 머릿속이 엉키며 시야가 점점 새카맣게 타 들어간다.

'영감, 저요, 여기, 더는 못 가겠어…요.'

김 선생을 불러보기 위해 애를 쓰지만 목소리는 자꾸만 목 안으로 숨어 들어간다. 아른거리는 김 선생의 뒷모습을 잡아 보려는 듯 덜덜 떨리는 손을 뻗쳐 보지만 잡힐 리 없다. 정 여사는 더 이상 버티지 못하고 쿵 하고 소리를 내며 바닥에 고꾸라진다. 쓰러진 정 여사의 한 손에는 쓰러지면서도 놓칠까 싶어 얼마나 꼭 쥐었는지, 조금 전 선물 받은 손수건이 쥐어져 있다. 그때 앞서가던 김 선생이 다시 돌아오며 투덜댄다.

"아, 얼른 안 와? 도대체 이 여편네가 어디다가 정신을 팔고 다니는 거야! 어디다 정신을 팔고 다니는 거냐고!"

순간 김 선생의 시야에 쓰러져 있는 정 여사의 모습이 들어온다. 1초 아니 0.1초? 아니다 정 여사의 모습을 발견하자마자 온몸에 소름이 돋고 다리가 후들거리기 시작한다. 지팡이를 쥔 손바닥에는 땀이 배어 미끄럽다. 한 걸음, 두 걸음 힘겹게 지팡이에 의지하며 걸음을 떼던 김 선생은 지팡이조차 집어 던지고는 비틀비틀 정 여사에게 달려가 얼른 일으켜 안는다. 심장이 너무도 쿵쾅거려 이대로 멈추질 않고 폭발해 버릴 것만 같았다.

"여 여보, 여보! 정 여사… 마누라… 당신 왜 그래… 응? 도대체 왜 이러고 있는 거냐구! 여보! 크흐흑!"

끝은 다시 시작

　병원의 중환자실 밖 대기실에 김 선생이 축 늘어져서 간신히 의자에 앉아있다. 도저히 자신 앞에 놓인 상태가 이해가 되질 않을 뿐더러 어떻게 받아 들여야 할지도 모르겠다. 어제까지도 내가 먼저 가고 남은 정 여사를 어쩔지 염려하던 김 선생이었다. 가더라도 본인이 먼저 가면 갔지 단 한 번도 자신보다 먼저 떠날 거라 생각해 본 적 없는 늘 든든하고 의지되던 아내이자 평생의 친구였다. 하지만 조금 전 의사에게서 들은 정 여사의 상태는 도저히 자신을 용서할 수 없게 만들고 있었다.

"정이분 환자 보호자 되십니까? 보시다시피, 지금은 산소 호흡기에 의지하셔서 강제로 호흡을 하고 계시다고 보면 됩니다. 병원에 들어오실 땐 이미 혼수상태이셨습니다. 바로 엑스레이와 CT촬영을 했고요. 헌데, 엑스레이 결과가 아주 당혹스러웠습니다. 그동안 어떻게 버티셨던 것인지…. 엑스레이를 찍어보니까, 이번에 넘어져서 다치신 게 아니었습니다."

"무슨…?"

"이미, 다른 곳의 뼈들이 여러 곳, 금이 가거나 바스러져 있는 상태였습니다. 또, 내시경을 통해 환자분의 위 속을 들여다보니까, 다량의 진통제가 채 녹지도 않은 분말상태로, 위의 삼분의 일까지 쌓여 있었습니다."

"네?"

"아마도 그간의 고통을 진통제 하나로, 겨우 버텨 오셨을 것으로 추정이 됩니다. 사실 정이분 환자분께서는 지난 몇 달 전부터 거의 매주 다녀가셨습니다. 매번 혼자 오시더군요. 그때마다 증상이 심상치 않은 것 같아서, 제가 정밀검사를 해보자고 몇 차례나 말씀을 드렸는데, 항상 '괜찮다, 괜찮다.' 하시면서 오히려 여길 다녀가신 것을 가족들에게는 알리지 말아달라고, 아주 신신당부를 하셨습니다. 어느 날에는 문득, '보험카드의 방문기록을 지워주면 안되겠느냐.' 하고 말씀하시더군요."

"으흠."

"어쨌든, 이게 이번 검사기록입니다. 당 수치도 상당히 높은 상태이셨고, 또 좌측 콩팥엔 주먹만 한 크기의 종양이 이미 커질 대로 커져있는 상태셨습니다. 부정맥도 상당히 악화된 상태에서 심장도 요 정도로 작아져 있었구요. 종양은 검사를 더 해봐야 알겠습니다만, 아마도 악성일 가능성이 높습니다. 외람된 말씀입니다만, 환자분이 이 지경이 되도록 주변에서 아무도 모르고 계셨다는 것이 저희로서는 도저히…. 어쨌든 의학적으로는 사실상, 이미 운명하신 것이나 다름없습니다. 희망을 드리지 못해 죄송합니다. 보호자 분들께서 상의하셔서 현명하게 결정하시는 게 좋을 것 같습니다. 그럼."

담당의사의 말을 떠올리던 김 선생은 어느새 주르륵 눈물을 흘린다. 잠시 후, 간호사가 중환자실 문을 열고 나와 김 선생에게 들어가 보라고 눈짓을 하고는 자리를 비켜준다. 들어오지 않는 힘을 쥐어 짜 힘겹게 걸음을 옮겨 정 여사가 누워있는 침대 곁으로 다가간다.

침대에 가지런히 누워있는 정 여사의 표정이 여느 때보다 편안해 보인다. 왜 몰랐을까. 이제와 돌이켜보니 평소 정 여사의 표정은 웃고 있어도 어딘지 항상 어색한 느낌이 들었던

것 같다. 아마도 몸속에서부터 소용돌이치며 올라왔을 고통
들을 힘겹게 버티고 있었을 정 여사이다. 어쩌면 모든 고통
을 포기하고 풀어 놓은 지금이 홀가분할지도 모르겠다는 생
각이 들었다. 안쓰럽고 미안한 마음에 정 여사의 손을 쥐려
고 보니, 꼭 쥐고 있는 하트문양의 손수건이 보인다. 울컥한
마음이 올라와 손수건을 빼서 쥐고는 돌아서서는 온몸으로
흐느껴 운다. 한참을 진이 빠지도록 울던 김 선생은 조용히
울음을 멈추고는 다시 돌아서서 손수건으로 정 여사의 얼
굴이며, 손발을 닦아준다. 한참을 닦고 또 닦고….

"여보, 당신과 이승에서의 연은 이제 다했나 봐. 미안해,
미안해. 고마워, 여보. 먼저 가 있어. 미안해, 고맙고."

그렇게 정 여사의 손을 꼭 쥐고서 말을 건네고 있자니, 정
여사의 눈에서 눈물이 흐른다. 김 선생의 눈물이 정 여사의
눈에 떨어진 것인지 정 여사가 눈물을 흘리는 것인지 알 수
가 없다. 어쩌면 아마도 김 선생의 말을 듣기라고 한 것일까?

"당신이 울긴 왜 울어? 이런 젠장, 인생 뭐 있어? 다 그런
거지. 나 원망 하지 마. 당신 팔자야! 누가 나 같은 놈한테 시
집 오래?"

정 여사의 눈물에 더 마음이 아파온다.

"울긴 왜 자꾸 울어…. 응? 뭐라고?"

정 여사의 얼굴에 작은 미소가 떠오르는 것 같았다.

"응? 노래? 이젠, 내 차례라고? 평생 당신이 들려줬으니 이젠 내 차례라고?"

아무런 미동도 대답도 없는 정 여사이지만, 김 선생에게만 들리는 말인지 혼자서 이 대답 저 대답 이야기를 나눈다. 식물인간이라고 해도 말하는 얘기는 다 듣는다고 하더니, 떠나보내기 전 아쉬운 속내라도 다 전하고 싶어서였을까. 꼭 쥔 손을 어루만지며 쉼 없이 말을 꺼내 놓는다. 그리고는 정 여사의 눈가에 맺힌 눈물을 조심스레 닦아준다.

"왜 자꾸 울어, 이 할망구야. 웃어야지! 웃어! 뭐? 막내? 이런, 막내 걱정은 마. 내가 알아서, 내가 다 알아서 한다고. 다 준비해 놨어. 당신은, 당신은 그냥 잘 가."

김 선생은 정 여사에게 그동안 미뤄왔던 말들을 계속 쏟아낸다.

"곧 갈게! 알잖아? 당신이 미리 가서, 자리 만들어 놓고, 예쁘게 하고 기다리고 있어, 응? 거기선, 거기, 내가 잘할게, 여보."

김 선생의 목소리는 눈물을 삼키려는 듯 심하게 떨린다.

"사랑해요. 사랑했어요! 내 말 들리지? 당신을 사랑한다고!"

혹시나 들리지 않을까 힘껏 소리를 내어 소리를 내던 김 선생은 정 여사의 손을 가지런히 모은다. 그리곤 팔을 머리 위로 올려 하트 모양을 만들어 보인다.

"이거 봐, 이거 보여? 보이지? 사랑한다고, 당신을 사랑한다고!"

김 선생은 결국 오열하고 만다.

"여보, 여보!"

스스로 생각해도 바보 같은 짓이고 부질없는 행동이다. 그동안 분명 많은 시간과 기회가 있었을 텐데 너무 안일했다는 마음이 들었다. 이깟 게 뭐라고! 자존심이 뭐라고! 다정한 말 한 마디나 행동들을 아끼고 살았을까. 정 여사를 힘껏 소리 내어 부르던 김 선생은 힘이 겨운지 침대에 등을 기대며 스르르 주저앉더니 혼자서 중얼거리듯 이야기한다.

"다 부서졌다고? 폐에는 종양이 있고 위에는 진통제가 한가득 차 있다고?"

김 선생은 기가 막혔다. 정 여사의 고통이 어제오늘의 일이 아니었을 것을 생각하니 그간의 자신의 무심함과 습관처럼 의지하던 자신의 나약함이 너무나 원망스러웠다. 지나간 시간을 떠올리자 정 여사의 한마디 한마디가 알게 모르게 자신의 상태를 들려주고 있었고, 무심하게 지나쳤던 정 여사의 행동들이 사실은 지금의 상태들을 알려주고 있었다. 조금만 신경 썼으면 알아챘을 순간들이었다. 어쩌면 그리도 무심했을까. 어쩌면 그리도 자신만 생각했을까. 세상에 태어나 지금까지 살아오면서 가장 후회되고 자신이 미워지고 또 미워진다.

그렇게 스스로를 책망하며 한참을 울다 보니 나이가 들어 그런지 어느덧 눈물도 나오지 않는다. 나이가 들어 몸이 메마르니 마음도 메마르고 눈물까지 메마른 것 같다는 생각이 들자, 문득 고개를 들어 힘겹게 몸을 일으킨다. 어느덧 김 선생의 손이 정 여사의 다리를 훑어 배를 타고 입 주변까지 이른다. 그 순간 김 선생의 시선은 정 여사의 얼굴을 덮고 있는 산소 호흡기를 응시하고 있었다. 정 여사가 참아내고 있을 고통이 더 이상은 지켜보기가 어렵다.

한참을 산소 호흡기를 바라보며 옅게 이어지는 맥박의 신호음을 듣고 있던 김 선생의 눈이 크게 흔들린다. 미동도 없이 가만히 누워있던 정 여사의 가늘게 뜬 눈에서 한줄기 눈물이 새어 나왔다. 그리곤 산소호흡기의 습기 차인 흐릿한 표면 너머로 정 여사의 옅은 미소와 함께 김 선생이 잡고 있던 정 여사의 손을 통해 미세하게 죄어오는 힘이 느껴진다. 순간 김 선생의 몸이 한차례 바르르 떨리는 듯하더니 말랐던 눈물이 볼을 타고 흘러내려와 김 선생의 미소 띤 입가에 머문다.

"그래, 알아. 인사를 하는 게야. 그런 거지?"

"미안해, 정말 미안해. 그렇게 많은 세월을 당신 얘기 제대로 한 번 들어볼 생각을 못하더니… 이제야 이 지경이 돼서야 당신이 하는 얘기를 알아들으니 미안해…"

마치 그 말을 알아듣기라도 한 듯 정 여사가 열아홉 살 시절의 하얀 미소를 머금으며 스르르 눈을 감자 김 선생은 천천히 손을 내밀어 정 여사의 산소 호흡기를 살포시 들어 올린다.

"애썼어. 잘 가."

장지에서 돌아와 가족끼리만 둘러앉았다. 예전 같으면 김 선생의 잔소리와 아옹다옹 세 자녀들의 소소한 언쟁, 그 사이에서 분주한 정 여사의 어르고 달래는 소리로 가득 차 있었겠지만, 중간 중간 훌쩍대는 소리만 들릴 뿐 적막하다. 잠시 후 적막함을 깨고 아들 경원의 목소리가 들려온다.

"아버지, 저희 집으로 가세요. 제가 잘 모실게요."

"거긴 안 돼! 올케도 없는 집에 남자들끼리 무슨… 아버지, 민서방 하고 얘기 다 끝났어요. 앞으론, 제가 잘 모실게요. 곧 분가하는 대로 모셔갈게요."

"언니, 오빠는 이제 가! 당분간은 내가 여기 있을 거니까."

이때쯤이면 큰소리로 호통을 쳤을 김 선생이 아들딸들의 소리는 들리지도 않는지 어느새 수척해진 몰골로 콜록콜록 기침을 한다.

"아버지! 뭐 좀 올려드릴까요?"

"그래요, 누나! 따뜻한 국물이라도…."

"내가 할 거야."

정연이 나서며 언니와 오빠를 제지한다. 그리곤 아버지를 강하게 부여잡고는 절실한 표정으로 이야기한다.

"아버지! 아버지라도 좀 기운을 차려! 산사람이라도 살아야지!"

"정연아…."

언니 정임이 정연을 진정시키려 나서보지만 정연의 신경은 오로지 아버지에게만 쏠려 있다.

"상중에도 물 말고는 아무 것도 안 드셨잖아!"

"거기, 앉거라."

"왜, 또…."

"앉아. 그리고 앞으로 나 밥 안 먹는다. 권하지 마라."

곡기를 끊겠다는 아버지의 말에 형제들은 애간장이 탄다. 엄마가 돌아가신지 얼마나 되었다고 이러다가는 아버지까지 세상을 등질 기세라 걱정스런 마음에 어쩔 줄 모른다. 부모들은 자식을 위한 시간을 살아가지만 자식들은 자신들을 위한 시간을 살아가기 바쁘다. 살면서 공기처럼, 물처럼 언제든 필요하면 있어주는 존재라 느끼기에 부모에 대한 순서를 뒤로 미루게 된다. 어머니가 돌아가시고 나서야 자신들이 부모와 함께할 시간이 영원한 것이 아님을, 그리 많은 시간이 주어지지 않았음을 깨닫게 된다. 언제나 든든한 버팀목이 되어주던 엄마의 죽음으로 혼란과 두려움을 느끼고 있을 즈음, 아버지의 난데없는 선언은 모두들 당황스럽게 한다.

"아버지!"

"아버지, 왜 그래?"

"아버지 심정은 알겠지만, 그러신다고 엄마가 다시 돌아오진 않으세요."

"다시?"

김 선생의 시선이 정면에 걸려있는 정 여사의 영정으로 옮겨간다. 한참을 바라보다 방 안 구석구석을 천천히 기억을 더듬듯 둘러본다. 정 여사의 흔적이 배어 있는 곳곳에 그녀의 모습들이 아른거린다. 빨래를 개고, 자신을 위한 한약 팩을 준비하고, 하얀 약통에서 약을 꺼내어 먹고….

'아차!' 그랬었구나. 어째서 그동안 약을 먹는 모습을 한 번도 주의 깊게 살피지 않았을까. 조금만 관심을 가졌었더라면 무슨 약인지 알 수도 있었을 텐데, 어째서 그토록 자연스러운 일상으로 여기며 지냈을까. 언젠가부터 자리에서 일어날 때마다 짧게 새어 나오는 신음소리하며, 앉고 일어설 때마다 무릎을 짚어야 했던 순간들이 주마등처럼 스쳐갔다. 머릿속에 생생하게 떠오르는 정 여사의 모습들이 언제든 그녀의 상태를 알려면 알 수 있었다는 죄책감을 더하게 했다. 김 선생의 몸이 가늘게 떨리더니 이윽고 뭔가 결심이라도 한 듯 자식들을 돌아보며 나직하게 말을 이어간다.

"너희들, '꿩 먹고 알 먹고'가 어디서 나온 말인지 아니? 원래 꿩이라는 새는 말이야, 조금은 아둔하거든. 그런데 예전에는 그렇게 자주 산 속에다 불을 질렀어요. 화전을 일군다고 말이지. 그렇게 불을 놓으니 산속의 짐승들은 다 어떻게 됐겠어? 지 새끼가 있거나, 지가 낳은 알이 있거나, 다 도망을 치거나 날아갔겠지? 근데, 꿩만은 안 그랬다는 거야. 인근 저수지에 가서 온몸에 물을 적셔다가, 왔다 갔다 계속하면서 지가 낳은 알을 적셔주고, 열기도 식혀내면서 끝끝내 지켜줬다는 거지. 미처 알에서 깨어나지도 못한 새끼 알을 꼬옥 품고, 그 뜨거운 불 속에서! 그러니, 불이 다 꺼진 다음에 산에 올라가서 보면 새카맣게 그을린 어미 꿩 밑에는 반드시, 반드시 새끼 알이 있었다, 그런 얘기야."

형제들은 아버지의 이야기에 뭐라 대답을 해야 할지 몰라 가만히 듣고 있을 뿐이다. 김 선생은 고개를 숙이거나 훌쩍이고 있는 자식들의 얼굴을 하나하나씩 찬찬히 훑어본다.

"막내, 너, 사귀는 사람 있다고?"

"아버지…."

"막내야, 살아보니까 말이야, 인생이 참 짧더구나. 게을리

하지 말고, 하고 싶은 일, 열심히 해. 그래도 짧으니까."

"아버지, 왜 그런 말을 해."

"그동안 미안하다. 부모가 돼가지고, 돕지는 못할망정 허구한 날 뜯어 말리기만 해서. 헌데, 사실은….

"알아요, 아버지. 나도 다 알아!"

"기왕에 시작한 거니까 잘해야 한다, 알았지?"

"아버지…."

"야무지게, 야물딱지게!"

"응, 두고 봐요. 아버지! 꼭, 꼭 성공하고 말 테니까!"

정연은 눈물이며 콧물이 범벅 된 얼굴로 한 걸음 물러서더니, 씨익 웃으며 머리 위로 하트를 그려 보인다.

"사랑해요, 아버지!"

"밥은 꼭 챙겨 먹고! 에휴. 생전에 너희 엄마가 너 연극하는 걸 꼭 한 번 보고 싶다고 그렇게 노래를 했었는데….

옅은 한숨을 쉬고는 정연의 양 옆으로 서 있는 정임과 경원을 둘러본다.

"뭐니 뭐니 해도, 동기간 우애가 최고예요. 동기간의 정보다 더 나은 건 없거든! 하니 너희들도 앞으로는….

"아버지! 잘할게요. 제가 잘할게요."

"아범아!"

"네, 아버지!"

"혹시 말이야, 애비한테 무슨 일이 생기더라도, 나 때문에 괜한 돈 쓰고 그러지 말거라."

"아버지!"

"니 엄마한테 하루라도 빨리 가고 싶어서 그러는 거니까, 병원비니 뭐니, 나한테 괜한 돈 쓰지 말라고."

듣고 있던 큰딸 정임이 나선다.

"아버지, 왜 자꾸 그런 말씀을 하세요? 제가 잘 모신다니 까요? 앞으론 제가 잘 모실게요. 잘 모신다 구요."

"너희들, 다 같이 노래나 한 곡 해라!"

김 선생의 말에 모두 어리둥절한 표정이다.

"뭐해! 네 엄마 살아생전 맨날 하던 거, 그거 한 곡 하라고! 기러기도 있고, 귀뚜라미도 있고…. 곡 하라고, 이놈들아! 어서! 네 엄마 잘 가라고, 걱정 말고 잘 가라고! 어서!"

이어 정연이 엄마의 영정을 품에 안더니 흐느끼는 소리로 노래를 시작한다.

"울 밑에 귀뚜라미 우는 달밤에, 기럭기럭 기러기 날아갑니다."

"다 같이!"

경원이 따라 부르고, 정임이 따라 부른다.

"한 번 더!!"

"가도 가도 끝없는, 넓은 하늘을, 엄마 엄마 부르며 날아갑니다."

울음 반, 눈물 반으로 엮어진 소리는 말 그대로 노래를 한
곡 하는 것인지, 곡소리를 하는 것인지 알 수 없을 정도로
구슬프다. 자식들의 노래를 듣던 김 선생이 조용한 목소리
로 노래를 따라 부르기 시작한다. 생전에 불러주지 못했던
노래라도 불러주려는 듯 마음을 다해 정 여사를 떠올리며
부르는 모습이다. 김 선생의 노래가 자식들의 목소리에 섞여
지더니 어느덧 마지막 후렴구는 김 선생의 목소리만 나지막
이 들리다 이내 조용히 멈춘다. 다 마쳤다. 홀가분하다. 큰딸
정임이 아버지의 등 뒤로 다가와 어린아이 달래듯 감싸며 토
닥인다.

"아이고, 우리 아버지 어떻게 해. 불쌍한 우리 아버지….
아버지, 기운 내셔. 우리가 있잖아요. 앞으론, 제가 모실게요.
민서방하고 얘기 다 끝났어요, 네? 기운 내셔. 제가 잘 모신
다니까요."

"혼자 있고 싶다. 다들 돌아가라."

"아버지!"

"고생들 했어!"

혼자 있고 싶은 아버지의 마음을 헤아리는 듯 경원이 다
가와 누나 정임을 일으켜 세워 방을 나간다. 하지만, 막내는
차마 자리를 뜨지 못한다. 아버지의 뒷모습이 처연해 발걸음

이 떨어지지가 않는다. 어렵게 한 발 놓았을까.

"얘, 막내야!"

"네, 아버지."

"애비가 한 번 업어 줄까?"

정연은 아버지의 말이 무슨 뜻일지 곰곰 생각한다.

"올 가을엔 애비하구 단풍 나들이도 같이 가고!"

정연이 아버지를 바라보았으나 아버지의 시선은 엄마의 영정으로 향해 있다. 그제야 정연은 아버지가 자신이 아닌 엄마와 이야기 하고 있음을 알아차린다. 와락 하고 아버지의 무릎에 정연이 안겨 흐느낀다.

"아버지!"

"네 엄마가 보고 싶어!"

"아버지!"

"네 엄마가 보고 싶어서, 힘들어! 네 엄마가 너무 보고 싶어서…"

"아버지, 하고 싶은 말씀 다해. 담아 놓지 말고, 꾹꾹 눌러 병 만들지 말고, 다하시라고, 체면 보지 말고, 다해, 이 바보야!"

"네 엄마가…"

"그래, 계속 묻어두고, 마음에도 없는 말, 생각에도 없는 말, 그런 말만 하지 말고!"

정연의 목소리가 높아지자 밖에 나가 기다리던 경원과 정임이 들어와 모습을 지켜본다. 이내 김 선생이 울분을 토하듯 큰소리로 부르짖는다.

"보고 싶어!"

"그래, 하고 싶은 말씀 다 하셔! 아버지면 다야? 아버지면 다냐고?"

"네 엄마, 평생 고생만 시키고, 약 한 번 제대로 써보지도 못하고!"

"그리고!"

"돈도 없고!"

"그리고!"

"아픈 줄도 몰랐고!"

"그리고, 또!"

"먹고 싶다는 거, 입고 싶다는 거, 제대로 한 번 해주지도 못하고!"

"또!"

"택시도 한 번 태워주지도 못하고! 여보, 여보 미안해! 내가 잘못했어. 내가 잘못했어, 여보!"

다정다감하지는 못했지만, 비록 넉넉하게 살도록 해주지는 못했지만 이 정도면 늘 남편으로서, 가장으로서, 아버지로서 책임을 다하고 있다고 생각했다. 표현은 못했어도 50년을 살면서 정 여사 이외에 다른 여자를 떠올려본 적도 없었고, 오로지 한 여자만을 사랑했으며, 동료들과의 술자리도 꼭 가야 할 이유가 있는 경우가 아니면 피할 정도로 자신을 위해 돈을 쓰려고 하지 않았다.

자식들에게도 자신이 살아 온 어려움을 안겨주지 않기 위해 안간힘을 썼다고 생각했기에 그만하면 잘했지 싶었으나 모두가 착각이었던 것 같다. 생각해보니 온통 미안한 일투성이다. 울부짖던 김 선생이 벌떡 일어나 정 여사의 영정 앞으로 다가간다. 떨리는 손으로 사랑했던 아내 정이분의 환한 웃음을 마주하고는 오열하며 절을 올린다. 일 배, 이 배, 삼 배…. 백 번을 절을 올리고 천 번을 절을 올린들 미안함이 사라지지도 않을 것이지만 뭐라도 해야만 할 것 같아 참을 수가 없었다.

"여보, 미안해, 여보, 미안해. 내가 잘못했어. 내가 잘못했어, 여보."

온전치 않은 다리로 끊임없이 절을 하는 아버지를 말려야 할 것 같은데 누구도 섣불리 나서지를 못한다. 수 없이 절을 올리며 미안함을 쏟아내던 김 선생이 어느 순간 절을 한 채 몸을 들썩이며 흐느끼는 것 같더니 미동도 하지 않는다. 경원이 걱정스런 마음으로 아버지를 일으키기 위해 한 걸음 나서는 순간, 파도에 쓸린 모래성이 허물어지듯 김 선생의 몸이 바닥으로 스르르 기울어진다. 정연과 경원, 정임이 잠시 동안 아버지를 바라보다가 경원이 조심스레 아버지에게 다가간다. 지친 아버지를 일으켜 방으로 옮겨 드릴 생각이었으나 아버지의 몸에 아무런 힘이 들어가 있지 않음을 느낀다.

"아버지?"

아버지를 부르는 경원의 소리 뒤에 짧은 정적이 이어지더니 이내 정연과 정임의 찢어질 듯한 외침이 이어진다.

"아버지!"

"아버지!!"

"안돼요!"

"안돼!!"

열아홉의 곱디고운 정이분을 만나 한 평생 한 여자만을 사랑했던 김만복의 생의 끝은 그렇게 찾아왔다. 생전에 미처 표현은 못했지만, 50년을 한결같이 사랑했던 아내, 정이분. 그토록 사랑했던 아내가 떠나자, 곡기마저 끊고 자책과 통한에 젖어 그립고 그리운 정이분을 찾아 남편 김만복은 6일 만에 먼 길을 따라 나선 것이다.

김 선생의 영정은 호상을 상징하듯, 화려한 꽃으로 장식되어 있다. 그리고 장례식이 끝난 후, 정임의 집으로 옮겨진 노부부의 영정 사진 밑에는 김 선생과 정 여사가 지난번 공원에서 함께 찍은 사진이 덩그러니 놓여있다. 아이와도 같은 천진함과 환한 웃음을 머금은 채 서로의 어깨에 기대어 맞잡은 손을 절대 놓지 않으려는 듯 소중하게 꼭 쥐고 있었다.

**

"여기까지네요. 제가 해 드릴 수 있는 저의 이야기가."

어느새 눈물을 흘리며 훌쩍이고 있는 윤희와는 달리 이야기를 들려주던 정연의 모습은 무척이나 평온했다. 차분한 모습으로 설명을 마무리 하는 정연의 모습을 보자 윤희는 울고 있는 자신이 겸연쩍어 얼른 자세를 고치며 눈물을 닦아낸다.

"죄송해요, 이야기에 몰입을 하다 보니 저도 모르게."

"괜찮아요. 너무 태연해도 이상한 거죠. 저는 이미 흘릴 만큼 눈물도 흘렸고 지금은 아버지와 엄마를 마음속에 담아 두었으니까요. 여전히 철없는 막내처럼 눈물이나 흘리며 지난 시간을 후회하면 아버지나 엄마가 걱정하실 거예요."

"아, 네…."

무척이나 안정되고 차분한 정연의 모습을 보니 그녀가 들려준 이야기 속 정연의 모습과는 사뭇 달랐다. 가만히 보고 있자니 빛이 나는 것 같기도 하고 지금의 자신의 처지와 비교되어 부럽기도 하다. 부드러운 눈빛으로 미소를 지으며 윤희를 바라보는 정연이지만 왠지 눈을 마주치기가 어려운 생각이 들어 윤희는 자신도 모르게 창가로 고개를 돌린다. 그제야 다시금 눈에 들어오는 건너편 풍경에서 윤희는 아까와는 다른 장면을 마주한다. 종합병원 셔틀버스. 정신이 번쩍 든 윤희가 급하게 고개를 돌려 정연을 바라본다. 이번에는 아까와 다르게 정연의 얼굴을 똑바로 마주하며 반짝이는 눈빛으로 상기되어 이야기한다.

"저, 저기! 혹시 저 건너편이!"

정연은 대답 대신 미소로 화답한다. 그렇다. 조금 전까지는 그저 창밖으로 보이는 평범한 풍경이었지만 이야기를 듣고 나니 생생하게 다가온다. 서둘러 병원으로 길을 재촉하는 김 선생과 벤치에 앉아 숨을 고르는 정 여사. 손수건을 꺼내 펼쳐보며 소녀처럼 행복해 하는 모습과 길에 쓰러진 정 여사를 안고 오열하는 김 선생. 모든 장면이 생생하게 살아나고 있었다. 택시를 타지 못해 힘겨워 하던 정 여사가 앉아 있던 벤치 앞에는 이제 30분 간격으로 노인 분들을 태워 옮겨주는 셔틀버스가 다니고 있다. 그리고 그 버스를 기증한 것은 늘 아버지와 엄마의 애간장을 태우던 철부지 막내딸 정연이었던 것이다. 윤희는 정연에게 조심스레 묻는다.

"그럼, 조금 전에 택시를 타고 오신 것도, 그 질문을 했을 때 부모님의 말씀을 해주신 이유가…?"

"그래요, 맞아요. 제 얘기를 귀담아 들어주셨네요. 고마워요."

윤희의 질문을 받자 정연은 한층 더 부드러워진 목소리로 대답했다. 아마도 자신의 얘기를 귀담아 들어준 것에 대해서도, 아버지와 엄마를 향한 자신의 마음을 알아봐 준 것도 고마운 것일 테다. 정연은 윤희를 향해 짧게 미소를 띠고는 창밖의 풍경을 바라보며 턱을 괸다. 잠시 풍경을 바라보며 회상에 젖는 듯하더니 셔틀버스에 올라타는 노부부를 유심히 살피고 있다. 남편으로 보이는 할아버지가 걸음이 불편한 할머니가 혹여 다칠까 조심조심 신중하게 부축하여 오르고 있다. 그런 모습을 정연은 무척이나 흡족하게 바라보고 있었다.

"아버지는 엄마를 보내고 나서 삼우제 내내 택시 얘기를 하셨죠. '그때 내가 택시라도 태웠더라면, 택시라도 태웠더라면…' 하고 후회와 함께 마음 아파 하셨어요. 이후로는 택시를 타는 버릇이 생겨 버렸죠. 엄마가 타지 못했던 택시, 아버지가 태우지 못했던 택시. 막내딸 시집보내려 택시비를 아껴 모은 돈이 너무나 싫었어요. 그럴 바에야 그 돈으로 우리 엄마가 타고 싶어 하시던 택시나 원 없이 타야겠다고 생각한 거죠. 좀 우습죠?"

"아, 아니요. 전혀 우습지 않은걸요!"

많은 사람들의 스포트라이트를 받는 배우 김정연. 조금 힘든 과거가 있었다는 얘기는 선배기자가 이곳저곳 수소문하여 썼던 기사를 통해 알고 있기는 했지만 이렇듯 깊은 상처가 있을 줄은 몰랐다. 순간 정연의 사적인 이야기를 그저 가십거리로 여기고, 또 그런 분위기에 편승해 특종기사나 잡겠다고 이 자리에 앉아있는 자신이 한심하고 부끄럽기까지 했다. 오늘 이야기는 없던 셈 치고 그만 일어나야겠다고 생각하는 찰나 정연이 말을 건넨다.

"아직 점심 전이죠?"

"네?"

"식사요, 아직 식사 전이지 않아요? 나는 좀 배가 고픈데."

그러고 보니 출출하기는 했다. 이른 시간부터 긴장 반, 설렘 반으로 아침도 걸렀고 이야기를 듣다 보니 어느새 점심시간이 지나고 있었다.

"점심시간 지나고 나면 못 먹어요."

"네? 뭐를?"

"국수요, 동치미 국수. 여기 사실 꽤 맛있는 동치미 국수집이거든요. 근데 점심시간 이외에는 차만 팔고 있어서요."

"동치미!"

순간 윤희는 급하게 주변을 둘러본다. 소박하고 정갈한 인테리어에 그저 약간은 특별한 분위기의 전통찻집이려니 했는데 이제 보니 한쪽 벽에 처음보지만 낯설지 않은 사진이 걸려있었다. 서로의 손을 혹시라도 놓칠까 있는 힘껏 꽉 쥐고 서로에게 기대어 활짝 웃고 있는 노부부. 누가 말해주지 않아도 윤희는 남편 김만복 선생과 아내 정이분 여사의 사진이라는 것을 알 수 있었다. 아…! 핑 도는 눈물과 함께 코끝이 찡해온다. 어느덧 온몸에는 소름이 돋았다.

"가끔씩 쉬고 싶었어요. 세상이 너무 힘들거나 막막할 때, 내가 내 자신을 잃어버릴 것만 같을 때, 자주는 아니어도 가끔 어울리는 언니나 오빠의 가족들을 만날 때, 여기 이 자리에 앉아서 건너편을 바라보면 마음도 편해지고 꼭 아버지와 엄마를 마주하고 있는 기분이랄까?"

"그럼 이곳 주인이…."

"맞아요. 저예요."

윤희는 문득 자신이 마시고 있던 찻잔 밑의 냅킨을 쳐다보았다. 한쪽 모퉁이에 빨간 하트가 찍혀져 있는 냅킨에는 선명하게 찻집의 이름이 새겨져 있었다. 그랬다. 찔레꽃. 이야기를 듣고 나니 모든 것이 명확해진다. 울 밑에 우는 귀뚜라미 우는 달밤에 기럭기럭 기러기 날아갑니다. 엄마, 엄마 찾으며 날아갑니다. 이 노래의 제목이 바로 찔레꽃이었던 것이다. 음악 대신 찻집 안을 은은하게 채우던 새소리와 귀뚜라미 소리도 이야기를 듣는 내내 왜 그리 가슴에 내려와 앉았는지 알 것 같았다.

동치미 국수는 그간의 스트레스까지 풀어주는 듯 시원하게 윤희의 가슴을 뚫어주는 그런 맛이었다. 왠지 과음이라도 했다 치면 다음날 해장으로는 더 이상 없을 것 같은 기분이었다. 이야기도 좋았고 동치미의 시원한 국물도 좋았고 무엇보다 가식 없고 인간적인 모습의 배우 김정연의 모습을 볼 수 있어 좋았다. 특종에 대해서는 당분간 생각하지 않기로 했다.

정연과 인사를 나누고 전통찻집을 나오며 당분간은 아등바등 살기보다는 자신을 돌아보고 의미를 찾고 싶었다. 모처럼 홀가분하고 개운해지는 그런 기분을 느끼며 뒤를 돌아보자 저만치 멀어진 '찔레꽃'의 문 앞에서 활짝 핀 웃음으로 사람들을 맞이하는 정연의 모습이 보인다. 삼삼오오 정겹게 모인 모습이 아마도 큰아들 경원과 큰딸 정임의 가족임을 윤희는 알 것 같았다. 뿌듯하다. 자신의 일도 아닌데 잘된 일이라고 행복했으면 좋겠다고 생각했다.

몇 걸음 가던 윤희는 전화를 꺼내 친구 지영의 단축키를 누르다 멈칫하더니 이내 어딘가로 전화를 건다. 수화기 너머로 신호음이 가다가 '여보세요.' 하고 전화를 받는 소리가 들리자 윤희가 밝은 목소리로 통화를 한다.

"아빠? 응, 저예요. 급한 일? 문제? 아니, 아니야."

"별 일 있는 건 아니구, 이번 주 금요일에 저녁 먹으러 갈게요. 아버지 좋아하시는 야채곱창 사서, 돈요? 아니, 돈 필요한 거 아니구, 그냥 아버지랑 한 잔 하고 오랜만에 엄마랑 잠도 좀 자고 싶어 그래요. 자고 나서 아침에 병원도 같이 가요."

"해가 서쪽에서 뜨면 또 어때! 서쪽이든 동쪽이든 날만 밝으면 됐지! 아무튼 나 금요일에 가요. 네, 그때 봐요."

가벼웠다. 몸도 가볍고 발걸음도 가벼웠지만 무엇보다 마음이 한결 가벼워졌다. 오늘 하루 공쳤다고 선배님에게 야단을 맞을 각오도 되어 있지만 휘파람을 불며 경쾌하게 걸어가는 윤희의 뒷모습은 좀 더 아름다운 내일을 기약하고 있었다.

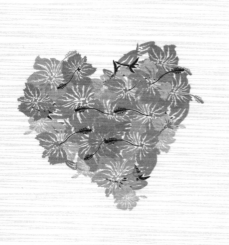

에필로그 1

　남자는 오늘도 땀을 흘리며 무거운 짐을 한 가득 실은 지게를 짊어지고 힘겹게 걸음을 내딛는다. 오늘따라 강하게 내리쬐는 햇살을 받으며 발길을 옮기고 있자니 가슴에서 화가 치밀어 오른다. 어째서 가진 것 없는 집안에 태어나 매일매일 이렇듯 쉴 없이 일을 해야만 하는 걸까, 생각을 하면 할수록 억울하기도 하고 자신을 낳아준 부모님이 원망스럽기까지 하다.

　"에잇, 에잇, 매일 같이 이런 의미 없는 일 따위 다 때려치라지! 도대체 언제까지 이 짓을 반복하며 살아가라는 게야?"

남자는 자신이 무엇을 위해 애를 쓰고, 무엇을 위해 기를 써야 하는지 도통 이해할 수가 없자, 천상 죽을 때까지도 알수 없는 노릇이 아닌지 짜증이 났다. 손에 든 막대로 길가에 난 키가 큰 풀들을 때려가며, 애써 지쳐가는 자신을 추스르고 있자니 어디선가 아련하게 노랫소리가 들려온다. 남자가 작게 들려오는 노랫소리에 이끌리듯 따라가 보니 고운 자태의 소녀가 길가에 나있는 풀밭 위에서 뭔가를 찾는 듯 집중을 하고 있는데, 입으로는 지금껏 들어본 적이 없는 노랫말을 흥얼거린다.

'에델바이스, 에델바이스. 아침 이슬에 젖어.'

무엇 때문이었을까? 가만히 노래를 듣고 있자니 조금 전까지 화가 나있던 자신이 어느새 차분해지고 원망스럽던 마음이 말끔히 씻기는 기분이 들었다. 최면이라도 걸린 듯 노랫소리를 듣고 있는데 남자의 낌새를 느꼈는지 소녀가 자신을 돌아본다. 그 순간 남자는 자신의 눈을 의심하지 않을수 없었다. 선녀라도 내려온 것일까? 아무런 의심 없는 표정으로 자신을 쳐다보는 그녀의 모습에서 너무도 순수하고 맑은 영혼을 느꼈다. 눈빛을 마주하고 있자니 난데없이 심장이 쿵쾅거리고 다리가 후들거리는 것만 같아 도망치듯 자리를 떠나며 남자는 생각한다. 다시 만나고 싶다! 그 얼굴을 다시 한 번 봤으면 좋겠고, 그 노래를 다시 한 번 들을 수 있다면 좋겠다! 혹시라도 신이 정말로 있다면 조금 전 마주쳤던 소녀와 인연이 될 수 있게 해 줄 수 있을까? 만약 신이 자신의 소원을 들어 그녀와 함께할 수 있게 된다면 더 이상 바랄 것이 없을 거라는 생각이 들었다. 이제껏 살아가야 할 특별한 이유도, 매일같이 이어지는 고된 일들도 도대체 왜 계속해야 하는 것인지 납득이 되질 않았지만, 그녀와 함께 하는 것이 이유이자 목표가 된다면 이깟 어려움들 얼마든지 이겨내고 감당할 수 있을 것만 같았다. 아니, 할 수만 있다면 평생을 그리 하고 싶었다. 그렇게만 된다면 그동안의 품어왔던 모든 원망도 지운 채 그녀만을 위해 살아갈 수 있을 거라고 말이다.

하지만 자신의 처지를 너무도 잘 아는 그였기에 절대 있을 수 없는 일이라며 애써 고개를 저어 생각을 떨쳐낸다. 하지만 남자는 모르고 있었다. 어느새 자신이 에델바이스를 부르고 있다는 걸.

2

50여 년 동안 오로지 한 여자만을 사랑해 왔지만 늘 어색하고 쑥스러운 서툰 남자가 있다. 지금까지 살면서 할인 마트 외에는 물건을 사러 백화점에 갈 일은 없을 거라 생각했지만 오늘은 시간을 쪼개 백화점에 들른다. 낯선 곳이기는 해도 오늘만큼은 특별한 선물을 준비하고 싶다는 마음이 있기에 이리저리 분주한 사람들의 틈을 지나다 발길을 멈춘다. 그가 멈춰서 곳은 형형색색 아름다운 문양들이 자태를 뽐내고 있는 손수건들이 진열된 매장이었다. 그리고 그의 눈에는 어느덧 순백색의 하얀 손수건이 들어온다.

"어서 오세요. 찾으시는 상품 있으시면 안내해드릴게요."

"아, 네. 저 하얀색 손수건⋯."

"어머, 손님. 안목이 있으시네요. 저 상품을 말씀 드리자면⋯."

"저것으로 주세요."

"네?"

"달라구요. 저 하얀색 손수건으로."

"아 네. 저 손님, 혹시 선물 하실 거면 포장을 해 드릴까요?"

"아니요. 제가 직접 할 겁니다."

"아 그러신가요? 그럼, 잠시만 기다려주세요. 손님."

여러 가지 색상들과 문양들이 가득한 진열장 안에서 유독 눈이 부신 하얀 손수건이 서툰 남자의 마음을 이끈다. 온통 새하얀 색이 열아홉 어린 나이에 자신의 품으로 날아와 새하얀 미소를 보여주던 그녀의 맘과 참 비슷하다고 생각했다. 무엇보다 마음에 드는 것은 손으로 전해오는 촉감이었다. 부드러운 감촉의 손수건을 만져보면서 이 정도면 그녀의 여린 피부와 잘 어울릴 것 같았다. 서툰 남자는 카운터에서 내미는 손수건을 받아 들고는, 계산을 하며 선물을 받을 그녀를 떠올린다. 더위를 타지 않던 그녀가 얼마 전부터 유난히 땀을 자주 흘리는 것이 몸이 많이 힘들어져 그런지 체질이 바뀌어서 그런지 알 수가 없다. 아무튼 땀이 흐를 때마다 그녀는 매번 손가방에서 자신이 사용하던 휴지를 꺼내어 땀을 닦는데, 워낙에 하얀 피부인데다가 가까이 들여다보면 실핏줄이 옅게 보이는 그녀라서 그때마다 여린 피부가 상할게 될까 마음이 쓰인다. 어떤 때는 밖에서 구한 싸구려 휴지라도 사용할 때면 휴지의 거친 표면이 피부를 자극하여 빨갛게 일어나는 경우도 몇 번인가 보았다. 안타까운 마음에 서툰 남자는 돌아오는 그녀의 생일날, 새하얀 손수건에 자신의 마음을 닮은 새빨간 하트를 새겨서 선물을 주기로 마음을 먹었다. 부드러운 표면의 손수건이라면 언제든 땀이 나더라도 그녀의 피부를 지켜줄 수 있을 것 같았다. 언제나 그렇듯 오늘도 표현이 서툰 그이지만 손수건 위에 선명하게 자리한 하트를 본다면 분명 사랑하는 자신의 마음을 알아주리라. 몸을 돌려 매장을 나서는 서툰 남자를 보며, 계산을 했던 매장 직원이 웃음을 짓는다. 그녀의 표정을 살피던 다른 직원이 궁금한지 질문을 건넨다.

"뭐가 그리 재미나서 실실 웃는 거야?"

"응, 방금 손수건을 사 가신 영감님 말이야."

"그 영감님이 왜? 별 말은 없으셨던 것 같은데."

"표정 못 봤어?"

"표정?"

"응, 지금까지 일을 하면서 그렇게 해맑고 기분 좋은 표정을 짓는 분은 처음 봤거든. 아마도 선물을 하실 분을 참 많이 좋아하시나봐."

"어머, 어머, 그래? 참 귀여우시다."

서툰 남자는 난생 처음 백화점에서 산 물건을 소중하고 조심스럽게 살펴보고는, 그 어느 때보다도 행복한 표정을 지으며 백화점 입구를 나섰다. 그리곤 아마도 자신이 그런 표정을 지을 수 있다는 것을 전혀 모른 채 집으로 향할 것이다.

3

오늘따라 그녀의 평소와 다른 모습에 서툰 남자는 당황스럽다. 대체적으로 투정이라 하면 표현이 서툰 남자가 그녀에게 할 수 있는 나름의 애정 표현이었기에, 그녀는 주로 투정을 받아주기만 했었다. 그런 그녀가 오늘은 에어컨이나 세탁기를 들이자고 투정을 부리고 있어서, 어떻게 받아들여야할지 쉽게 판단이 서질 않는다. 그녀는 여름에도 별로 더위를 타지 않아 늘 자신의 곁에 앉아서 부채질을 해주거나, 선풍기 옆에서 수박을 잘게 쪼개 주고는 했다. 선풍기 바람이라도 한참 쐬고 있을 때면, 역시 바람은 자연 바람이 최고라든지 그나마 선풍기보다는 부채로 부치는 바람이 좋다고 말하던 그녀였다. 어떤 날에는 할인 마트에서 세일이 많이 되고 있는 세탁기 옆을 지나다, 서툰 남자가 큰맘을 먹고 '세탁기라도 하나 들여놓을까?' 했더니, '빨래는 역시 손으로 해야 깔끔하다.'고 이야기하던 그녀였기에 더욱 어리둥절하기만 하다. 그런 그녀가 오늘은 제대로 마음을 먹었는지, 당장이라도 할인 마트로 달려가 에어컨이며 세탁기를 들여올 기세다. 기력이 쇠하여 더위라도 타기 시작한 걸까. 아니면 몸이라도 불편해져 빨래를 하기가 힘들어 진 것일까. 걱정이 앞서는 마음에 그녀를 위해서라면 당장이라도 달려가 사주고 싶지만, 때마침 얼마 전 막내에게 밀린 방세며 생활비를 보태준 참이다. 아쉬운 대로 어서 낡은 선풍기라도 손을 봐두어야겠다.

그녀는 오늘도 자식들이 챙겨준 보약을 내민다. 양도 적지 않아 충분할 것인데 왜 자꾸 나한테만 주는지 모르겠다. 같이 하나씩 먹자고 이야기해도 한사코 거절하는 그녀이기에 오늘부터는 아예 반 정도씩 남기기로 했다. 방법이 꽤나 좋아서, 역시나 남은 보약이 아깝다고 조금이라도 남을까 살뜰히 챙겨먹는 그녀를 보면 마음이 뿌듯하다. 이렇게라도 보약을 챙겨 먹이다 보면, 이제 그녀의 기력도 어느 정도는 좋아지겠지. 내일부터는 막내에게 주는 용돈도 좀 줄이고 돈을 모아 작은 에어컨이나 세탁기라도 사 줄 수 있었으면 좋겠다.

그녀가 고급 진동휠체어가 새겨진 전단지를 내민다. 계약금과 중도금은 자신이 넣어놨으니 인수비용만 지불하면 된단다. 생활비를 충분히 주지 못해 살림도 넉넉하지 못했을 텐데, 언제 이렇게 돈을 모아 준비를 했는지 속이 상했다. 걷기가 조금 불편하더라도 차라리 이 돈이면 에어컨이든 세탁기든 필요한 것을 살 수 있었을 텐데. 남자는 다리가 불편한 자신이 원망스럽다. 그녀가 집을 비운 사이, 남자는 서둘러 전화를 건다. 전화를 거는 곳은 다름 아닌 진동휠체어 회사다.

"여보세요? 미진상사입니다. 무엇을 도와드릴까요?"

"아 네. 저는 김만복이라는 사람입니다. 일전에 계약한 진동휠체어를 해약했으면 합니다."

통화를 끝낸 남자의 표정이 만족스럽다. 약간의 위약금을 물기는 했지만, 이 정도면 에어컨이나 세탁기 중 하나는 구매할 수 있을 듯하다. 내일은 병원에 다녀오는 날이니 돌아오는 길에는 할인 마트라도 들러야겠다. 그녀가 마음을 담아 성의 있게 준비해 준 진동휠체어를 못 사게 된 것은 미안한 일이기는 하지만, 에어컨이든 세탁기는 둘 중 하나를 사게 되면 분명 기뻐하겠지? 이제는 내게 필요한 것보다는 그녀에게 필요한 것을 우선 해주면서 살고 싶다.

4

수줍은 그녀가 있다. 열아홉 아무것도 모르는 시절, 감정 표현이 서툰 그를 만났지만 한 번도 후회해 본 적이 없다. 쏟아지는 햇살을 막아선 채, 자신을 멍하니 내려다보고 있던 남자의 모습을 그녀는 아직도 기억한다. 그림자가 드리운 얼굴을 자세히 볼 수는 없었지만 그의 모습은 어딘지 모르게 슬프기도 하고, 한편으로는 왠지 편안한 것처럼 보이기도 했다. 자신과 눈이 마주치고는 당황하여 도망치듯 뛰어가는 모습이 순수해 보이고, 귀여워 보인다. 가끔이라도 마을에서 일을 하고 있는 모습을 보기라도 할 때면, 딴 생각 없이 참 성실하게 일한다는 느낌이 들었다. 언젠가는 네 잎 클로버를 찾고 있는 그녀에게 한 움큼의 네 잎 클로버를 전해 주고는 도망치듯 사라진 적이 있는데, 표정 없는 그가 어딘가에 숨어서 네 잎 클로버를 찾고 있었을 모습을 생각하면 자신도 모르게 미소가 지어지곤 했다. 50년 함께 한 세월 동안 늘 어린아이처럼 툴툴대기 일쑤고 때로는 고집불통이지만, 표정으로 드러나는 그의 감정이 백 마디 말보다도 분명한 소리가 되어 가슴에 들리기에 그녀는 늘 행복하다.

오늘도 그녀는 다리가 불편해진 남자를 따라 병원에 갔다. 한 번 시작하면 한참이 걸리곤 하는 물리치료실에 그를 들여보낸 후, 의자에 앉아 기다리는데 명치가 콕콕 찌르듯 아프더니 속이 답답해진다. 며칠 전부터 소화가 안 되는 듯하다. 그녀는 벽에 걸린 시계를 잠시 바라보더니 틈을 내어 내과에 가기로 했다. 여기저기 손가락으로 배를 눌러보던 의사 선생님이 고개를 갸우뚱하더니 당분간 정기적인 진찰과 검진을 위해 방문하는 것이 좋겠다는 말을 한다. 그 뒤로 여러 번 물리치료를 위해 그를 따라 나설 때마다 진찰과 검진을 받았는데 생각보다 의료보험비가 꽤 나왔다. 참을 만한 것도 같으니 당분간은 약이나 먹으며 버티는 것이 좋겠다.

요즘 따라 통증이 찾아오는 시기가 잦아들고 그 범위가 점차 넓어지는 게 신경 쓰인다. 게다가 땀도 많이 나고 그간 먹어 오던 진통제만으로는 버티기 힘들어졌다. 컨디션이 많이 안 좋아지는가 싶어 오랜만에 병원을 갔다. 친절하던 의사가 처음으로 화를 낸다.

"환자분, 제가 거르지 말고 정기적으로 방문하시라고 말씀 드렸는데 어째서 지금에서야 오신 겁니까?"

"저기, 그게 참을 만한 것도 같고, 시간도 잘 나지를 않아서요."

살짝 미소를 띠며 약간의 변명을 하고 있으려니, 의사가 미간을 찌푸린다.

"참을 만하다고 말씀을 하시니, 환자분이 무디신 건지…. 암튼 참 대단하십니다."

"왜 그러세요, 선생님?"

"저희 간호사가 예약을 잡아 드리기 위해 몇 번이나 전화를 드렸을 텐데요?"

"받기는 받았는데 제가 혼자 병원에 올만한 처지가 아니거든요."

"말씀 잘하셨습니다. 솔직히 이제는 혼자 오시면 안 될 것 같네요. 남편분이든 자녀분들이든 다음번에는 꼭 보호자와 함께 오세요."

"뭐 어디가 많이 안 좋은가요? 다음부터는 꼭 제때에…"

"아직 상황을 잘 인식하지 못하시는 것 같아 다음부턴 꼭 병원에 제대로 오시라는 의미에서 말씀을 드리겠습니다. 이 말씀 들으시고, 다음 진찰 때는 반드시 보호자를 동행하세요."

의사는 곧 차분한 어조로 그녀에게 청천벽력 같은 이야기를 전했다. 잠시 후, 병원을 나서던 그녀는 발걸음을 멈춰 하늘을 바라본다. 하늘은 여전히 푸르고, 곁을 스치는 바람은 이렇듯 아직 내가 살아 있음을 얘기하는데, 이제는 저 하늘도 볼 수 없고, 바람도 맞을 수 없다고 하니 그녀에게 있는 시계만 유독 빨라서 남들보다 시간을 곱절은 써 버린 걸까? 길을 지나는 사람들을 바라보자 모두들 아무렇지 않은데 오직 나에게만 큰일이 생긴 것 같으니 세상이 갑자기 야속하기만 하다. 누구에게도 얘기 할 수 없는 이 사실은 나 혼자 가슴에 묻고, 50년을 함께 살아오며 사랑했던 그를 위한 준비를 해야 될 때가 된 것 같다.

그는 유독 더위를 잘 타서 여름마다 힘들어 한다. 그때마다 부채질도 해주고 시원한 수박도 잘라 주고는 하지만, 앞으로가 걱정이다. 이제 얼마 남지 않은 시간이 다 쓰여 그를 남긴 채 떠나게 되면, 부채질을 해줄 사람도 없을 것이요, 그의 땀내가 밴 옷가지들을 정성껏 빨아줄 이도 없을 것이 신경 쓰인다. 고민 끝에 에어컨이나 세탁기라도 사두려고 했지만 얼마 전 막내의 밀린 방세며 새로 이사한 곳의 보증금까지 내어 준 것을 알기에 그에게 부담을 줄 수가 없다. 그나마 진동휠체어라도 준비해 줄 수 있으니 얼마나 다행인가.

요즘엔 늘 고집불통에 오로지 직진뿐인 그가 홀로 외로이 남게 될 것이 가장 걱정이다. 평소 그에게 연정을 보이는 노인정 오 여사라도 있어주거나, 곧잘 다투기는 해도 친구처럼 지내는 홍 씨나 임 씨라도 어울려준다면 좀 덜할 수 있을까? 그때를 위해 미리 정이라도 베풀어 인연을 쌓아 두는 중이지만, 이유를 알 리 없는 그가 홍 씨나 임 씨를 가까이 하는 나에게 신경을 쓰는 것 같아 그마저도 쉽지 않다.

막내딸의 집을 시작으로 큰딸과 아들을 만나 서로 모르고 있을 각자의 이야기를 해주었다. 그리고 그 이야기의 중심에는 늘 아버지가 있음을 아이들에게 일러주었다. 평소에는 투박하고 무서운 아버지일 테지만 얼마나 너희들을 사랑하는지, 얼마나 많은 희생을 통해 그 사랑을 실천해 왔는지 이야기 해주고 나니, 이제는 내가 없어도 아이들이 잘 챙길 것이라 생각이 들어 마음이 한결 편안하다.

　서툰 남자와 수줍은 여자가 있다. 오늘은 남자와 여자가 뒷산 공원에 오른다. 그들처럼 세월의 흔적이 느껴지는 작은 벤치에 앉아 그들이 머무는 임대주택을 바라보며 모처럼 서로가 서로에 기대어 두 손을 꼭 잡는다. 행복하다. 저무는 하늘을 바라보며 남자는 다짐한다. 그동안 자신만을 위하며 고생해 준 그녀를 위해 이제부터는 원 없이, 조금의 모자람도 없도록 자신에게 허락되는 시간을 모두 바치겠다고. 그가 스스로의 결심을 다지듯 그녀의 손을 꼭 움켜쥐자, 풀 내음이 배어 개운하게 스치는 바람을 느끼며 그녀는 생각한다. 더 이상은 자신을 갉아먹는 시간에 두려워하며 미련을 두지 않겠다고. 오늘 하루가 자신의 사랑을 보상받는 최고의 시간이 되었음을 감사하며 서툰 그를 이제는 그만 놓아주겠노라고.

에필로그 2

　그토록 서로를 사랑하던 그와 그녀가 떠났다. 이제는 남겨 질 그를 걱정하던 그녀도, 먼저 떠나간 그녀를 그리워하며 슬퍼하던 그도 다른 세상 어딘가에서 서로의 어깨를 빌려주 며 후회할 일이 없는 사랑을 나누고 있으리라.

　정임은 외출할 준비를 하다가 문득 화장대 한쪽에 있는 아버지와 엄마의 사진을 본다. 아버지의 장례를 치르고 나 서 얼마 뒤, 막내 동생인 정연이 전해 준 사진이다. 그리고 그녀의 가게인 '찔레꽃'에 걸려 있는 사진이기도 하다. 엄마와 아버지를 6일 간의 차이를 두고 보내게 되어 정신이 없던 정연이 나중에서야 카메라를 쓸 일이 있어 저장된 사진들을 살펴보다 찾아낸 사진이었다.

"언니? 오늘 시간 좀 있어?"

"응, 근데 정연아. 너 목소리가 왜 그래? 감기라도 걸렸어? 이제는 너도 건강 좀 챙겨야지."

"그냥 감기야. 나야 몸은 항상 지독하게 건강하잖아."

정연을 만나러 간 곳에서 온통 빨갛게 일어난 얼굴로 퉁퉁 부운 두 눈의 동생을 만날 수 있었다. 처음 사진을 발견했을 때 동생은 눈이 붓고 목이 쉬어 더 이상 소리가 나오지 않을 때까지 펑펑 울었다고 한다. 그것은 정임도 마찬가지여서 정연에게서 건네받은 사진을 보고는, 두 손을 꼭 잡고 그 어느 때보다도 행복한 표정의 두 분을 바라보고 있자니 온몸에 힘이 다 빠져나갈 때까지 울음을 멈출 수가 없었다. 그렇게 두 자매는 서로가 서로를 위로하며, 잠시 동안 세상을 잊은 듯 슬픔을 나누었다. 지난번 부모님의 짐들을 정리하면서 장롱 속 몇 안 되는 앨범 속 사진들을 발견했지만, 그 양이 많지도 않았을 뿐더러, 사진 속 아버지의 표정은 모두 무표정이라 마지막에 발견된 사진만한 것이 없었다. 형제들에게는 보물과도 같은 사진이었다.

"언니, 나 있잖아."

아직 돌아오지 않은 목소리로 정연이 이야기한다.

"사실은 엄마가 함께 병원에 가자고 한 적이 있었어. 근데, 근데 말이야. 바쁘다는 핑계로 거절을 했던 거야. 일정이 있기는 했어도 마음만 먹으면 충분히 빠질 수 있었는데 말이야."

정연의 안타까움과 죄책감이 떨리는 목소리를 통해 그대로 전해져 왔다. 정임은 그런 동생의 손을 가만히 감싸주듯 쥐어준다.

"그날 엄마가, 언니라도 시간이 좀 되는지 물어봤었어. 그때 내가 언니한테 엄마 얘기를 전해 주기만 했어도…. 그럼, 그랬다면 말이야. 상황이 조금은 나아지지 않았을까? 응?"

정임은 그날이 언제 즈음이었을지 생각이 났다. 재호 아빠가 아이들을 데리고 귀국한 날이었다. 귀국하자마자 시댁에 모여 몇 일간 지내고, 이후로는 시부모님을 모시고 아이들과 여행을 다녀왔다. 그리고 분명 임플란트 때문에 전화를 했던 정연에게 엄마에게는 알리지 말아달라고 부탁을 했었다. 전화를 받았거나 얘기를 전해 들었어도, 자신 또한 병원에 가지 못했을 것이 뻔했다. 엄마와 병원에 가지 못한 스스로를 책망하고 있는 정연을 보고 있자니, 그 마음을 알 것 같아 가슴이 아팠다.

정연과 헤어지고 난 뒤, 집으로 돌아온 정임은 화장대 한쪽에 부모님의 사진을 잘 보이도록 세워 두었다. 아버지를 보내고 나서 정임은 얼마지 않아 분가를 할 수 있었다. 갑작스레 엄마를 떠나보내게 되자, 정임은 너무 괴롭고 힘들기도 했지만 쓸쓸하고 적막한 곳에 홀로 머물 아버지를 생각하니 너무도 속상해 견딜 수가 없었다. 그런 정임을 헤아려 준 남편은 괴로움과 슬픔으로 하루하루 수척해지는 정임을 보고 분가하여 아버지를 모시자고 먼저 이야기해 주었다. 사실 분가에 대한 이야기야 부부 사이에서는 꽤 이전부터 계획을 세우고는 있었지만 한창 사업을 확장 중이던 남편이 바쁘기도 하고, 시댁 어르신들의 눈치를 보는 중이어서 쉽사리 얘기를 꺼내지 못하던 중이었다. 하지만 정임만큼은 끔찍이 아끼는 남편인지라, 정임이 시부모님의 눈을 피해 화장실에서 소리를 삼키며 훌쩍이거나 홀로 남게 된 아버지를 걱정하는 모습을 보기가 딱했는지 과감하게 결단을 내려준 것이다. 결국 아버지를 모시는 일은 할 수 없는 일이 되어버렸지만 결혼을 해서 지금까지 정해진 틀에 얽매어 살아오던 정임이 비로소 자신의 생활과 시간을 가지게 되었으니, 어찌 보면 분가는 부모님이 정임을 위해 만들어준 선물일지도 모르겠다.

이제는 분가를 한 집에서 지낸지도 꽤 많은 시간이 지난 지금, 그렇게 소중한 부모님의 사진을 바라보다가 시간을 확

인해보니 잠시 후 만나기로 약속한 정연은 먼저 가게에 나와 있을 시간이다. 두 시간 후에 '찔레꽃'에서 만나기로 했는데 지금은 아마도 소개를 받았다는 기자와 함께 인터뷰를 하고 있을 테지. 최근 들어 누구에게나 인정받고 제법 잘 나가는 배우가 되었기에 꽤나 자랑스럽고 또 사랑스러운 막내 동생이다. 이 모습을 부모님이 보셨다면 얼마나 기뻐하셨을까. 순간 코끝이 또 찡해온다.

정연과는 어렸을 때부터 시집을 갈 때까지 한방을 쓰며 지냈고, 무척 귀여워하고 아꼈던 동생이기도 했는데 정임이 결혼한 이후로 얼굴을 보기가 힘들어지면서, 한때는 서로 지독하게 냉랭한 시기가 있기도 했다. 아마도 어떤 오해가 있을 거라 생각은 하였지만 그것이 무엇인지 동생의 마음을 알 수가 없었다. 그저 몸이 멀어지면 마음이 멀어진다고 자주 만나지 못하니 서운한 마음에 그럴 것이라 짐작을 하는 정도가 고작이었다. 아무튼 자신을 꽤 잘 따르던 동생이 어느 날부터는 자신을 볼 때마다 차가운 표정으로 변해서 매번 톡톡 쏘아대는 통에 마음이 여린 정임은 꽤 속상하기도 했는데, 무슨 계기가 있었는지는 모르겠지만 그런 서로의 어색한 관계에 먼저 손을 내밀어 준 것도 정연이었다. 이후 다시 돈독한 사이가 되어 지난 시간을 보상이라도 하듯 함께 어울려 식사도 하고, 쇼핑도 하고, 수다를 떨기도 하다 보니 어느 날, 동생이 제안을 한 가지 해왔다. 함께 '찔레꽃'이라는 전통찻집을 내자는 것이었다. 정임은 동생의 제안을 듣자마자 찻집 이름이 무엇을 의미하는지 대번에 알 수 있었다. 그도 그럴 것이 아버지가 어머니를 따라 세상과 이별하던 날, 마지막으로 형제들에게 부르도록 했던 노래의 제목이기 때문이다.

"찔레꽃? 예전에 엄마가 즐겨 부르시던 노래 제목 말이야?"

"응, 내 생각에는 그게 제일 잘 어울릴 것 같거든."

"그 보다 갑자기 전통찻집이라니. 촬영이나 스케줄 때문에 바쁘지 않겠어?"

"나야 그렇지. 그러니 생각 끝에 이렇게 언니한테 협조를 구하고 있는 거 아니야."

"그야 뭐, 나는 어떻게든 되겠지만."

갑작스런 제안이기는 했어도, 정임은 정연의 의견이 싫지는 않았다. 확실히 분가 이후 요즘은 자기 의지대로 시간을 사용할 수 있는 환경이 되기도 한데다가, 아버지와 엄마를 떠올릴 수 있고 기념할 수 있는 공간을 만들자고 하니 정임도 무척 괜찮은 일이 될 것 같다고 생각했다.

"그래, 괜찮은 생각인 것 같다. 위치는 어디쯤으로 생각하고 있는데?"

정연이 창쪽으로 고개를 스윽 돌린다. 정임이 정연의 시선을 따라 고개를 돌리니 건너편에 아버지와 엄마가 다니시던 병원이 보였다. 그리고 그 앞으로는 두 분이 종종 앉아 쉬셨다는 벤치가 자리 잡고 있었다. 듣기로는 정연이 저곳에 병원을 왕복하는 버스를 기증할 거라는 소식을 접한 적이 있다.

"꽤 많이 생각한 모양이로구나. 이름도 그렇고, 이곳이면 위치로는 딱 좋은 것 같네."

"응. 그렇지? 근데 말이야, 그 보다도 더 마음에 드는 계획이 있거든."

"더 마음에 드는 계획? 그게 뭔데?"

"동치미."

"동치미? 동치미가 어쨌다는 거야?"

정임은 정연이 동치미 얘기를 꺼내자 잊고 있었던 그리운 맛이 떠올랐다. 그냥도 맛이 있었지만 정연이나 경원에 비해 몸이 약한 정임이 입맛이라도 없거나, 속이 좋지 못할 때면 늘 엄마가 담그신 동치미를 먹고는 했다. 그러면 신기하게도 잃었던 입맛이 돌고, 더부룩하던 속이 시원하게 뚫렸다.

"응. 점심시간에만 한정적으로 동치미 국수를 팔자는 거지."

"점심식사? 동치미 국수를?"

가게의 이름도, 가게의 위치도 마음에 들었지만 점심시간에는 동치미 국수를 판다는 아이디어가 너무 좋았다.

"생각이 좋기는 한데, 다른 건 몰라도 엄마가 담가 주시던 동치미를 무슨 수로 판다는 말이야?"

"그야 나하고 언니가 하기에 달렸지."

이후로 정연과 정임은 전통찻집 '찔레꽃'을 열기 위한 준비에 들어갔다. 무엇보다 가장 핵심이 되는 동치미를 담그는 법에 대해서는 정임이 시집을 가기 전 엄마를 도와 담거나 했던 적이 있어서 몇 번의 시도 끝에 제대로 된 순서나 발효시간 등을 기억해 낼 수가 있었고, 맛에 대해서는 혀끝의 기억을 정확하게 가지고 있는 동생 정연의 검증을 받으면서 충분히 자신할 정도의 수준이 되었다. 무엇보다 동치미를 함께 재현해 내면서 지난 시간 동안 가지지 못했던 자매의 시간을 나누고, 이런저런 많은 이야기를 하면서 과거의 다정했던 자매로 관계를 회복할 수 있어 좋았다.

특히 정임의 입장에서는 모든 것이 즐겁기만 했다. 앞으로 가게를 하게 되면 사랑하는 동생 정연과 서로 이야기를 하는 시간도 더 많아질 테고, 과거와는 달리 이제는 정임 스스로를 위한 시간들이 주어질 수 있다. 그리고 찻집을 운영하며 예전부터 관심 있어 하던 찻잔 세트들에 대한 취미도 살릴 수 있어서 정연의 제안을 받아들이지 않을 이유가 전혀 없었다. 남편에게 이야기를 하자 무척이나 기뻐하면서 기꺼이 자금을 제공해 주었다. 남편도 자신의 바쁜 일정 때문에 정임이 장인어른이나 장모님에게 충분히 하지 못했다는 아쉬움과 죄책감이 있어서 이제는 처가의 일이라면 웬만한 일은 적극 나서주고 있었다.

오늘은 정연을 비롯해 경원의 식구들이 함께 가게에서 모이기로 한 날이다. 정임은 특별히 새로 담근 동치미를 가지고 나갈 참이다. 어느 정도 외출준비를 마치고 자신을 태우러 올 남편을 기다리고 있는데 화장대에 올려놓은 핸드폰이 울린다.

"여보세요? 응. 재호 아빠. 어디? 근처에 다 왔다구? 그래요. 난 준비 다 됐으니 오기만 하면 바로 나갈 수 있어요."

남편이 근처까지 다 온 모양이다. 정임은 슬슬 일어나 김치냉장고에 넣어둔 동치미 통을 꺼내든다. 그리곤 통을 가만히 보았다. 차마 말하지 못한 그날의 기억이 가슴 속에서 슬며시 떠오른다.

그날도 정임은 여느 때처럼 외부행사에 끌려 다니느라 정신이 없었다. 최근에는 입맛도 없고 컨디션도 좋지 않아서 몸에는 기운이 하나도 없는데 벌써 두 번째 행사장에 나와 있는 중이다. 요즘은 한창 남편이 총괄 기획하여 새로 론칭

한 신제품의 홍보를 위해 이곳저곳 발표회장을 따라다니고 있다. 행사장마다 인사를 나누어야 하는 사람도 많아서 잠시 구석에라도 몸을 숨겨 앉아 있노라면 어김없이 자신을 찾는 소리가 들리니 맘 편하게 앉아 있을 수도 없다. 친하게 알고 지내거나 면이 있어 대충의 정보라도 가지고 있는 사람들의 경우는 그나마 나은데 종종 얼굴을 마주친 경우는 있으나 프로필이 잘 기억이 나질 않는 경우에는 어색한 미소나 지으며, 기억도 나지 않는 상대 얘기에 호응을 하고 있자면 울고 싶을 때도 있다. 머리는 아침나절부터 띵하고 울리고 있고, 더부룩 답답한 속은 소화제를 먹어도 도무지 진정될 기미를 보이지 않는다. 가까스로 두 번째 행사를 마치고 나니 남편이 정임의 곁으로 다가온다. 아까 전부터 정임의 모습을 주시하고 있었기에 지금의 몸 상태가 평소와 같지 않음을 알 수 있었다.

컨디션이 많이 안 좋아 보이는데, 어디 불편한 거 아니야?

"응, 요즘 잠을 통 제대로 못 잔데다가, 속이 안 좋아 음식을 제대로 먹지 못했더니 조금 어지럽고 답답하네."

남편은 힘들어하는 정임을 지그시 바라보며, 하긴 그럴 만도 하다는 생각이 들었다. 집안의 살림은 남의 손에 맡기는 것이 아니라고 여기는 아버지의 성격 때문에, 2층짜리 넓은 주택을 낮 동안 청소를 돕기 위해 잠시 들리는 아주머니

외에는 혼자서 관리하고, 삼시 세끼를 비롯해 매번 시부모님 수발까지 들고 있는데다 밖으로는 회사의 행사나 모임자리에 빠지지 않고 동행을 해온 터라 쉴 틈이 없었을 것이다. 게다가 사람들 만나는 일이라는 게 여간 신경이 많이 쓰이는 일이 아니던가. 정임을 끔찍이도 아끼는 남편은 잠시 시계를 보더니 정임에게 이야기한다.

"다행히 다음 모임은 와인 파티라 나야 론칭 기념사를 해야 하니 먼저 가 있어야 하겠지만, 당신은 밤에만 잠깐 들러 얼굴을 비추면 될 것 같아. 아예 가지 않는다고 하면 아버지가 뭐라 하실 테니 나 먼저 가있으면 당신은 집에 들러서 좀 쉬다가 나오도록 해. 집에다가는 미리 연락해서 내가 부탁한 것을 가져다 달라고 한 것으로 얘기를 해두도록 할 테니."

"하지만 나 혼자 집에 들르면 이상하게 생각하실 텐데. 게다가 오늘은 집에도 아버님 손님이 오시는 날이라구요."

"오늘은 당신이 없는 날이라 출장 음식들로 주문을 했다니, 크게 손가는 일은 없을 거야. 집에다가는 내가 미리 전화해서 충분히 설명해 놓으면 될 테고."

"아무리 그래도."

"어허. 이 사람이. 안 그래도 처가에 얼굴을 자주 들이밀지 못해서 미운털이 박혔을 텐데, 당신 병까지 낫다고 하면 나중에 정말 뵐 면목이 없어지는 거 몰라? 이제 바쁜 일들 정리되고 나면 처가댁에도 자주 가고 할 건데, 평균 점수는 유지해야 할 것 아니야."

참 고마운 일이다. 여러 가지로 신경이 많이 쓰이는 시댁 생활에서 그나마 위안이 되고 견뎌낼 수 있는 것은 남편의 이런 사랑과 진심어린 배려 때문일 것이다. 오늘은 시댁에서도 손님을 접대하는 중이라 정임은 썩 내키지는 않았으나 몸 상태가 더 심해지기 전에 한두 시간만이라도 쉬어야겠다는 생각이 들었다. 결국 행사장을 나선 정임은 택시를 타고 시댁으로 들어가는 초입에서 내렸다. 속이 좋지 않으니 멀미를 하는 것 같아서 바람도 쐴 겸 걸어서 갈 요량이었다.

'아. 이럴 때 엄마가 담가주신 동치미라도 있다면 참 좋을 텐데.'

택시에서 내려 길을 따라 걷다보니 복잡한 사람들 사이에서 잘 모르는 사람을 향해 지어야 하는 상투적인 미소도 필요 없고, 머릿속에 울려대던 여러 사람들의 말소리가 가시는 것 같아 조금은 기분이 나아지는 듯했다. 남편의 말을 듣기를 잘했다 생각하며 집이 보이는 골목 어귀를 돌아설 때 즈음 정임의 귀에는 낯익은 목소리가 들려온다.

"그나저나, 저희 애가 많이 부족하지요?"

정임의 귓속으로 정확하게 들려오는 또렷한 어투와 음성, 그것은 분명 아버지의 목소리였다.

정임은 지금 생각해 보아도 그날 자신이 왜 그런 행동을 했는지 스스로 이해가 되질 않았다. 그토록 보고 싶고 의지하고 싶던 아버지였음에도 불구하고, 시댁의 대문 앞에서 집 안으로 들어가지도 못하고 시어머니와 이야기를 나누고 있는 아버지를 보는 순간, 세상의 시간이 정지한 듯 몸을 움직일 수가 없었다. 급하게 몸을 숨겨 숨을 죽이고 있자니 아버지는 한참 자신에 대한 이야기를 하고 있는 중이다. 어려서 학교 다닐 때 그림 그리던 이야기며 달리기를 곧잘 했던 이야기, 집안 형편을 고려해 학교를 낮춰서 갈 수 밖에 없었던 이야기 등 자신을 위한 이야기를 열심히 설명하고 계셨지만, 이야기를 듣고 계시던 시어머니의 표정은 지금도 잊을 수가 없고, 상황을 보니 차마 그 앞으로 나서기가 어렵겠다는 생각이 들었다.

골목 안에서 서성이며 고민을 하던 정임은 이야기가 끝나기를 기다렸다가 아버지가 돌아가실 때 인사라도 드려야지 하고는 마음을 먹었다. 오랜만에 아버지께 인사를 드릴 걸 생각하니 어느덧 정임의 마음은 편안해지고 아버지를 비롯해서 엄마에 대한 소식까지 여쭤보고 싶은 말들이 자꾸만 생각나서 급기야 설레기 시작했다. 잠시 후 시어머니와 인사를 나누고 아버지가 돌아선다. 이제 서로 몇 걸음만 걸으면 얼굴을 마주하는 순간이다. 아마도 자신을 보면 깜짝 놀라며 기뻐하시겠지? 마주쳤을 때 울어야 하나 웃어야 하나? 두근거리는 마음을 진정시키며, 자신의 방향으로 걸음을 옮기는 아버지를 따라 골목에서 나서려는 찰나, 정임은 동작을 멈춘다. 몸이 파르르 떨렸다. 정임은 한쪽 손을 자신의 입으로 가져가 새어나오는 울음소리를 틀어막는다. 자신의 눈앞에서 펼쳐지는 광경에 정임은 몸속에 있는 피가 모두 가슴으로 몰려와 금방이라도 터질 것 같았다.

아버지. 항상 남편으로서, 아버지로서 자세를 흐트리지 않고 가장으로서의 근엄함을 유지하던 아버지. 그 아버지가 지금 시댁의 문 앞에 엎드려 절을 올리고 있다. 절을 올리며 연신 자신의 딸을 잘 부탁드린다는 얘기를 하고 있는 아버지를 보고 있자니, 눈물과 콧물이 뒤섞여 얼굴을 어지럽혔다. 두 다리는 어느새 힘이 풀려 도저히 서 있을 수가 없었다. 간신히 골목 벽에 등을 기대기는 하였으나 곧 바닥에 주저앉아 울음을 쏟아냈다. 가끔씩 시댁의 화장실에서 소리내어 울지 않던 연습이 이렇듯 도움이 될 줄은 몰랐다. 잠시 후 절을 하던 자리에서 일어나 자신이 숨어 있는 골목 옆을 지나가는 아버지의 뒷모습을 숨죽여 바라본다. 그리고 속으로 수 백 번 아니 수 천 번 죄송한 마음을 전한다.

'아버지, 죄송해요. 그리고 감사해요. 조금만 기다려 주시면 이제는 제가 아버지랑 엄마를 자주 뵈러 갈게요. 그리고

꼭 편하고 건강하시게 잘할게요.'

하지만 그 약속은 지켜지질 않았다. 그토록 마음속으로 강하게 다짐을 했건만, 엄마가 그렇게나 큰 아픔을 혼자서 인내하고 계시는지 몰랐고, 아버지가 엄마에 대한 그리움이 뼛속까지 사무쳐 끝내는 돌아가시는 것을 막지 못했다. 결국 마지막까지 부모님께는 해드리는 것이 없이 받기만 하였다.

부모님이 돌아가시면서 분가를 하게 되었고, 두 분의 추억을 담은 작은 가게를 차리면서 정연과의 관계도 많이 회복될 수 있었다. 그리고 오늘처럼 엄마의 동치미를 통해 경원과 정연이 모두 모이는 뜻 깊은 날도 보낼 수 있게 되었으니, 아버지와 엄마가 살아계셨다면 무척이나 기뻐하셨을 일이다. 살아생전에 이렇게 하지 못한 것이 아쉽기만 하다. 돌아가시고 나서 후회하지 말고, 있을 때 잘하라는 말이 딱 이를 두고 하는 말인 것 같다. 한참을 지난 일을 떠올리고 있자 다시 한 번 정임의 휴대폰이 울린다.

"네, 재호 아빠. 집 앞에? 응. 그래요. 지금 바로 나갈게."

정임은 촉촉해진 눈가를 살짝 찍어내고, 동치미 통을 보자기에 싼다. 서둘러 문 밖으로 나서는 정연의 손에 들려진 동치미 통. 그것은 분명 기억 속의 그날, 아버지가 시어머니에게 전해주던 아주아주 소중한 추억과 맛이 담긴 그 동치미 통이었다.

에필로그 3

　경원은 요즘 부쩍 살이 올랐다. 역시나 밥은 밖에서 사먹
거나 인스턴트로 때우기보다는 정성이 들어간 집 밥이 최고
인 듯하다. 경원은 얼마 전 혼자 살던 원룸주택을 정리하고
네 가족이 살기 적당한 아파트로 이사를 하였다. 아이들의
오랜 유학생활을 정리하면서 두 아들은 물론 아내가 함께
한국으로 돌아왔기 때문이었다. 그토록 아버지가 바라던 일
을 늦게나마 이루어 오늘은 며느리와 손주들을 데리고 일찌
감치 아버지와 엄마를 모신 산소에 다녀오기로 했다.
　"여보, 여보. 이리 와서 이거 간을 좀 봐줘요. 이따 산소가는 길에 휴게소에서 먹을 건데, 간이 제대로 됐나 모르겠네?"

"응? 휴게소에서야 우동이나 사 먹으면 되지, 웬 김밥?"

"에휴, 당신도 참. 내가 있는데 왜 굳이 사 먹어요. 지금까지 숱하게 사 먹었을 텐데."

하긴, 그렇기는 그랬다. 기러기 아빠라는 게, 처음에는 나름 이것저것 챙겨먹으려고 신경을 쓰기도 하였지만, 점점 쌓여만 가는 설거지도 그렇고, 퇴근 때마다 늦은 시간에 마트에 들려 장을 보는 것도 쉬운 일이 아니었다. 그러다보니, 점점 간단한 인스턴트 음식으로 대체하기 시작했고 그 나마도 쓰레기를 줄이기 위해, 나가서 사 먹게 되었던 것이다. 그런 경원에게 지금은 때마다 끼니를 챙겨주려고 하는 아내가 옆에 있다.

"어때요? 간이 괜찮아요? 김밥은 워낙 오랜만에 싸봐서."

"응? 맛있는데? 정말 맛있어."

"그래요? 걱정했는데 다행이네. 그럼 이제 그릇에 담기만 하면 되니까 어여 준비해요. 애들은 내가 챙길게."

이전에는 산소에 가려고 생각하면 꽤나 먼 길이라는 느낌이 들어서 한번 가려면 엄두가 나질 않았는데, 갈 만하다 생각을 고쳐먹으니 그리 어려운 일도 아니었다. 앞으로는 종종 부모님께 손주들의 자라는 모습을 보여드려야겠다고 다짐했다. 외국의 도심에서만 자란 두 아들 녀석도 넓게 펼쳐진 하늘과 언덕에서 바라보는 시골마을의 풍경이 꽤나 마음에 든다고 했다. 차를 타고 가족들과 교외로 나들이라도 가는 심정으로 출발을 하는 경원은 자신의 차 안에 가득 찬 아내와 아이들을 보면서, 뿌듯한 느낌이 들었다. 그리고 처음 아내에게 전화를 하던 날을 떠올랐다.

아버지가 돌아가시고 나서 무척이나 고민을 하던 경원은 용기를 내어 전화기를 들었다. 사실 사업을 한번 실패하고 난 후로 서로 약간은 소원해진 아내와의 관계 때문에, 다시 합치기야 하였지만 어색하게 흐르는 기류를 메꾸지 못하고 지금처럼 떨어져 지내는 것이 편한 일일지 모른다고 생각했었다. 차라리 지금처럼 일 년에 한두 번씩 만나는 편이 그나마 반갑기도 하고, 아이들의 유학으로 떨어져 있는 상황이 표면적으로는 이상할 것이 없는 명분을 주기도 하였다. 그런 사정이 있었기에 매번 아버지께 싫은 소리를 들으면서도 아내에게는 쉽게 한국으로 들어오라는 말을 할 수가 없었다. 어쩌면 그 말 한마디로 지금의 균형조차 깨질지도 모른다는 두려움이 있었기 때문이다. 그것은 나름 가장으로서 경원이 가족을 유지하고 지켜내기 위한 방법이었는데, 오늘은 새롭게 마음을 다지며 큰 결심을 하기로 하였다. 아내에게 전화를 걸어 아이들의 유학생활을 정리하고 한국으로 들어와 모두 함께 지내도록 하자는 이야기를 할 참이었다. 아버지와 어머니가 돌아가시고서 경원이 생각을 해보니, 가족은 함께 있어야 의미가 있는 것이란 생각이 들었다. 한 공간에서 서로 마주하고 부대끼며 많은 생활을 공유하고 서로에 대해 늘 잘 알고 있을 필요가 있다고 생각했다. 그리고 언제 어떻게 될지 알 수 없는 게 사람 인생인지라 기회가 있을 때 함께 하지 않으면 무척 후회를 하게 될 것만 같았다. 하지만 자신만의 생각일 뿐, 외국생활에 익숙해진 아이들이 싫어할 수도 있고, 아이들의 교육도 그렇고 지금의 일상을 유지하고 싶은 아내라면 짜증을 내며 반대를 할 수도 있을 거란 생각이 들어 미리 마음의 준비를 하였다.

"여보세요. 응. 나야."

수화기 너머로 들려오는 아내의 피곤한 목소리에 침을 삼키며, 경원은 자신의 결심을 차근차근 설명해 나갔다.

"그래? 그렇다구? 정말? 어, 그래. 알았어. 그럼 다시 연락하기로 하자."

결과는 예상 밖이었다. 수화기 너머의 아내는 분명 울고 있었다. 하지만 그것은 슬퍼서 우는 것도 아닌, 화가 나서 우는 것도 아닌, 감동과 기쁨의 눈물이었다.

"당신 참 나쁜 사람이야. 그 말을 왜 이제야 해주는 거야.

내가 그 말을 얼마나 기다렸는데. 내가 여기서 혼자 얼마나 외롭고 힘이 들었는데."

아내는 경원의 말을 오래 전부터 기다리고 있었다고 했다. 사업에 망가져 폐인이 되었을 때, 아내는 남편의 곁을 지켜주고 싶었다고 했다. 그러나 마음이 황폐해지고 무너져버려 그 어떤 누구도 마음에 들일 틈이 없던 경원이 그녀를 밀어냈다고 했다. 그때는 그것이 경원을 도와주는 것이라 생각했으므로 조용히 기다릴 수 있었던 그녀였다. 그래서 경원이 아버지의 권유로 다시 합치자는 연락을 했을 때도 기쁘게 받아들일 수 있었다고 했다. 경원이 돌이켜 생각해 보니 그때는 몰랐는데 재결합을 위해 연락을 했을 때도 그녀는 분명 아무런 거부감 없이 한 번에 받아들였던 기억이 난다.

"어린아이들을 데리고 친정집에서 지내면서, 아버지의 눈치를 볼 때마다 내가 얼마나 힘들었는지 알아요? 마치 소박이라도 맞아 집으로 쫓겨 온 느낌이었다구요."

"아 그게 그랬었나?"

"당신이 다시 합치자고 했을 때, 그때의 기쁨과 반가움이란 아마 내 생에 최고의 날로 기억이 될 거라구요. 그런데, 합치고 나서 얼마 안가 나보고 애들과 유학을 가라니. 세상에 그런 생이별이 또 어디 있냐구요."

지금껏 아이들의 유학은 아내가 바라는 일이었다고 생각

하고 있었는데, 기억해 보니 그것을 권유한 것도 경원 자신이었다. 아버지가 찾아오신 뒤 경원은 아내와 다시 합쳐야겠다고 생각했다. 아버지의 뜻을 따르고 싶기도 했고 새롭게 시작하는 마음이 들기도 했기 때문이다. 하지만 오랫동안 혼자 지내는데 익숙해졌던 경원은 아내와 아이들을 보자 초조하고 긴장하기 시작했다. 일을 마치고 집을 돌아오면 이전의 트라우마가 자신을 괴롭혀서 또 실패할지도 모른다는 두려움이 일어났다. 결국 가족을 유지하면서도 자신의 부담과 두려움을 최소화 할 수 있는 방법이 유학을 권유하는 것이었다. 돌이켜 생각해보니 자신은 얼마나 많은 왜곡된 기억 속에서 스스로를 옭아매며 살아가고 있었던 것일까. 자신이 보내놓고는 지금껏 어쩔 수 없는 상황이라 여겨 전화를 할 때도 크게 결심이 필요했고 아내가 화를 낼까 걱정을 하였던 것이다. 만일 이런 착각을 이전에 알았더라면 집안에 일이 있을 때마다 부담을 느낄 이유도 없었을 것이고, 아버지나 어머니도 무척이나 기쁘게 해드릴 수 있었을 텐데 말이다. 모든 것이 아버지가 돌아가시고 나서야 자신의 잘못된 기억과 판단들이 바로 잡히는 기분이었다.

유학생활을 마치고 돌아온 아이들은 예상과 다르게 한국의 생활에 빠르게 적응해 나갔다. 무엇보다 아빠와 엄마가 함께 지내는 것에 대해서 무척이나 환영하는 모습이었고, 한국에 들어와서 가장 인상 깊었던 첫 번째가 할아버지, 할머니의 산소에 다녀온 일이라고 했다. 경원은 자신이 아빠로서 참 많은 것을 모르고 있었다는 생각이 들었다. 결국 그것은 할 수 있었던 많은 것들을 포기하게 만들었고 지워낼 수 없는 아쉬움으로 마지막까지 남을 것이다. 함께 지내는 동안 아이들을 통해 느낀 것은 오랫동안 가족 간의 정을 무척이나 그리고 있었다는 것이다. 아무런 연고도 없던 외국에서 지내다 돌아와 갑자기 다정하고 예쁜 고모가 두 명이나 자신들을 반겨주니 덩치도 큰 녀석들이 물 만난 강아지 마냥 좋아서 난리다. 오늘도 산소를 다녀온 뒤 고모들을 만나러 간다하니 아침부터 신이 나있다.

"나 말이야, 요즘 들어 살이 찌는 것 같아. 당신이 보기에는 어때?"

"음, 지금이 딱 보기 좋아요. 혼자서 지내는 동안은 솔직히 나 혼자서 산다고 광고하며 다니는 것 같았다니까요."

"으잉? 뭐야? 그 정도였어?"

경원이 얼굴을 살짝 찌푸리며 대답을 하자, 둘은 서로 바라보더니 잠깐 동안 큰소리로 웃는다. 이렇게 서로 다정한 이야기를 나누며 웃어보는 것도 참 오랜만이었다. 그 전에는 가끔씩 만나더라도 그저 형식적인 안부가 전부였고, 아이들의 성적이나 학교생활, 학비나 생활비 등이 대화의 대부분이었기 때문이다.

세상 속에는 말하지 않으면 알 수 없는 것들이 참 많다. 이 알 수 없는 것들은 상대가 알아차려 주기를 바라는 채로 기다리다 끝내는 지나간 후회로 남거나, 상처가 되어 상대를 찌르고 혹은 영원한 비밀이 되어 죽는 날까지 알 수 없는 진실들로 남겨지게 될 것이다.

아내의 웃는 얼굴을 바라보던 경원은 속으로 생각했다. 이제부터는 아내에 대한 솔직한 마음과 심정을 절대 숨기지 않겠다고. 지금의 행복한 감정과 사랑을 그리고 고마운 마음을 솔직하게 표현하며 살아야겠다는 생각이 들었다. 이번만 해도 만약에 자신이 아내에게 전화를 하지 않았더라면, 아내의 본심을 알 수가 없었을 테고, 아이들은 영영 외국에서 뿌리를 내렸을지도 모를 일이다.

에필로그 4

　방금 전 정연은 함께 공연하는 지영이 소개해준 친구를
만났다. 특별취재라는 형식으로 인터뷰를 한 것이기는 하지
만 모처럼의 편안한 대화를 나눈 것 같았다. 게다가 가족들
빼고는 누구에게도 쉽게 얘기하지 않았던 부모님에 대한 이
야기를 하고 나니 뭔가 후련한 마음이 들기도 하였다. 정연
이 보기에 윤희는 지영의 말대로 무척 솔직하고 밝은 성격
의 기운을 가지고 있는 것 같았다.
　"아마도 제 느낌에는 언니랑 무척이나 닮은 구석이 많을
것 같아요. 언니를 볼 때마다 윤희를 보는 것 같기도 하고,

윤희를 볼 때마다 언니를 보는 것 같기도 하고 그렇거든요."

과연 그랬다. 이야기를 하는 내내 그녀의 눈빛이나 행동, 반응들에서 과거 연극하던 시절의 막내 정연이 같다는 느낌을 받을 수 있었다. 그래서 더욱 솔직한 이야기들을 할 수 있을 것 같았고, 정연을 이해해 줄 것 같은 기분이 들었다. 그렇게 방금 전 기분을 떠올리며 자리를 정리하고 있는데 밖에서 정연을 부르는 소리가 들렸다.

"고모 니뿌니 잘근 고모!"

하하. 발음을 들어보니 유학파 출신의 덩치 큰 조카 민우의 목소리다. 반가운 마음에 문을 열고 나가니 이미 밖에서는 언니네 가족과 오빠네 가족의 상봉이 이루어지고 있었다.

"처제, 잘 있었어? 점점 이뻐지네?"

"어서 와요. 형부. 요즘도 계속 사업은 잘 되시죠?"

"하하. 본지 얼마나 됐다고 그 사이 사업이 크게 달라지겠어?"

"흥! 그런 식으로 치자면 저 역시 얼마나 됐다고 그새 얼굴이 이뻐져요?"

"오우! 노노노노노. 우리 잘근 고모는 진짜루 리얼리하게 마니 이뻐졌어요. 잇츠 리얼 판타스틱!"

능글맞은 조카 민환이 굴러가는 발음으로 정연을 칭찬한

다. 오빠의 아이들인 민우나 민환은 정연과 죽이 잘 맞아서 그런지 늘 정연을 잘 따르기도 하고 칭찬을 아끼지도 않는다. 아이들의 옆에서는 경원의 아내가 흐뭇하게 바라보며 경원의 팔짱을 끼고 서있다.

"언니, 팔짱 좀 빼요. 볼 때마다 그렇게 착 달라붙어 있으니 누가 보면 신혼인 줄 알겠어요."

"어머, 아가씨 안 돼요. 팔짱을 빼면 이 사람 또 날아가 버릴 것만 같단 말이에요 그리고 이렇게라도 하고 있어야 다른 여자들이 임자 있는 줄 알고 접근을 안 하죠. 솔직히 그동안 너무 혼자 있게 해주었다구요. 나 몰래 얼마나 총각행세를 하고 다녔을지."

"아니, 무슨 소리야. 당신이나 애들 뒷바라지 때문에 사업에 열중하느라 시간도 없었다구. 게다가 요즘은 살이 쪄서 날아가지도 못해요."

"하하하하하하!"

경원의 넉살 좋은 농담에 모두들 한바탕 웃음을 터뜨린다. 경원의 아내는 웃는 동안에도 팔을 놓질 않는걸 보니, 요즘의 생활이 무척이나 행복한 듯 보였다. 경원이 아내의 팔을 풀더니 어깨를 감싸며 정연에게 묻는다.

"근데 정연이 너, 예전에 얼핏 남자친구가 생겼다고 하지 않았어? 언제쯤이나 보여주려고 뜸을 들이는 거야?"

"아, 그거! 하하, 그게 말이지."

"그래요. 이제는 속 시원히 말 좀 해봐요. 다들 얼마나 궁금해 하고들 있다구요."

"맞아, 맞아. 나도 도대체 그 복덩이가 누군지 정말 알고 싶다고 처제."

예전에 엄마가 정연에게 찾아왔을 때, 물었던 적이 있었다. 다른 건 몰라도 아버지나 엄마의 소원은 정연이 괜찮은 남자를 만나 안정적이 삶을 살았으면 하는 것이라고. 정연이라고 그 심정을 모르는 바는 아니었지만, 그렇다고 없는 남자친구를 갑자기 만들어낼 재주는 없었다. 게다가 스스로가 남자를 만나거나 하기에는 자신의 욕심이 너무 크다고 생각하던 시기였다. 그래도 언제까지 아버지나 엄마에게 걱정거리를 안겨줄 수는 없어 대충 둘러댄 얘기였던 것이다.

"응, 엄마. 나도 요즘 열렬히 사랑하면서 사귀고 있어요. (일이랑) 너무 사랑해서 미치겠다니까."

정연은 그때 순식간에 퍼져가는 엄마의 행복한 표정을 보면서, 당분간은 그렇게 알고 지내는 게 서로에게 좋겠다는 생각이 들어 도저히 사실을 말할 수가 없었다.

"그게 사실이면 좋겠는데, 나도 둘러댄 이야기였다구요. 아버지랑 엄마랑 했던 약속들은 대부분 지켜가고 있는데, 그것만큼은 마음먹는다고 되지 않는 걸 어쩌라구요."

"뭐, 뭐야?"

정연의 뜻밖의 실토에 다시 한 번 가족들이 하나가 되어 웃음바다를 이룬다.

"자, 자, 여기서 이러고 있을게 아니라 일단은 안으로 들어가기로 해요. 사람들의 시선이 다 이쪽으로 모이고 있는 것 같다구요."

정임의 말에 모두들 안으로 들어간다. 입구에 들어서자마자 단란한 가족들을 맞이하는 사람이 있었으니, 바로 흐뭇하고 다정하게 웃고 있는 김만복 선생과 정이분 여사의 얼굴이다. 정임과 경원은 자리에 앉기에 앞서, 사진 앞에서 아버지와 엄마에게 인사를 올린다.

"아버지, 엄마, 저희 왔어요. 요즘은 저희 꽤 자주 모이죠? 엄마랑 아버지랑 살아계실 때 이렇게 자주 모였더라면 참 좋았을 텐데. 그래도 지금이라도 이렇게 모이니 얼마나 다행이에요. 아버지 엄마도 하늘에서 지켜보며 사진 속 모습처럼 웃고 계시죠. 그렇죠?"

정임이 부모님께 인사를 전하자 민 서방이 가까이 다가와 팔로 정임의 어깨를 두른다.

"장인어른, 장모님, 민 서방입니다. 그동안 저의 부족함으로 착한 딸을 불효여식으로 만들었네요. 그게 다 못난 제 탓이니 나중에라도 따님에게는 너무 노여워 마세요. 그동안 잘못한 만큼 이제라도 형제들과 함께 잘 지내도록 노력하겠습니다."

남편의 진심에 정임은 눈물이 흐른다. 정연이 언니에게 손수건을 건넨다.

"자, 자. 어서 자리에 앉아요. 이러다가 하루 종일 서 있겠어요."

워낙 크지 않은 공간의 아담한 찻집이라 가족들이 모두 모이니 꽉 들어찬다. 하지만 금세 민우나 민환이, 그리고 재호가 어울려 밖으로 나가 뛰놀기 시작한다. 덩치 큰 사내 녀석 세 명만 빠져도 가게가 확 넓어지는 느낌이다.

"이제 앞으로 애들이 결혼이라도 하게 되면 이곳에 모이는 것은 어렵겠네."

"언니는, 뭐가 걱정이야. 그때가 되면 가게를 더 늘리면 되지. 장소가 비좁아 가족이 못 모이게 된다면 말이 되겠어?"

그러자, 경원이 나선다.

"가게를 늘리는 것도 좋지만, 우리 세 가족이 가끔씩 모일 수 있을만한 집을 한 채 마련하면 어때?"

"집이라. 사실 그렇게 따지면 지금 있는 각자의 집에 모이더라도 가족들끼리는 충분히 모일 수 있으니 돌아가며 모이면 되지 않겠어?"

"음, 말이 나와서 말인데 사실은 말이야."

경원이 주위를 둘러보며 눈치를 살피더니 사진을 한 장 내밀었다. 모두의 시선이 사진으로 모여진다. 정연이 사진을 한참 들여다보더니 오빠를 쳐다보며 말을 꺼낸다.

"음. 이거 좀 바뀌기는 했지만 혹시?"

경원이 정연의 얼굴을 바라보며 고개를 끄덕이자, 옆에서 주의 깊게 사진을 살피던 정임도 확신에 찬 목소리로 말을 한다.

"맞아! 여기 이 감나무! 이건 분명 아버지와 내가 어렸을 때 심었던 감나무야. 이 수돗가! 그래, 여기 수돗가에 펌프가 사라지기는 했지만 자리의 흔적은 남아 있네!"

"응. 그래, 맞아. 건물의 색깔도 달라지고 군데군데 공사를 하고 있기는 하지만 분명 우리 집이네. 아니, 울 아버지가 처음으로 장만하셨던 바로 그 집!"

정임과 정연이 흥분해서 목소리를 높인다. 그리곤 한참을 사진을 들려다 보며 추억을 찾아내는 것 같더니 동시에 경원을 바라본다.

"그럼 아까 말 하던 집이 여기?"

"응, 맞아. 거기야. 사실 이미 얼마 전 계약을 해서 공사에 들어간 상태야. 전반적으로 구조는 살아있지만 건물 색깔이며, 곳곳에 기존 디자인을 고쳐놓은 곳이 있어서 형태는 원형을 복구하되, 시설은 현대적인 시설로 바꾸는 공사를 진행 중이야."

"응? 뭐야. 그럼 지금 이 공사가 오빠가 주문해서 진행하고 있는 거라고?"

"어머, 경원아. 이런 일이 있었으면 같이 상의를 할 일이지 왜 혼자서 그래."

경원은 동생과 누나가 번갈아 이야기하는 소리를 들으며, 아버지와 엄마가 있는 방향을 흘낏 바라보고는 말을 잇는다.

"그동안 살면서 제일 하고 싶었던 일인걸. 사실 아버지, 엄마만 살아 계셨더라면 이곳은 우리가 모이는 장소가 아닐 두 분이 사시는 곳이 되었을 거구."

"그럼 이미 오래 전부터 계획하고 있었던 일이란 말이야?"

경원이 고개를 끄덕이며 대답을 한다.

"이 집은 아버지와 어머니 두 분이 자신들의 인생을 모두 쏟아 마련하셨던 공간이잖아. 사실 나만 아니었으면 두 분이 돌아가시는 날까지 살았을 곳이자, 지금까지도 계속 남아 있었을 집이기도 했을 거구. 한때는 아버지의 그늘을 벗어나고 싶기도 했고, 더 큰 뜻을 펼칠 수 있다는 걸 보여주고 싶다는 마음으로 사업에 뛰어들기는 했지만 이 소중한 집을 잃고 나서야, 내가 얼마나 큰 실수와 잘못을 저질렀는지 알 수 있었어. 게다가 이 집의 곳곳의 공간들은 누나와 정연이의 소중한 추억들이 담긴 곳이기도 한데, 내 욕심으로 빼앗아 버린 셈이니까. 이제라도 다시 돌려주고 싶다는 생각이 들어서 말이지."

아무도 생각하지 못했던 일이었다. 김만복과 정이분의 50년 삶에서 가장 큰 의미를 차지하는 것이었을 텐데, '찔레꽃'이나 동치미 국수, 찻집의 맞은 편 병원에 버스를 기증하는 것을 생각하면서도 어떻게 이 소중한 것을 잊고 있었을까?

"그래, 잘했다. 잘했어. 정말 대견하다. 대견해."

"고마워, 오빠. 오빠가 정말 장한 일을 했수."

십 년 만에 경원을 찾아온 김 선생이 눈물 반, 소주 반의 짜디짠 술을 마시던 그날. 십 년 사이에 부쩍 가벼워진 아버지를 등에 업고 자신의 쪽방에 가서 잠을 청하던 그날. 경원의 등에 업혀가던 김 선생이 나지막이 말을 한다.

"경원아. 네 인생을 살거라."

"나는 말이다. 워낙에 가진 게 없이 태어났어요. 그래서 너에게만은 그 가난과 고통을 절대 물려주고 싶지가 않았어."

부모 원망. 지금 생각해봐도 아버지의 가슴에 못을 박는 해서는 안 될 말이었다. 게다가 남은 건 고작 이 집 한 채라고 했지만 그 집 한 채 마저 날려먹은 것이 자신 아니었던가. 아버지와 엄마가 평생을 일구어 마련한 집을 정말 한순간에 날릴 것이라고는 감히 생각하지도 못했었다.

"그래서 말이다. 이 애비는 네게 안전한 길을 일러주고 싶었어요. 일확천금은 아니더라도 아이들을 키우며, 인생 크게 밑지지 않고 살아가는 방법을 일러주고 싶었던 게야. 그럼 말이다, 똑똑한 너는 그 길에서도 분명 나보다는 훨씬 더 나은 결실들을 찾아 낼 것이라고 생각을 했었어요."

"아버지."

"그런데 지난 십 년 동안 너를 기다리면서 내가 곰곰이 생각을 해봤지 않겠니? 무엇이 우리 경원이로 하여금 그토록 간절하게 사업이라는 것을 하게끔 만들었을까 하고 말이지. 분명 이 애비는 평생 동안 너에게 안전한 길을 가라고 일렀을 텐데 말이야. 수 없는 생각 끝에 어떤 결론을 냈냐면 말이다, 그게 알고 보니 경원이 너에게 사업을 하라고 등을 떠밀고 있었던 건 아무래도 나였던 모양이라는 거예요."

"그게 무슨 말씀이세요?"

"지금껏 살면서 애비의 말만 따르고 애비가 정해준 길로만 가야 했으니, 네 입장에서는 오죽 답답했었겠냐는 거지. 네 인생의 길은 이리 낼 수도, 저리 낼 수도 있었을 텐데 난 아들놈에게 길이 아닌 철로를 내어 주고 있었으니 꼼짝없이 정해진 길로만 가라고 떠밀고 있었던 게야."

"아니에요, 아버지."

"그러니 어쩌겠어. 길이야 잘못 들면 다시 새로운 길을 찾아도 되지만, 철로는 그렇지가 않아서 정해진 경로를 이탈하면 큰 사고가 나는 법이거든. 경원아. 이 녀석 김만복이 아들! 지금까지는 김만복의 아들로 살아왔지만 이젠 그만 네 이름 석 자 김경원으로 살도록 해. 애비한테 인정을 받거나 애비의 그늘에서 벗어나거나 하는 것은 이제 의미가 없어요. 스스로에게 한계를 지우지 말고. 벗어나겠다고 생각하는 순간 계속 그 안에서 허덕이게 되는 법이란 말이지. 경원아. 네 이름을 걸고 살 수 있을 때, 진짜 네 인생의 목표가 무엇인지 생각해 보도록 하렴. 그러다보면 언젠간 너도 네 이름이 아닌 아버지란 이름으로 인생을 운행하는 날이 올 거야."

좁디좁은 쪽방에 아버지를 뉘이고, 경원은 주머니에서 아버지가 건넨 통장과 도장을 꺼내어 물끄러미 바라보고 있다. 어떻게 할 것인가. 아버지의 말대로 이대로 멈추어 있을 수만은 없다. 예전이야 말 그대로 보이는 것이 없어 덥석 부모님의 집을 날려 먹었다지만 지금의 저 돈이면 고생하시는 아버지와 엄마가 좀 더 편하게 지내실 수 있을 것이다. 이런 저런 고민을 하다가 아침이 되면 아버지에게 돌려 드리리라 마음을 먹고 스르륵 잠이 들었다. 혼자 누워도 좁은 쪽방이라 항상 불편한 잠자리였지만 오늘만큼은 왠지 마음이 넓어져, 둘이 있는 이 공간이 전혀 좁게 느껴지지 않았다. 그래서인지 모처럼 정말 편안한 잠을 청할 수가 있었다.

경원은 마치 양털 구름 속을 뒹굴고 있는 것 같았다. 포근한 양털 구름 속에 둘러싸여 안락함을 느끼다가, 곧 구름 한편에서 엄청나게 밝은 태양이 떠올라 눈이 부셔 잠에서 깨어났다. 어느새 날이 밝아 쪽방의 조그만 창을 통해 빛이 들어오고 있었다. 워낙 좁은 크기의 방이라 조그만 창의 빛만으로도 방 안을 가득 채운다. 문득 옆자리를 둘러보니 아버지의 모습이 보이지 않는다. 혹시 꿈이라도 꾼 것일까? 어제 아버지를 만난 것은 꿈이 아니었을까? 현실과 꿈의 경계에서 혼란을 느끼고 있을 때 즈음 어제 방바닥에 꺼내 놓았던 통장과 도장이 눈에 들어왔다. 아마도 꿈은 아니었던 모양이다. 그런데 통장 밑으로 조그마한 쪽지가 눈에 들어온다. 꺼내어 펼쳐보니 아침 일찍 떠나신 아버지가 남겨놓은 글이었다.

'경원이, 보거라. 사업이란 게 될 만한 일에는 투자를 해야 한다는구나. 그러니 부담을 가질 필요는 없어요. 나나 네 어미는 지금 무엇보다 확실하다고 느끼는 사업에 투자를 하는 것이니 말이다. 그러니 나중에라도 이 애비나 어미는 절대 잊어서는 안 돼요. 무엇보다 지난 시절 인생의 도박은 한 번 경험하였으니, 이제는 제대로 사업을 경험해 보도록 하거라. 야무지게 말이다.'

그렇게 경원은 새롭게 사업을 시작했다. 물론 안정된 기반을 갖추는 데까지 쉽지만은 않았다. 보다 확실한 준비를 통해 자신이 정말 하고 싶은 사업을 찾아 필요한 내용을 조사하고 튼실한 자료를 만들었다. 그리고 무엇보다도 자신이 그 일을 잘 이해할 수 있도록 노력을 했다. 처음은 아버지가 건네주신 통장으로 시작했지만 준비된 자료들을 기반으로 창업지원 자금이라든지 정부지원 자금 및 과제를 통해 필요한 자금들을 더 만들어 낼 수 있었다. 그리고 경원의 사업은 점점 안정화 되어 이제는 제법 매출도 일어나 규모가 작지 않은 기업으로 성장하게 되었고, 어느 시점부터는 매형이 진행하고 있는 사업과도 제휴가 되어 서로에게 필요한 도움을 주고받을 수 있었다.

"오빠, 뭘 그렇게 생각해?"

"어? 아 잠깐. 하하하."

경원은 정연의 부르는 소리에 퍼뜩 정신을 차렸다. 어느새 아내와 누나는 주방에서 새로 들여왔다는 찻잔 세트들을 보며 이야기를 나누고 있었고, 매형은 밖에서 건장한 사내 녀석들과 어울려 놀아주고 있는 모양이었다. 정연이 남아서 회상에 잠겨있던 자신을 바라보고 있었던 모양이다.

"애썼어."

"응?"

"집 말이야. 준비하는 동안 초조하고 답답했을 텐데. 미리 알았다면 어쩌면 오빠를 그렇게나 원망하지 않았을지도 모르지."

"준비는 이전부터 했다고 해도 얼마 전에서야 계약을 할 수 있었는걸. 사실 그때는 마음은 있어도 할 수 있을지 어떨지 알 수가 없었으니 얘기하는 것도 의미가 없었어."

"엄마랑 아부지 행복하실까?"

"흐음. 글쎄. 함께하는 우리야 결국 아버지나 어머니 덕에 가족 간의 살아가는 의미도 생기고, 인생에 있어 놓쳐선 안 될 순간들을 깨닫게 되기는 했지만 아마도 살아 계셨다면 더 좋지 않았을까?"

"오빠. 난 말이지 가끔 헷갈리기도 해. 지금의 우리 모습, 만약 엄마가 떠나시기 전 우리에게 준비를 해두시지 않으셨다면 아버지의 진심을 깨닫지 못하고 살았다고 하면, 지금도 건강하신 두 분이 살아계셔서 우리가 그저 눈앞의 현실만을 쫓으며 살아가고, 각자의 인생만 바라볼 뿐이었다면, 그래도 두 분이 살아계셨다면 행복하셨을 거라고 말을 할 수 있었을까?"

어느덧 언니 정임이 새로 구입한 찻잔에 차를 내어와 내려놓는다.

"누가 알겠니. 사람이라는 게 늘 못 다한 아쉬움을 쫓으며 사는 인생인걸. 자신이 갖고 있는 행복이나 기회보다는 갖고 있지 못한 행복과 기회를 쫓다가 품에 안고 있던 행복을 잊기도 하고, 기회가 떠나 버리는 걸 모르기도 하잖니."

"난 말이야, 다른 건 몰라도 한 가지는 알 수 있어. 우리 엄마와 아버지가 얼마나 서로를 사랑했는지. 그리고 우리들을 얼마나 진심을 아끼고 사랑했는지 말이야. 부모는 자식의 시간을 살아가고, 자식은 자신의 시간을 살아간다는 말이 딱 맞는 말인 것 같아."

"어머머, 좋은 말이기는 한데, 아직까지 결혼도 안 한 네가 정말 그 말을 이해할 수 있다는 거야?"

"언니는 참. 뭐 그러면 배우들은 그 인생을 살아봐서 다른 사람의 인생을 연기하우? 마음이 동하면 인생도 같은 방향으로 통하는 법이라구."

"하하하, 우리 정연이가 이제 제법 원숙한 배우의 느낌이 나네?"

"그래, 그러게나 말이야. 그러고 보니 미안. 이렇게 자기의 인생을 잘 찾아가고 있는 동생에게 도움은 되어 주지 못할 망정, 매일 같이 연극을 포기하라고 말을 했으니."

"에이, 됐수다. 서로 상대방 입장 이해 못하고 쏘아 붙인 건 매한가지인 걸. 우리가 정말 미안해 할 사람이 있다면 엄마랑 아버지겠지."

어느덧 해가 저물고 주황색 빛으로 물든 노을빛이 '찔레꽃'의 창을 통해 찻집 안을 가득 채운다. 이 시간 즈음이면 자동으로 예약해 놓은 음악이 흘러나오며 가게 문을 닫을 시간이 되고 있음을 알린다.

"울 밑에 귀뚜라미 우는 달밤에, 기럭기럭 기러기 날아갑니다. 가도 가도 끝없는 넓은 하늘을 엄마, 엄마 부르며 날아갑니다."

THE END

동치미

1판 1쇄 인쇄 2015년 5월 11일
1판 1쇄 발행 2015년 5월 15일

지 음 김용을

발행인 김성룡
윤 문 서범강
교 정 김은희
디자인 황선정

펴낸곳 도서출판 가연
주소 서울시 마포구 월드컵북로 4길 77, 3층 (동교동, ANT 빌딩)
구입문의 02-858-2217
팩스 02-858-2219

ISBN 978-89-6897-018-4 03810